Kira Gembri
Wenn du dich traust

Unverkäufliches
Arena-Leseexemplar

Kira Gembri

Wenn du dich traust

Arena

Für meine Eltern und M.
Weil ihr mich immer wieder rettet.

1. Auflage 2015
© 2015 Arena Verlag GmbH, Würzburg
Alle Rechte vorbehalten
Covergestaltung: Cornelia Niere
unter der Verwendung eines Bildes von
© KENG MERRY MIKEY MELODY
Dieses Buch wurde von der Literaturagentur erzähl:perspektive
(www.erzaehlperspektive.de) vermittelt.
Gesamtherstellung: Westermann Druck Zwickau GmbH
ISBN 978-3-401-60149-6

www.arena-verlag.de
Mitreden unter *forum.arena-verlag.de*

Jay

Über einen ziemlich lahmen Abend

»Du bist doch verrückt!«
Flockes Stimme wird von massiven Beats zerhackt und klingt nur undeutlich zu mir herüber. Ich lasse meinen Blick über die Menschenmenge wandern, bis er am verschwitzten Gesicht meines Kumpels hängen bleibt.
»Der ganze Laden ist voll scharfer Weiber, und du gammelst an der Bar rum?« Er macht ein paar federnde Schritte in meine Richtung und fuchtelt mit den Armen durch die Luft, was er vermutlich für geile Moves hält. Mit seinem wippenden Mini-Irokesen erinnert er mich an ein dürres Hähnchen. Schade, dass ich meine Cam nicht dabeihabe, um dieses Bild für die Ewigkeit festzuhalten. Ich verkneife mir ein Grinsen, während ich einen Schluck aus meiner Bierflasche nehme.
»Hey!« Flocke hat mich nun erreicht und rammt mir den Ellenbogen in die Seite. Ich kann gerade noch die Flasche senken, sonst hätte ich mir die Lippe aufgeschlagen.
»Schon gut, komm wieder runter«, knurre ich ihn an. »Ich hab heute keinen Bock, okay? Das hier ist der erste Freitagabend ohne Auftrag seit verdammten zwei Wochen, also will ich einfach nur relaxen.«

»Weißt du, wo ich am besten relaxen kann?« Flocke wackelt anzüglich mit den Augenbrauen. »Zwischen den Beinen von 'ner heißen Frau.«

»Kein Wunder, dass du immer so verspannt bist.« Alex, mein anderer WG-Kumpel, ist inzwischen neben uns aufgetaucht und hat meine letzte Bemerkung gehört. Feixend legt er Flocke einen Arm um die Schultern. »Ja, Flöckchen, stehst du nicht schon kurz vor einem Burnout?«

»Nicht cool, Mann, nicht cool«, protestiert Flocke in unser Gelächter hinein und verschränkt die dünnen Arme vor der Brust. Trotz seiner zwanzig Jahre wirkt er immer noch wie ein Teenager mitten in der Pubertät. Außerdem ist er chronisch untervögelt und hält diesen Umstand für ein absolutes Rätsel. »Der Tag wird kommen, an dem die Ladys endlich kapieren, was sie an mir haben. Dann seid ihr zwei so was von out!«

Wie als Antwort darauf drängeln sich im nächsten Moment ein paar Mädels in voller Schlampenmontur an Alex und mir vorbei und werfen uns eindeutige Blicke zu. Obwohl Alex mit seinen blonden Locken und dem Surferboy-Lächeln das totale Gegenteil von mir ist, ziehen wir immer denselben Typ Frau an. Darum bilden wir auch ein perfektes Team, wenn wir einen Auftrag auszuführen haben.

Der nächste Song ist von Flo Rida, und die Mädchen schmeißen allesamt kreischend die Arme hoch, als hätten sie noch nie etwas Vergleichbares gehört. Dann beginnen sie, sich körperlich zu verausgaben, immer schön darauf bedacht, in unserer Sichtweite zu bleiben. Ich stelle meine Flasche auf die Theke und drehe mich um.

»Mal kurz raus an die Luft«, signalisiere ich den anderen über den Lärm hinweg. Flocke trennt sich nur ungern vom Anblick der arschwackelnden Tänzerinnen, aber trotzdem folgen mir meine beiden Mitbewohner in den Vorraum und die paar Treppenstufen zum Ausgang hinauf.

Obwohl wir erst Mai haben, ist es draußen auch nachts schon ziemlich warm. Entsprechend viele Leute stehen auf dem Bürgersteig vor dem legendären Wiener U4 herum, rauchen oder drücken sich fummelnd an die Hauswand. Wir gehen bis zur nächsten Straßenecke, wo Alex seine Zigaretten hervorkramt. Wie immer, wenn wir zusammen Party machen, gibt er mir eine ab.

»Nichts für dich dabei diesmal?«, fragt er, während Flocke ein sehr beschäftigtes Pärchen in unserer Nähe anstiert wie ein Hund den Knochen. Fehlt nur noch, dass er sabbert.

Mit einem Achselzucken lehne ich mich gegen die Mauer. »Keine Ahnung. Die sehen heute alle irgendwie gleich aus. Kommt mir fast so vor, als hätte ich ein paar von denen schon gehabt.«

Alex lacht auf. »Weißt du, was? Ich glaube, die Rothaarige hast du echt mal zu uns mitgebracht.«

»Ah ja. Die ist übrigens gefärbt.«

»Jetzt bleib mal aufm Teppich«, schaltet sich Flocke unvermittelt ein. Seine Stimme ist einen Tick zu laut, was wohl daran liegt, dass er einen Tick zu viel Tequila intus hat. »Du tust ja so, als wär es für dich überhaupt keine Herausforderung mehr. Als könntest du jede haben! Voll arrogant, Mann!«

Ich blase ihm den Rauch ins Gesicht. »Wie lange kennen wir uns jetzt schon?«

Das bringt ihn nur kurz aus dem Konzept. »Ja gut, du hast vielleicht einen Lauf bei den Frauen, aber das heißt nicht, dass du bei absolut jeder landen kannst. Wetten, dass nicht?«

»Wie jetzt? Suchst du ihm eine aus, an der er seine Fähigkeiten beweisen soll?«, fragt Alex interessiert.

Flocke schiebt kämpferisch sein Kinn vor. »Genau das mach ich. Worum wetten wir?«

»Um Ruhm und Ehre.« Ich lasse die Kippe fallen und grinse ihn an. »Okay, wer soll's sein?«

Er antwortet nicht, sondern beäugt stumm die Mädchen in unserer Nähe. Wahrscheinlich wird ihm gerade klar, dass ich recht gehabt habe – von den geglätteten Haaren bis zu den Killer-High-Heels wirken sie alle wie aus derselben Produktion. Jede von ihnen könnte er schon mal dabei beobachtet haben, wie sie barfuß und mit zerstörter Frisur frühmorgens aus meinem Zimmer gestolpert ist. Nach einer Weile hellt sich sein Gesicht jedoch auf, und er zeigt zur gegenüberliegenden Straßenseite.

»Wie wär's mit der da?«

Stirnrunzelnd nehme ich seine Auserwählte unter die Lupe. Sie ist klapperdürr und bestimmt flach wie ein Brett. Genau kann man das allerdings nicht erkennen, weil sie einen viel zu weiten Sweater zu ihren Skinny Jeans trägt. Die dunkelbraunen Haare hat sie zu einem seitlichen Zopf geflochten, und ihre Füße stecken in ausgebleichten Chucks.

»Dein Ernst?«

»Du hast doch nur Schiss, dass ein Mädel mit Niveau zu hoch für dich ist!«

Obwohl Flockes Manipulationsversuch so subtil ist wie ein rostiger Nagel im Auge, steige ich darauf ein. Schließlich kann dieser Abend kaum noch lahmer werden. Gemächlich schlendere ich also auf Miss Underdressed zu, während Alex hinter mir verkündet: »Sehen Sie jetzt bei *Experimente, die die Welt nicht braucht:* Jay testet seine unschlagbare Wirkung auf die Damenwelt!«

Zum Glück scheint sie das nicht mitgekriegt zu haben, denn sie bleibt vollkommen unbewegt. Kurz entschlossen trete ich in ihr Blickfeld und lege den Kopf schief.

»Sag mir nicht, du wartest hier auf deinen Freund.«

Sie reagiert mit einigen Sekunden Verzögerung, indem sie die Augen auf mich richtet. Ihr Blick ist verschwommen, wahrscheinlich hat sie schon was getrunken. Umso besser für mich.

Als sie nicht antwortet, beuge ich mich noch ein Stück zu ihr hinunter. »Hm?«

Von Nahem sieht sie gar nicht so übel aus. Nicht unbedingt mein Stil, aber sei's drum. Nur ihr stilles Glotzen macht mir allmählich Sorgen. Wenn sie keinen graden Satz mehr herausbringt, war es das für mich. Betrunkene Mädchen, ja – aber mit lebenden Leichen fange ich nichts an. Irgendwo hat jeder seine Grenze, und meine liegt eben bei Zombiesex.

Endlich lässt sie sich dazu herab, mir zu antworten. »Ich ... Hallo.«

»Na so was, hey!« Ich knipse ein Strahlen in meinem Gesicht an, als hätte ich heute nur darauf gewartet, sie zu treffen. Darüber denke ich nicht einmal mehr nach, es ist reine Routine für mich.»Du wirkst, als wärst du durstig, und das kann ich einfach nicht mit ansehen. Komm doch an die Bar, damit wir ...«

»Tut mir leid, ich kann nicht«, fällt sie mir ins Wort. Davon bin ich dermaßen irritiert, dass mir der Mund offen stehen bleibt. Verdammt, wahrscheinlich mache ich gerade keinen besseren Eindruck als Flocke.

»Ähm, soll das heißen«, frage ich endlich, »du hast heute noch was vor oder so?«

Sie nickt. »Ja, etwas Wichtiges.«

Okay, das ist Pech, aber zu akzeptieren. Flocke wird eine neue Kandidatin für mich suchen müssen. »Tja, dann«, sage ich zu ihr, und sie nickt noch einmal, ehe sie sich abwendet. Mit einer *So-what?*-Geste steuere ich auf Alex und Flocke zu, die das Gespräch aus einigen Schritten Entfernung verfolgt haben. Zu meiner Verwirrung brechen die beiden Sekunden später in schallendes Gelächter aus. Im ersten Moment glaube ich, dass sie die Wette für verloren halten – haben sie nicht kapiert, dass das Mädel nach Hause muss und keine Zeit für einen Drink hat?! Aber dann werfe ich einen Blick über die Schulter, und meine Augen ploppen mir fast aus den Höhlen. Ich habe damit gerechnet, dass Miss Underdressed sich inzwischen auf den Weg gemacht hat, ein Taxi herangewinkt, ihr Handy gezückt hat, irgendwas ... doch sie steht einfach nur da und starrt in die Luft. *Fuck.*

Alex ballt eine Faust vor dem Mund, als würde er in ein Mikrofon sprechen. »Meine Damen und Herren, gerade konnten Sie sehen, wie Jonathan *Jay* Levin bei hundert Prozent der Testpersonen auf Ablehnung gestoßen ist!«

»Die hat dich echt sauber verarscht, Alter«, japst Flocke und presst beide Hände auf seinen Bauch. Ich habe nicht übel Lust, ihm einen kleinen Tritt zu verpassen, damit er sich noch aus einem anderen Grund krümmt. Stattdessen versuche ich zu überspielen, wie sehr mich meine Niederlage nervt. Ich lasse mir meinen freien Abend ganz bestimmt nicht von einem Mädchen versauen, schon gar nicht von einem abgewrackten Indie-Girl mit 'nem Knoten im Höschen.

»Ausnahmen bestätigen die Regel«, sage ich möglichst unbeeindruckt und nicke in Richtung des Clubeingangs. »Jetzt lasst uns wieder reingehen, okay? Flocke, ich mach dich mit der Rothaarigen bekannt.«

Mehr braucht es nicht, um ihn von der verlorenen Wette abzulenken. Wir kehren an die Bar zurück, und als ich mit Alex etwas später erneut ins Freie trete – zwei Mädels und einen beleidigten Flocke im Schlepptau –, ist die dünne Gestalt von der anderen Straßenseite verschwunden.

Lea

600 Sekunden …

… liegen zwischen meinem Abschied von Dr. Wolff und neun Uhr abends. Ich habe das nicht nur ausgerechnet, sondern auch gezählt, wieder und wieder, bis mir das Ticken der Sekunden in Fleisch und Blut übergegangen ist. Natürlich muss ich niemals die gesamte Zeit warten. Es dauert etwa drei Minuten, um von der Praxis bis zur U-Bahn-Station zu kommen, neben der sich diese riesige Uhr befindet. Hoch oben auf einem Pfahl wacht sie über die Menschen, die auf die nahe gelegene Disco zusteuern. Mich hingegen verhöhnen die Zeiger nur, wenn sie um sieben vor neun einen spitzen Winkel bilden. Spitz genug, um jemanden zu durchbohren. Zu spitz, um daran vorbeizugehen.

Sieben Mal habe ich Dr. Wolff schon erklärt, wie schwachsinnig ich den Ausdruck Therapie*stunde* finde. Eine Stunde hat sechzig Minuten, das weiß sogar mein dreijähriger Bruder, und selbst eine Frau mit Doktorabschluss von einer renommierten Universität sollte sich über so grundlegende Tatsachen des Lebens nicht hinwegsetzen dürfen. Ich sage das immer mit einem überdeutlichen Blick auf ihr Diplom, das ironischerweise gleich neben der Uhr in ihrer Praxis hängt. Leider lässt sie sich trotzdem nicht davon abbringen, mich nach exakt fünfzig Minuten vor die Tür zu setzen.

Hastig blinzle ich, um den Schleier vor meinen Augen zu vertreiben. Heute geht mein Herzschlag noch schneller als normalerweise, wenn ich die Uhr fixiere. Die Panik, die wegen der kurzen Unterbrechung in mir hochgekocht ist, brennt immer noch in meinen Adern. Ich versuche, mir einzureden, dass alles gut ist – schließlich habe ich den Moment nicht verpasst, in dem die Zeiger einen beruhigenden rechten Winkel bilden. Andernfalls hätte ich bis Viertel nach neun warten müssen, also hundertachtzig Grad, und mein kompletter Zeitplan wäre durcheinandergeraten. Diese Vorstellung zieht meinen Magen schmerzhaft zusammen. Ich muss sie beiseiteschieben, muss all meine Konzentration auf das grellweiße Ziffernblatt richten ... Aber sobald ich das versuche, drängt sich die Erinnerung an diesen Typen in meine Gedanken. Graue Augen unter den braunen Haarsträhnen und ein Dreitagebart, der seine Narbe allerdings nicht verstecken konnte. Sie reichte quer über seine rechte Wange, als hätte jemand sein Gesicht auf ein Stück Papier gezeichnet und dann energisch durchgestrichen. Merkwürdig, dass mir dieses Detail so gut im Gedächtnis geblieben ist. Zum Glück habe ich es geschafft, ihn rechtzeitig abzuwimmeln, bevor er eine Katastrophe ausgelöst hätte.

Fünfhundertachtundneunzig, fünfhundertneunundneunzig, sechshundert. Im selben Moment, in dem der kurze Zeiger auf die Neun springt, hebe ich meinen rechten Fuß und gehe los.

Als ich zu Hause eintreffe, sitzt meine Familie wie erwartet noch am Esstisch. Ihre Stimmen schallen mir entgegen, während ich in den Flur trete und die Tür sorgfältig hinter mir abschließe. Vor allem Tommys quietschendes Lachen ist nicht zu überhören. Wegen seines ausgiebigen Mittagsschlafs ist er vor halb zehn nicht ins Bett zu kriegen, und so bekommt er meistens gerade seine Gutenachtgeschichte vorgelesen, wenn ich von der Therapie zurückkehre. Leise ziehe ich mir die Schuhe aus und schleiche über den weißen Fliesenboden. Bei uns gibt es fast nur glatte helle Flächen, wie in einer Reklame für Putzmittel. Vielleicht hat das etwas damit zu tun, dass mein Vater der Leiter einer Werbeagentur ist, in der meine Mutter seit einigen Wochen wieder halbtags mitarbeitet. Aber nicht nur das Haus, sondern auch meine Eltern wirken, als wären sie einem TV-Spot entsprungen. Ich lehne mich an den Türrahmen der großen, blitzblanken Wohnküche und beobachte, wie die beiden mit Tommy herumalbern. Tatsächlich ähnelt meine Mutter mit ihrem wohlfrisierten Haar einer dieser Werbespot-Frauen, die sich von ihren Kindern Ketchup auf die pastellfarbene Bluse schmieren lassen. *Oh nein, das kriege ich doch nie wieder raus!* Mein Vater könnte dann wie aus dem Boden gewachsen hinter ihr stehen: *Nicht verzagen, versuchen Sie es mit einem Spritzer Superwasch!* Und niemand würde sich wundern, wo er so plötzlich mit seiner bunten Flasche hergekommen ist. Das Einzige, was nicht ins Bild passen würde, wäre ich.

Inzwischen hat meine Mutter mich entdeckt und schenkt mir ein strahlendes Lächeln. »Na, wie war's?« Sie lässt es so positiv klingen, dass ich mich jedes Mal zurückhalten muss, um nicht automatisch und völlig sinnentleert »Schön« zu antworten.

»Ganz gut, glaube ich. Wir machen Fortschritte.«

»Bestimmt macht ihr das. – Tommy, Schlafenszeit!« Damit ist das Thema auch schon wieder erledigt, im Sinne aller Beteiligten. Mein Bruder rutscht vom Schoß meines Vaters und stellt sich vor dem Regal neben der Tür auf die Zehenspitzen, um das Gutenachtgeschichtenbuch wegzuräumen. Ich bin nur einen Schritt von ihm entfernt und könnte ihn leicht hochheben, aber natürlich erwartet das niemand von mir. Schon ist meine Mutter aufgesprungen und kümmert sich selbst darum.

»Sslaf gut, Lea«, sagt Tommy zu mir, sobald er wieder festen Boden unter den Füßen hat. Er ist einfach unheimlich süß mit seinem kleinen Sprachfehler und dem geringelten Pyjama. Automatisch weiche ich zurück, als er an mir vorbei durch den Türrahmen geht, und winke ihm kurz zu. Mein Vater hat unterdessen die Teller vom Abendessen in den Geschirrspüler verfrachtet und folgt Tommy und meiner Mutter aus dem Raum. Schon vor einer ganzen Weile haben sich meine Eltern angewöhnt, die Stunde vor dem Zubettgehen lesend in ihrem Schlafzimmer zu verbringen – so habe ich freie Bahn.

»Mach nicht so lange, ja?«, sagt mein Vater noch zum Abschied. Wie jeden Abend reagiere ich mit einem Nicken, als hätte ich Einfluss darauf. Stocksteif bleibe ich stehen und warte auf das Plätschern des Wassers im Badezimmer, auf das Gemurmel meiner Mutter an Tommys Bett. Dann das Klappen zweier Türen, ehe es ganz still wird.

Sofort bin ich am Herd und lege meine Hände auf die Platten. Kalt. Ich beuge mich hinunter und betrachte die Drehknöpfe aus der Nähe. Die Striche für die verschiedenen Temperaturstufen verschwimmen vor meinen Augen. Vorsichtig ruckle ich am ersten Griff, spüre den leichten Widerstand, den man überwinden muss, um den Herd anzuschalten. Ich warte darauf, dass sich irgendein Gefühl bei mir einstellt – wie ein Klicken oder Einrasten – damit ich weiß, dass alles in Ordnung ist. Stattdessen ist da nur eine glühende Angst, die meine Eingeweide zu verbrennen scheint. Genau das würde tatsächlich passieren, wenn ich nun einfach ins Bett ginge und den Herd unabsichtlich eingeschaltet ließe. Der Rauch würde uns alle betäuben, und die Flammen würden unsere Körper deformieren wie klebriges Wachs. Ich stelle mir vor, was die Feuerwehrmänner in den Überresten unserer Betten fänden. In Tommys Gitterbett. Die Hitze drückt mir gegen die Kehle, und ich muss krampfhaft schlucken.

»So ist es an – so ist es aus«, flüstere ich probehalber vor mich hin. Dr. Wolff hat mir geraten, meine Handlungen »verbal zu begleiten«, um sie abschließen zu können. Es nützt allerdings nicht viel, und außerdem schäme ich mich, so mit mir selbst zu reden. (Ja, genau: Das Mädchen, das mitten in der Nacht schwitzend und zitternd am Herd herumwerkelt, kommt sich bei Selbstgesprächen blöd vor. Der Witz geht auf mich.) Lieber verlasse ich mich da aufs Zählen, weil jede Wiederholung mehr Sicherheit bedeutet. Doppelt hält besser, das weiß man doch. Nur, dass doppelt bei mir nicht ausreicht. Meine Schutzzahlen sind meistens Zehnerblöcke, rund und gleichmäßig. Wie hoch sie sein müssen, kann ich vorher nie genau sagen, aber ich weiß, dass ich heute müde und fahrig bin. Das bedeutet: besonders anfällig für Fehler.

Schlussendlich habe ich ganze hundert Mal an den sechs Drehknöpfen gerüttelt, bis meine Angst ein wenig abflaut und ich mich vom Herd lösen kann. Danach beginne ich auf leisen Sohlen meinen üblichen Rundgang durchs Haus, von einem Elektrogerät zum nächsten. Vierzehn sind es insgesamt, abzüglich derer, die im Schlafzimmer von Tommy und meinen Eltern stehen – dort ist die Tür abgeschlossen. Ich weiß das, weil ich wie jeden Abend mit pochendem Herzen die Klinke herunterdrücke und so lautlos wie möglich daran ziehe. Manchmal sagt meine Mutter dann etwas Beruhigendes, aber heute schläft sie anscheinend zu fest.

Alle Stecker, an die ich herankomme, zerre ich aus den Steckdosen und lege sie mit genügend Abstand daneben. Nach neun weiteren Rundgängen bin ich mir sicher, dass ich es wirklich getan habe. Bei der hundertvierzigsten Stecker-Überprüfung spüre ich schon ein Stechen im Kreuz vom vielen Bücken, und ein kalter Schweißfilm bedeckt meine Stirn, aber dafür macht meine Nervosität endlich einer bleiernen Müdigkeit Platz. Mein Blick fällt auf die Küchenuhr, obwohl diese normalerweise auf meinem Kontrollgang keine Rolle spielt. Zwanzig nach eins, ein spitzer Winkel.

Ich ringe nach Luft und sehe mich um. Habe ich eigentlich den Herd ausgemacht?

Zwei Monate später

Jay

Über den Haufen Scheiße, der sich mein Leben nennt

Wenn dein Rechtsbeistand schon vor der Anhörung zu schwitzen beginnt, ist das wahrscheinlich kein gutes Zeichen. Ich versuche, den nervösen kleinen Typen im Anzug mit einem Lächeln zu beruhigen, doch die Wirkung ist gleich null. Schmitt war ehrenamtlich in der betreuten WG tätig, in der ich mit siebzehn Jahren gewohnt habe. Inzwischen ist aus ihm ein richtiger Anwalt geworden, obwohl er immer noch genauso aussieht wie der überkorrekte Streber von damals. Klar bin ich froh, dass er mir in dieser Sache einen Gefallen tut, aber allmählich geht mir sein Rumgehampel auf den Zeiger.

»Du meine Güte«, murmelt er immer wieder vor sich hin, als wäre er eine siebzigjährige Lady. Gleichzeitig rennt er vor mir auf und ab, sodass seine Schritte durch den Flur hallen. »Wieso musstest du das tun, Jay? Und wieso musstest du dich dabei erwischen lassen?«

»Keine Ahnung. Ich hab gedacht, das wär zur Abwechslung mal ganz witzig«, sage ich augenrollend. Gleich wirft mir Schmitt noch vor, ich hätte das Gras den zwei Polizisten mit voller Absicht präsentiert. Dabei rechnet doch niemand um drei Uhr morgens am Donaukanal mit Bullen in Zivil! Ich meine, ein Viertel der Leute, die sich um diese

Zeit zwischen Schottenring und Schwedenplatz herumtreiben, ist auf irgendwas drauf. Die ganze Sache ist einfach scheiße gelaufen, und ich frage mich, wie ich das alles Mike erklären soll: Nicht nur, dass ein Teil seiner Ware weg ist, sondern auch, dass ich womöglich für eine Weile aus dem Verkehr gezogen werde. In Wirklichkeit geht mir der Arsch ganz schön auf Grundeis, aber das versuche ich mir nicht anmerken zu lassen.

Als hätte Schmitt meine Gedanken gelesen, fragt er: »Bist du dir darüber im Klaren, dass du bis zu drei Jahre einsitzen könntest, wenn du Suchtmittel an Minderjährige verkaufst?«

»Tu ich nicht«, sage ich schnell. »Die Clubs, in denen wir arbeiten, sind immer ab achtzehn.«

»Wir?«, wiederholt Schmitt und zerrt an seiner Krawatte. »Bist du dir darüber im Klaren, dass du bis zu drei Jahre einsitzen könntest, wenn du Mitglied einer kriminellen Vereinigung bist?!«

»Hab ich *wir* gesagt?«, frage ich und blinzle unschuldig. »Ach Gottchen, was bin ich heute verwirrt!«

Schmitt sieht aus, als wollte er mir jeden Moment an die Gurgel fahren. Ich kenne diesen Blick nur allzu gut – genau so hat er schon früher diejenigen aus der betreuten WG angeschaut, die Mist gebaut haben. Meistens waren das Alex, Flocke und ich. Kein Wunder, dass wir uns zusammen eine Wohnung gesucht haben, nachdem wir alle volljährig geworden waren.

Jetzt atmet Schmitt einmal tief durch, um sich wieder einzukriegen. »Du hast gesagt, es waren zweihundert Gramm Blüten?«, fragt er mit etwas ruhigerer Stimme.

»Jep.«

»Damit schrammst du wahrscheinlich knapp an der Grenze des Eigenbedarfs vorbei! Ich will ehrlich sein, Jay, dein Fall steht auf Messers Schneide. Es kommt jetzt ganz darauf an, ob dich die Richterin als Dealer einstuft oder nicht. Darum ist es wichtig, dass du dich ihr als harmloser Teenie mit ein paar Flausen im Kopf präsentierst.«

»Und das bedeutet …?«

»Dass du dein gottgegebenes Kapital einsetzen sollst!«

Ich ziehe den Reißverschluss meines Hoodies auf und werfe Schmitt einen vielsagenden Blick zu. »Wie gefällt dir das?«

Die Krawatte muss seinen Sinn für Humor abgeschnürt haben, denn er gibt ein genervtes Schnauben von sich. »Jay, ich meine es ernst«, schimpft er dann. »Die Richterin ist auch nur eine Frau, also versuch einfach, nett auszusehen! Kannst du – kannst du das hier vielleicht irgendwie abdecken?« Er spielt auf meine Nabe an, indem er mit den Fingern vor seinem eigenen Gesicht herumwedelt.

»Klar, wenn du mir mal eben dein Make-up leihst?«

Frustriert lässt er den Arm nach unten sacken. »Wie auch immer«, knurrt er im selben Moment, als über einen Lautsprecher *die Strafsache gegen Jonathan Levin* angekündigt wird. »Los, komm mit.«

Ich schiebe meine Hände in die Bauchtasche meines Hoodies und folge Schmitt in den Verhandlungssaal. Gemessen an dem, was man im Fernsehen gezeigt bekommt, hätte ich mir den Raum größer vorgestellt. Es gibt nur drei Sitzreihen für Publikum, und vorne steht ein quadratischer Tisch mit Mikro. Der ist dann wohl für mich bestimmt. Ich lasse mich auf den Stuhl fallen, während Schmitt auf einen freien Platz seitlich neben dem Richterpult zuwieselt. Ihm gegenüber sitzt ein Typ, der eine schwarze Robe mit rotem Kragen trägt und keine Miene verzieht, als Schmitt ihn wie ein übereifriger Fanboy anstrahlt. Die Richterin ist ebenfalls schwarz gekleidet, obenrum allerdings violett. Kein Hammer, keine Perücke, dafür eine Frisur wie meine alte Vorschullehrerin. Diese Sache ist wirklich nur halb so gruselig, wie ich befürchtet hatte. Ich entspanne mich immer mehr, während die Richterin meine Personalien checkt und dann schnell zur Sache kommt: »Bei der Vernehmung durch die Polizei haben Sie ausgesagt, dass die von Ihnen mitgeführte Menge Cannabis nur zum Eigengebrauch bestimmt war. Sie wollten also nichts davon verkaufen?«

»Negativ. Ich bin schrecklich knausrig mit meinen Sachen.«

Auf mein Lächeln reagiert die Richterin ebenso wenig wie vorhin Schmitt. Völlig unbeeindruckt fragt sie weiter: »Konsumieren Sie häufig Drogen?«

»Nein.« Hier bin ich sogar ehrlich, denn seit ich das Zeug verticken muss, ist mir die Lust darauf gründlich vergangen.

»Und woher hatten Sie das Cannabis?«

Ich schiele zu Schmitt, der inzwischen so stark schwitzt, dass er bald nur noch eine Pfütze unter seinem Stuhl sein wird. Achselzuckend drehe ich mich wieder nach vorne. »Das hab ich dort in der Nähe gekauft. Keine Ahnung, wer der Typ war.«

Damit bringe ich die Richterin dazu, ihre geschäftsmäßige Haltung aufzugeben. Ein paar Sekunden lang mustert sie mich über ihre Brillengläser hinweg, und die Nervosität kriecht wieder in mir hoch, als ich den Zweifel in ihrem Blick bemerke. Sie glaubt mir nicht, das kann ich spüren. Glücklicherweise reitet sie aber nicht weiter darauf herum. Stattdessen blättert sie ein wenig in ihren Unterlagen, ehe sie fortfährt: »Sind Sie sich dessen bewusst, welchen Schaden Sie nicht nur sich selbst, sondern auch der Gesellschaft mit Ihrem Drogenmissbrauch zufügen?«

Schön langsam beginnt mich dieses Kreuzverhör anzukotzen. Gibt es keine Mörder, um die sich die Frau kümmern muss? »Drogen sind schlecht, ist notiert«, sage ich. »Hätte man uns das bloß mal in der Schule erzählt.«

Aus Schmitts Richtung ertönt ein fiepsiges Keuchen, so als wäre jemand auf eine Ratte getreten. Gleichzeitig wandern die Augenbrauen der Richterin ungefähr bis zu ihrem Haaransatz. »Ich gewinne den Eindruck, dass Sie diese Angelegenheit nicht mit dem gebührenden Ernst behandeln, Herr Levin. Angesichts dieses Mangels an Reue kann ich unmöglich dem Vorschlag der Verteidigung nachkommen, das Verfahren wegen Geringfügigkeit einzustellen. Sie müssen lernen, für Ihr Fehlverhalten geradezustehen und bei Ihrem Tun auf die möglichen Konsequenzen zu achten. Ich könnte Sie jetzt verurteilen, aber ich will Ihnen auch nicht Ihre Zukunft verbauen. Daher werde ich Ihnen einen Vorschlag machen.« Mit einem Seitenblick zu dem Typen mit dem roten Kragen fragt sie: »Herr Staatsanwalt, was sagen Sie zur Möglichkeit der Diversion?«

Was zur Hölle …? Ich habe keinen Schimmer, wovon sie da redet. Deshalb weiß ich auch nicht, ob ich mich freuen soll, als der Staatsanwalt zustimmt – aber nach der selbstzufriedenen Miene zu urteilen, mit der sich die Richterin wieder an mich wendet, kann es nichts allzu Gutes bedeuten.

»Passen Sie auf, Herr Levin«, sagt sie und klingt jetzt sogar wie meine Vorschullehrerin, als die mir erklärt hat, dass ich keinen Klebstoff auf die Sitzplätze der Mädchen schmieren darf. »Sie erhalten hiermit die Chance, einer Vorstrafe zu entgehen, indem Sie eine gemeinnützige Leistung erbringen. Diese besteht darin, dass Sie innerhalb von höchstens sechs Wochen zweiundsiebzig Sozialstunden in einer psychiatrischen Anstalt erledigen. Halten Sie diese Vereinbarung nicht ein, setze ich das Verfahren fort und verurteile Sie zu einer Haftstrafe. Sind Sie damit einverstanden?«

Die Frage hallt in meinem Kopf nach, und mit jeder Wiederholung wirkt sie mehr wie ein kranker Scherz. Es kann ja wohl nicht ihr Ernst sein, mich zur Sklavenarbeit in einer Klapsmühle zu verdonnern? Ungläubig schaue ich zu Schmitt, der nickt wie ein Wackeldackel auf Speed. Offenbar will er mir signalisieren, dass Sozialstunden immer noch besser sind als Knast. In diesem Moment bin ich so überfordert, dass sich mein Mund einfach selbstständig macht:

»Einverstanden«, höre ich mich sagen, ohne zu kapieren, worauf ich mich da überhaupt einlasse.

Das Folgende zieht wie in einem Nebel an mir vorbei. Die Richterin wirft mit irgendwelchen großen Worten und Paragrafen um sich, verkündet das Ergebnis der Anhörung und schließt dann energisch den Aktendeckel. Als sie mit der flachen Hand draufschlägt, klingt es für mich wie ein Genickschuss. Was bin ich nur für ein Idiot.

Lea

71 Bücher …

… stehen im Regal hinter Dr. Berners Schreibtisch. Während ich sie zum dritten Mal zähle, bilde ich mir ein, dadurch eine Art von Kontrolle zurückzugewinnen, obwohl mir diese Situation längst entglitten ist. Meine Eltern diskutieren mit dem Doktor über die Möglichkeit, mich abzuschieben, und ich kann nur an eines denken: wie es mir gelingt, dieses überschüssige Buch aus dem Regal zu entfernen.

»Sie war also bereits ein Jahr in Therapie«, fasst Dr. Berner zusammen. Seine Stimme klingt ähnlich dezent wie das leise Summen des Deckenventilators. Ich versuche, ihn komplett auszublenden, doch der angespannte Tonfall meiner Mutter holt mich wieder zurück.

»Ja, das ist richtig. Trotzdem sind diese … diese Kontrollzwänge in letzter Zeit immer stärker geworden.«

»Nehmen Sie Antidepressiva?«

Ich bin mir zu neunundneunzig Prozent sicher, dass diese Frage mir gilt, doch erneut antwortet meine Mutter.

»Ihre Therapeutin hat es vorgeschlagen, aber wir wollten das gerne vermeiden. Sie hat ja auch gar keine Depressionen …«

»Dennoch halte ich eine medikamentöse Behandlung

für sinnvoll. So können ihre Ängste auf ein Niveau herabgesenkt werden, das es ihr erlaubt, eine effektive Verhaltenstherapie zu starten.«

Einige Sekunden lang herrscht Schweigen, während vermutlich jeder darüber nachdenkt, wie uneffektiv alle bisherigen Maßnahmen gewesen sind. Na ja, jeder abgesehen von mir. Ich bin immer noch mit dem einundsiebzigsten Buch beschäftigt.

Schließlich räuspert sich Dr. Berner und reibt einmal kurz über sein graubärtiges Kinn. »Können Sie mir sagen, was Sie gerade jetzt dazu bewogen hat, eine stationäre Behandlung vorzuziehen?«

Das ist die erste Frage, auf die meine Mutter nicht bereitwillig antwortet. Die Atmosphäre im Raum hat sich spürbar verändert, und plötzlich erscheint das Brummen des Ventilators penetrant. Bevor es wieder zu einer peinlichen Unterbrechung kommt, springt mein Vater ein. Seine Stimme ist ein wenig belegt, vielleicht, weil er bisher nur geschwiegen hat.

»Es gab einen Zwischenfall, der uns vor Augen geführt hat, dass es so nicht weitergehen darf. Unser Sohn Thomas konnte letzte Woche wegen Bauchschmerzen nicht in den Kindergarten. Der Babysitter war nicht zu erreichen, also haben wir den Kleinen eine Stunde bei Lea gelassen, um an einer wichtigen Besprechung teilzunehmen. Lea hat normalerweise gut auf ihn geachtet, auch wenn sie ihn nicht … auch wenn ihre Interaktion nicht so ist wie sonst zwischen Geschwistern üblich. Aber während wir weg waren, wurden Thomas' Schmerzen schlimmer. Wir haben ihn bei unserer Heimkehr fast bewusstlos in seinem Erbrochenen gefunden und konnten ihn gerade noch rechtzeitig ins Krankenhaus bringen, wo ihm der Blinddarm entfernt wurde. Und die ganze Zeit, während er geschrien haben muss, stand Lea in der Küche und …« Mein Vater sieht zu mir herüber und dann schnell wieder weg. »… Also, sie hat nichts getan.«

Ich weiß, dass das nicht seine Absicht ist, doch es wirkt wie eine Anklage. Trotzdem hat er unrecht. Ich habe nicht *nichts* getan, sondern versucht, meinem kleinen Bruder das Leben zu retten. Auf meine Weise. Zumindest habe ich krampfhaft dafür gesorgt, dass er nicht in Flammen aufging, aber es hat keinen Sinn, das irgendjemandem erklären zu wollen.

Dr. Berner lehnt sich zurück. »Ich verstehe. Nun, wie es der Zufall will, haben wir gerade einen Platz frei. Aber, Herr und Frau Moll, Ihre Tochter ist neunzehn Jahre alt, und soweit ich das ermessen kann, liegt keine akut bedrohliche Situation von Selbst- oder Fremdgefährdung vor. Wenn wir sie also hier aufnehmen sollen, muss es mit ihrem Einverständnis geschehen.«

Ich spüre die Blicke wie ein Brennen auf meiner Haut. *Einundsiebzig.* Wieder gellt mir Tommys verzweifeltes Weinen in den Ohren, und ich denke daran, wie ich am Herd festhing, zitternd die Knöpfe kontrolliert habe und unfähig war, mich zu lösen. Das entsetzte Aufkeuchen meiner Eltern und ihre Enttäuschung mir gegenüber. *EINundsiebzig.*

Abrupt hebe ich den Arm und zeige nach vorne. »Dieses Buch dort, am Ende der dritten Reihe. Könnten Sie mir das leihen?«

Dr. Berner reicht es mir schweigend und ohne merkliche Verwirrung. Ich glaube, er hat mich durchschaut. »Danke«, murmle ich und drücke es an meine Brust. »Dann habe ich während der ersten Tage hier was zu lesen.«

Ich sehe nicht hoch, um mich von der Erleichterung meiner Eltern zu überzeugen. Auch so weiß ich, dass ich mit meinem Entschluss weit mehr in Ordnung gebracht habe als nur Dr. Berners Bücherregal.

Jay

*Über einen, der wirklich lieber nicht übers
Kuckucksnest fliegen würde*

Vergitterte Fenster – Scheiße. Darauf hätte ich wohl vorbereitet sein müssen, aber der Anblick lässt meine Laune trotzdem in den Keller rasseln. Viel lieber wäre es mir gewesen, wenn man mich in ein Altersheim geschickt hätte, wo die Omas und Opas friedlich sabbernd vor dem Fernseher hocken. Hier muss man ja Angst haben, hinterrücks eine Axt in den Schädel gerammt zu kriegen.

Als ein dumpfer Schrei zu hören ist, zucke ich leicht zusammen. Ich will mich echt nicht wie ein Weichei benehmen, aber diese Sache ist einfach nur mies.

Die pummelige Krankenschwester, die mich am Eingangstor abgeholt hat, runzelt die Stirn. »Das kommt von der Geschlossenen im oberen Stockwerk, dort haben Sie nichts zu suchen. Ihr Arbeitsbereich sind die offene Station und die Therapieräume, alles klar?«

Schon seit unserer Begrüßung redet sie mit mir, als wäre sie eine Gefängniswärterin und ich ein Schwerverbrecher. Allmählich beginne ich mich zu fragen, ob ich nicht doch in den Knast hätte gehen sollen – dann wäre ich auch fürs Erste meine Geldsorgen los. Nachdem das mit den Sozialstunden rauskam, hat man mir meinen Teilzeitjob in der

Bäckerei schneller gekündigt, als ich *Sonnenblumenkernbrot* sagen konnte, und dass ich mir jetzt von Mike neue Ware hole, ist ausgeschlossen. Genau genommen würde ich an Mike lieber überhaupt nicht denken.

Schwester Heidrun bremst ab und öffnet schwungvoll eine Tür zu ihrer Rechten. »Hier finden Sie den Putzwagen und alle anderen nötigen Utensilien. Ich möchte, dass Sie im gesamten unteren Stockwerk die Böden, Fenster und Sanitäranlagen gründlichst reinigen«, kommandiert sie. »Aber benutzen Sie beim Fensterputzen bitte auf keinen Fall die raue Seite des Schwamms, sonst zerkratzen Sie die Scheibe.«

»Ach nee. Ich hab tatsächlich schon mal geputzt, wissen Sie?«

Ihr Blick macht deutlich, dass sie da so ihre Zweifel hat.

»Doch, im Ernst«, rede ich weiter, weil zumindest einer von uns für bessere Stimmung sorgen sollte. »Erst mal das ganze Blut natürlich, und beim Meth-Kochen gibt es auch immer fiese Flecken …«

Anstatt zu antworten, drückt sie mir bloß den Griff des Putzwagens in die Hand und marschiert wieder los. Seufzend folge ich ihr durch eine Glastür, hinter der sich die offene Station befindet. Erst vor einer Art Gemeinschaftszimmer bleibt Heidrun stehen und macht eine ausladende Armbewegung, die mir wohl sagen soll, dass ich mich jetzt mit dem Wischmopp austoben darf. Ich spähe an ihr vorbei zu den etwa fünfzehn Personen, die Karten spielen, lesen oder reglos in die Glotze starren. Also doch ein bisschen wie im Altersheim.

»Welcher von denen ist Jesus?«, flüstere ich.

Die Schwester gafft mich an, als hätte ich ihr ein unmoralisches Angebot gemacht. »Wie bitte?!«

»Na, es gibt doch in jeder Klapse mindestens einen Typen, der sich für Jesus hält.«

Ihre Augenbrauen kriechen immer weiter aufeinander zu.

»Oder Elvis vielleicht …?«, räume ich ein.

»Herr Levin«, unterbricht sie mich scharf. »Diese Menschen leiden an Depressionen, Zwangsstörungen, Psychosen oder Süchten. Etwas, das Ihnen auch passieren könnte, wenn Sie weiterhin Drogen konsumieren. Auf jeden Fall verdienen es unsere Patienten nicht, dass man sich über sie lustig macht, haben Sie verstanden?«

Ich mache einen Schritt rückwärts und hebe die Hände. »Woah, kein Stress, ich hab's nicht so gemeint!«

»Das will ich auch hoffen. Nun gehen Sie endlich an die Arbeit!« Sie funkelt mich an, bis ich gehorsam den Wischmopp in den Eimer tunke. »Auf der Geschlossenen haben wir einen Jimi Hendrix«, fügt sie dann aus heiterem Himmel hinzu – und rauscht ab.

Lea

68 Blätter ...

... hat der Gummibaum vor Dr. Berners Büro. Ich bin mir nicht einmal sicher, ob es ein Gummibaum ist – mit Pflanzen kenne ich mich nicht aus. Trotzdem bilde ich mir ein, besser über ihn Bescheid zu wissen als jeder andere Mensch, seitdem ich ihn in ein Zahlenkorsett gepresst habe. Das gibt mir ein seltsames Gefühl von Macht und zumindest so etwas Ähnliches wie Sicherheit. An diesem Baum vorbei hat mich mein Weg in die Klinik geführt, und er steht auch zwischen mir und einer Entlassung. Wenn ich es schaffe, jedes Detail an ihm zu kontrollieren, habe ich wenigstens einen Bruchteil von diesem ganzen Irrsinn hier im Griff. Vorsichtig lasse ich meine Finger über die künstlich wirkenden Blätter gleiten. Später werde ich die Summe in meinem Notizbuch vermerken, das bereits zur Hälfte mit Zahlen und Listen gefüllt ist.

Sobald mich eine Schwester neben dem Gummibaum erwischt, setzt sie alles daran, mich zu stören. »Wollen wir nicht zur Ergotherapie gehen und einen hübschen Korb flechten?«, fragt sie mich dann zum Beispiel. Natürlich meint sie damit nicht uns beide, sondern nur mich. Kein vernünftiger Mensch würde freiwillig seine Zeit damit verbringen, einen hübschen Korb zu flechten. Trotzdem muss irgendjemand mal auf die glorreiche Idee gekommen sein: Hey! Wie wäre es, alle Verrückten zusammenzusperren? Dann subtrahiere man jegliche Art von sinnvoller Beschäftigung und ersetze sie durch absolut tödliche Langeweile. Davon muss man doch einfach geistig gesund werden, oder?

Jedenfalls ist es so ein Spleen der Krankenschwestern, fast jeden Satz an uns Patienten mit »Wollen wir« zu beginnen. Aber das ist noch um Längen besser als Dr. Berners allmorgendliche Frage bei der Visite: »Na, wie geht es uns heute?«

»Blendend«, antworte ich anderthalb Wochen nach meinem Einzug. »Wie meiner Urgroßmutter an einem etwas faulen Tag.« Die Medis, die sie mir zu schlucken geben, haben meinen Körper gefühlsmäßig mit Zement vollgepumpt. Ich bin so träge, dass ich nur mühsam vom Bett hochkomme.

»Aber immerhin werden die Zwänge weniger, nicht wahr?«, fragt mich der Doktor ernsthaft. Nur gut, dass er kein Chirurg ist. Er brächte es fertig, seinem Patienten den Kopf abzusäbeln und dann zu sagen: »Aber immerhin ist die Migräne weg, nicht wahr?«

»Geben Sie Ihrem Körper Zeit, sich an die Medikamente zu gewöhnen«, meint er jetzt, und ich nicke nur, weil ich keine Lust habe, mit ihm zu diskutieren. Überhaupt habe ich hier selten auf irgendetwas Lust, schon gar nicht auf das Formen einer Schale aus Ton, worin mein heutiges Vormittagsprogramm besteht.

Beim Mittagessen sitze ich an einem Tisch ganz vorne, zusammen mit zwei anderen Mädchen, die die Krankenschwestern im Blick behalten wollen. Wir flüstern uns gegenseitig Zahlen zu, und ein Unbeteiligter könnte vielleicht glauben, dass wir uns über Lotto oder Börsenkurse unterhalten. Dabei geht es der magersüchtigen Fiona um den Kaloriengehalt ihrer Portion, Keimphobikerin Emma spricht über Krankheitserreger und ich über die Erbsen auf meinem Teller. Selbstverständlich handelt es sich nur in meinem Fall um die korrekte Zahl.

Anschließend ist Mittagsruhe, und dann wird es auch schon Zeit für das, wovor ich mich hier am meisten fürchte: das Einzelgespräch. Wie es der Zufall will, ist Dr. Berner mein zuständiger Therapeut. Ich sitze also in seinem Büro mit den siebzig Büchern und versuche, mich gegen seine bohrenden Fragen zu wappnen. Bei meiner alten Therapeutin, Dr. Wolff, durfte ich einfach über alles reden, was mir durch den Kopf ging, aber Dr. Berner hat offensichtlich etwas anderes mit mir vor.

»Lea«, beginnt er heute und verschränkt seine langen Finger auf der Schreibtischplatte, »mir ist zu Ohren gekommen, dass Sie sich nur höchst widerwillig an den Beschäftigungstherapien beteiligen, und im Gruppengespräch melden Sie sich niemals zu Wort. Deshalb möchte ich gerne von Ihnen wissen, ob Ihnen überhaupt klar ist, weshalb Sie hier sind.«

»Sie haben doch die Geschichte gehört«, sage ich verunsichert. »Die Sache mit meinem kleinen Bruder. Es ist für meine ganze Familie besser, mich aus dem Haus zu haben.«

Natürlich tappe ich damit direkt in seine Falle. »Sehen Sie – Sie verstecken sich in einer Opferrolle. Nicht Ihre

Familie ist schuld, dass Sie eine Therapie benötigen. Sie sollten dies als Chance betrachten, wirklich an sich zu arbeiten.«

Bei seinen Worten beschleunigt sich mein Herzschlag. Ich zähle die Stifte auf dem Schreibtisch (sieben), um mich wieder ein bisschen zu sammeln. Etwa eine halbe Minute lang lässt mich Dr. Berner schweigen, ehe er weiterforscht: »Was geht Ihnen gerade durch den Kopf?«

Zum Glück bin ich in diesem Moment zum zehnten Mal mit den Stiften durch und kann den Blick heben. »Bei der U-Bahn-Station in der Nähe von unserem Haus gibt es … so eine alte Frau. Sie hat einen Teewärmer auf dem Kopf und redet permanent mit sich selbst.«

»Und Sie fragen sich, ob Sie einmal so werden könnten wie diese Dame?«, ergänzt er mit seiner gleichbleibend sanften Stimme, die mich allmählich rasend macht.

»Nein, ich bin eben *nicht* wie sie«, sage ich heftiger als beabsichtigt. »Ich frage mich, warum ich hier bin, während da draußen Menschen mit Teewärmern auf dem Kopf herumlaufen! Dann zähle ich eben etwas häufiger und bin gewissenhafter als andere Leute, na und? Ich gebe zu, dass es bei der Sache mit Tommy aus dem Ruder gelaufen ist, und meine Eltern haben einen guten Grund, mich loswerden zu wollen. Aber ansonsten komme ich schon zurecht!«

»Sie sind wütend«, stellt er fest, und das ist der Moment, in dem mir endlich der Kragen platzt.

»Ach nein, tatsächlich? Bin ich so leicht zu durchschauen? Ich will Ihnen mal was sagen: Sie wären auch wütend, wenn man Sie Medikamente schlucken und Topflappen häkeln lassen würde, nur weil Sie gerne wissen möchten, von welcher Anzahl an Gegenständen Sie umgeben sind!« Ich springe auf und stürme zur Tür – in Wahrheit ist es wohl kein Sturm, sondern eher ein laues Lüftchen. Die Medikamente scheinen mich vergessen zu lassen, wie man anständig läuft.

»Wo wollen Sie denn hin?«, höre ich ihn hinter mir rufen. Trotz meines übersprudelnden Zorns fühle ich eine gewisse Genugtuung, weil er zum ersten Mal die Stimme erhoben hat.

»Mir einen Teewärmer besorgen«, schieße ich zurück, dann bin ich aus seinem Büro draußen.

Jay

Über rekordverdächtiges Pech

»Hey, haben sie dich endlich rausgelassen!«, johlt Flocke, sobald ich aus der Klapse komme. Er hüpft winkend auf und ab, und die ersten Passanten drehen sich nach uns um. Obwohl mir der ganze Körper wehtut vom stundenlangen Putzen, freue ich mich irgendwie über den Anblick seines lächerlichen Iros. Ich gehe auf ihn zu und verpasse ihm einen Stoß in die Seite.

»Halt's Maul, Flöckchen.«

»Mein Kumpel wurde soeben aus der Psychiatrie entlassen«, wendet sich Flocke strahlend an eine vorbeigehende Frau, bevor ich ihn in den Schwitzkasten nehme. Die Frau sieht uns mit großen Augen an und läuft schnell weiter.

»Was machst du eigentlich hier?«, will ich von Flocke wissen, der sich bereits aus meinem Griff gewunden hat.

Er nickt grinsend zu seinem Auto hinüber. »Ich war gerade in der Gegend und dachte, du könntest vielleicht 'ne Mitfahrgelegenheit brauchen.«

Flocke arbeitet seit anderthalb Jahren in einem Blumenladen, was er von Alex und mir immer wieder aufs Brot geschmiert bekommt. Es ist vielleicht der lächerlichste Job auf Erden, aber die Bezahlung ist zumindest gut genug, dass er sich diesen Gebrauchtwagen leisten konnte. Ich klettere hinein, lasse mich gegen die Sitzlehne fallen und strecke stöhnend meine Wirbelsäule durch.

»Und«, sagt Flocke, während er den Motor startet, »gibt's was Neues bei den Psychos?«

»Nicht wirklich, die sind jeden Tag gleich verrückt. Ich schwör dir, manche von den Mädels dort sind so dürr, dass sogar Heidi Klum das Grausen bekommen würde. Außerdem hab ich heute einen kleinen vernarbten Typen gesehen, der immer eine Hundeleine hinter sich herschleift, und ein Mädchen, das meistens bei einem Gummibaum im Flur steht und jedes Blatt einzeln poliert.«

Flocke prustet los. Er liebt meine Psychogeschichten und hat mich in den vergangenen zwei Wochen fast täglich deswegen ausgequetscht. Auch während der gesamten Heimfahrt geht er mir mit Fragen nach Details auf den Sack. Beim Einparken rammt er vor lauter Begeisterung sogar fast einen schwarzen BMW X6, der sich vor unserem Wohnhaus breitmacht. Oh Mann, dieser Vogel bringt es noch fertig, dass wir Ärger mit dem Zuhälter bekommen, dem die fette Karre vermutlich gehört. Etwas genervt betrete ich den dämmrigen Hausflur und krame gerade meinen Schlüssel aus der Hosentasche, als es unter meinen Schuhsohlen knirscht.

Scherben.

Dann sehe ich unseren Fernseher, der zertrümmert vor unserer Wohnung liegt. Die Tür hängt aufgebrochen in den Angeln.

Ich bin zu langsam, um Flocke zurückzuhalten. Er schießt an mir vorbei ins Apartment, und das Nächste, was ich höre, ist ein dumpfer Schlag. Sofort gewinnt das

Adrenalin die Kontrolle über meinen Körper. Noch ehe ich die Situation richtig erfasst habe, stehe ich mitten in unserem verwüsteten Wohnzimmer und lasse meine Faust in das Gesicht des erstbesten Mannes krachen. Der Typ taumelt rückwärts, und ich nutze die Chance, um mir einen Überblick zu verschaffen. Aus dem Augenwinkel erspähe ich Flocke, der von einem zweiten Mann zu Boden gedrückt wird. Ein Dritter bemerkt meinen Moment der Unachtsamkeit und boxt mir in den Magen, sodass ich mich vornüberkrümme. Als ich wieder hochkomme, sehe ich direkt in den Lauf einer Waffe – und da erst wird mir klar, mit wem ich es zu tun habe. Wie konnte ich nur so bescheuert sein, die Zuhälterkarre vor dem Haus nicht zu erkennen?

»Caesar«, keuche ich. »Was zur Hölle soll das? Weiß Mike, welchen Scheiß ihr hier abzieht?«

»Glaub mir, das ist ganz in Mikes Interesse«, schnauzt er mich an. Sein fettes Gesicht hat sich dunkelrot verfärbt, und die schwarzen Haare kleben ihm an der Stirn. »Was wir hier wollen, solltest du dir eigentlich zusammenreimen können, wenn du nur halb so clever bist wie dein Alter. Der hat das schon ganz schlau gemacht, erst die Großzügigkeit von seinem Kumpel Mike auszunutzen und dann zu krepieren. Aber wenn du nicht dasselbe vorhast, würde ich dir raten, demnächst den fehlenden Riesen abzuliefern!«

Ich schließe kurz die Augen, während ich ausatme. Dass es noch so viel ist, hätte ich nicht gedacht. »Würde … ihm vielleicht auch eine Anzahlung genügen?«

»Was denn für 'ne Anzahlung? Sieht es hier vielleicht

so aus, als wäre irgendwas da, was für eine verschissene Anzahlung reicht?« Caesar breitet die Arme aus, um den Schrotthaufen zu präsentieren, der mal unser Wohnzimmer war. Jedes Möbelstück in meinem Blickfeld ist umgeworfen, und dazwischen verteilt sich zerbrochenes Geschirr. Während die Pistole für wenige Sekunden nicht auf mich gerichtet ist, versuche ich, wieder einen kühlen Kopf zu bekommen.

»Okay, Caesar, schon gut. Du hast deinen Standpunkt klargemacht. Aber Mike und ich kennen uns schon seit Jahren, Mann! Da wird er doch wohl ein Auge zudrücken bei ein paar Tagen Verspätung. Er kriegt sein Geld, okay? Ich treibe es auf. Versprochen.«

»Ein Versprechen von dir ist ungefähr so viel wert wie die Hundepisse an deinen Schuhen«, antwortet Caesar, aber er steckt die Waffe zurück in seinen Gürtel. »Also, dann morgen. Das ist mehr Nachsicht, als du verdient hast, kapiert?«

Er gibt den beiden anderen einen Wink, und sie verlassen ohne ein weiteres Wort die Wohnung. Noch einmal höre ich das Knirschen der Scherben im Hausflur, dann sind sie fort.

Flocke rappelt sich ein wenig auf und stützt den Kopf in seine Hände. »Fuuuck«, murmelt er gegen seine Handflächen. »Hättest du Mike das zugetraut, Jay?«

Ich sage nichts, weil ich mir plötzlich nicht mehr sicher bin. Vielleicht ist es eher so, dass ich Mike das nicht zutrauen *wollte*. An Flocke hatte er nie Interesse, weil er den für ungeeignet hält, aber Alex und mich hat er immer so behandelt, als wären wir seine Partner.

»Und was hast du jetzt vor?«, fragt mein WG-Kumpel weiter. »Ich würd dir die Kohle ja geben, das weißt du, aber ich bin blank.«

»Dito«, antworte ich knapp. Meine Gedanken haben sich inzwischen aus ihrer Schockstarre gelöst und drehen sich wie verrückt im Kreis. Um wenigstens irgendwas zu tun, mache ich mich ans Aufräumen, aber dabei zermartere ich mir ununterbrochen das Hirn. Weder Flocke noch Alex, der wenig später nach Hause kommt, können einen hilfreichen Vorschlag beisteuern. Die traurige Wahrheit ist, dass ich niemanden kenne, der mal eben tausend Euro hätte und sie mir auch noch leihen würde. Bis zum nächsten Morgen fällt mir deshalb nichts anderes ein, als Mike um eine weitere Gnadenfrist zu bitten. Das ist so wenig erfolgversprechend, dass man es nicht mal als Plan bezeichnen kann.

»Fünf Minuten zu spät«, empfängt mich Schwester Heidrun, als ich todmüde in der Klinik eintreffe.

»Weltbewegend«, murmle ich und versuche, mich an ihr vorbeizuschieben, aber sie baut sich direkt vor mir auf. Ihr Kopf reicht mir ungefähr bis zur Brust. Normalerweise würde ich das witzig finden, aber nicht heute.

»Herr Levin, wenn das Ihre Haltung zum Thema Arbeitsmoral sein soll, dann …«

»Oh, das ist nicht meine Haltung zum Thema Arbeitsmoral«, unterbreche ich sie. »Sondern das.« Und ich zeige es ihr.

Das Ende vom Lied ist, dass sie vor Empörung noch ein wenig mehr anschwillt und mich zum Büro des Chefarztes schleppt. Ich weiß, dass ich gerade an meinem eigenen Ast säge, aber es ist mir scheißegal. Vielleicht wären ein paar Monate Gefängnis sogar das Beste, was mir jetzt noch passieren könnte.

Dieser Meinung scheint die Schwester ebenfalls zu sein. Sie ist derart geladen, dass sie gleich nach dem Klopfen die Tür aufreißt, ohne auf die Erlaubnis vom Chefarzt zu warten. Der sitzt an seinem Schreibtisch und lässt bei unserem Eintreten ein Kuvert auf die Unterlage fallen.

»Ja, bitte?«, fragt er etwas gereizt.

»Herr Doktor, dieser junge Mann bildet sich tatsächlich ein ...«, fängt sie an und labert dann noch eine ganze Weile vor sich hin, aber ich höre nicht mehr zu. Meine Augen sind fest auf das Kuvert gerichtet, während mir mein Puls in den Ohren dröhnt. Ich glaube zwar nicht an Gott – das wurde mir vor langer Zeit ausgetrieben –, aber diese Situation kommt mir so unwahrscheinlich vor, dass es fast schon ein Wunder ist. Der Chefarzt war verdammt noch mal gerade beim Geldzählen! Und weil wir ihn dabei unterbrochen haben, wird er die genaue Summe vermutlich nicht kennen. Eine bessere Chance, um den Kopf aus der Schlinge zu ziehen, kriege ich bestimmt nicht. Ich muss es nur schaffen, ein paar Sekunden alleine im Zimmer zu sein.

»Kann ich auch mal was sagen, Doc?«, falle ich der Krankenschwester ins Wort. »Ich finde es schon irgendwie unfair, dass man bei mir so genau auf die Regeln achtet, und die Psy... die Patienten dürfen sich alles erlauben. Ich krieg eins auf den Deckel, weil ich zu spät komme, und muss mich auch noch beklauen lassen?«

»Wer hat Sie bitte schön …«, braust Schwester Heidrun auf, doch der Doktor hebt die Hand.

»Was meinen Sie, Herr Levin?«, fragt er ruhig.

»Na ja, ich hatte 'n ziemlich teures Klappmesser dabei, hier in der Hosentasche. Als ich auf die Station gekommen bin, war es weg. Ich dachte erst, ich hätte es verloren, und hab danach gesucht. Deswegen war ich ja zu spät. Aber dann ist mir eingefallen, dass ich es noch hatte, bevor mich dieser kleine Typ angerempelt hat.«

»Kleiner Typ?!«, wiederholen die beiden im Chor. Jetzt sieht der Doc ebenfalls angepisst aus.

»Ja, der mit der Hundeleine und den Narben an den Unterarmen.«

Während die beiden noch mit offenem Mund dastehen, passiert das zweite Wunder. Genau genommen ist es gar nicht so selten, dass hier mal jemand schreit. Nicht nur, dass die Leute verrückt sind – sie langweilen sich bestimmt auch zu Tode, und deshalb rasseln immer wieder zwei aneinander. Aber dass gerade in diesem Moment jemand sein Gebrüll vom Stapel lässt, ist schon beinahe zu gut, um wahr zu sein.

»Sie wagen es, ein Messer mit auf die Station zu bringen?«, faucht mich die Krankenschwester an, ehe sie auf dem Absatz kehrtmacht. Der Doktor hat noch die Geistesgegenwart, das Kuvert in die obere Schreibtischschublade zu werfen, dann stürmt auch er an mir vorbei auf den Flur. Ich brauche ein paar Herzschläge lang, um zu kapieren, dass ich jetzt wirklich alleine bin.

Alleine mit einem ganzen Stapel Kohle.

Meine Atmung beschleunigt sich, als ich auf den Schreibtisch zugehe. Das Parkett knarrt unter meinen Füßen. So behutsam wie möglich öffne ich die Schublade und greife nach dem Kuvert. Auf den ersten Blick erkenne ich, dass der Inhalt aus eher kleineren Scheinen besteht. Ich werde eine ziemliche Menge davon nehmen müssen, um Mike zu besänftigen. Ganz kurz frage ich mich, ob das hier womöglich Spendengelder sind und wie scheiße es eigentlich von mir ist, mich daran zu bedienen, aber der Gedanke verschwindet gleich wieder. Für ein schlechtes Gewissen habe ich jetzt keine Zeit. Ich ziehe den gesamten Stapel heraus und versuche, die Scheine ungefähr abzuzählen, als mich ein Geräusch zum Stocken bringt. Es klingt eigentlich nur wie ein Luftzug, aber das genügt, um meinen Kopf hochschnellen zu lassen.

Im Türrahmen steht das irre Gummibaummädchen und schaut mich an.

Fuck. Reflexartig will ich den Stapel ins Kuvert zurückstopfen, aber natürlich rutscht er mir dabei aus den Fingern. Ein Teil der Scheine flattert auf den Schreibtisch, der Rest landet rings um mich herum auf dem Fußboden. Das Geld jetzt hektisch einzusammeln, hätte überhaupt keinen Zweck – verdächtiger kann man sich wohl kaum benehmen. Mein Hirn rattert, während mich das Mädchen weiterhin anglotzt, die Augen groß wie Untertassen. Endlich sage ich lahm: »Hey, du hast hier nichts verloren. Wenn der Doc weg ist, dürfen nur Leute ins Büro, die hier arbeiten. Los, hau ab!«

Ebenso gut hätte ich einem Laternenpfahl was vorbeten können. Der einzige Erfolg ist, dass sich ihre Augen sogar noch mehr weiten, bis sie viel zu viel Platz in ihrem

Gesicht einnehmen. Irgendwie kommt sie mir in diesem Moment bekannt vor – wahrscheinlich erinnert sie mich an die Verrückte aus einem Horrorfilm. Ich räuspere mich und probiere es anders: »Ähm … wollen wir … jetzt wieder brav ins eigene Zimmer zurückgehen, hm?«

Meine perfekte Imitation der Krankenschwesternsprache entlockt ihr endlich ein Lebenszeichen. Leider verbessert das meine Lage nicht wesentlich.

»Ein schöner Tag, um Chefärzte zu beklauen«, stellt sie fest und macht einen Schritt auf mich zu.

»Wie kommst du auf die Idee, dass ich …«

Sie lässt mich nicht einmal ausreden. »Das kannst du dir sparen. Du bist ein Dieb, und ich sollte dich anzeigen.«

Da wird mir bewusst, dass Leugnen keinen Zweck hat. Alles, was ich jetzt noch versuchen kann, ist Schadensbegrenzung. »Es gibt wohl keine Möglichkeit, dich davon abzubringen, oder?«, erkundige ich mich bitter. Schon spannend, wie mein Leben innerhalb weniger Stunden komplett den Bach runtergeht.

Zu meiner Überraschung denkt sie tatsächlich darüber nach. Ihr brauner Zopf streicht über ihre Schulter, während sie den Kopf schief legt. Dann richtet sie die Augen wieder auf mich, und plötzlich wirkt ihr Blick ganz klar. »Doch«, sagt sie mit Nachdruck. »Ich erzähle niemandem von dieser Sache, und dafür hilfst du mir hier raus. Deal?«

Lea

5 Atemzüge ...

... dehnen seinen Brustkorb unter dem schwarzen T-Shirt, ehe er mir antwortet. Als endlich wieder seine raue Stimme erklingt, fühlt es sich an wie eine Erlösung.

»Was soll das heißen?«, fragt er voller Argwohn. »Soll ich dir vielleicht 'ne Feile in ein Brot einbacken, oder was?« Er schaut an mir vorbei zur Tür, als überlege er, bei der nächsten Gelegenheit einfach abzuhauen.

Meine Handflächen beginnen zu schwitzen. Was ich jetzt vorhabe – eine Idee, die erst vor wenigen Sekunden aus dem Nichts entstanden ist –, könnte sich als dümmster Fehler meines Lebens erweisen. Ich kenne diesen Typen kaum, und das, was ich gerade beobachtet habe, spricht nicht unbedingt für ihn. Trotzdem bilde ich mir ein, bei unserem ersten Zusammentreffen vor zwei Monaten echte Freundlichkeit in seinem Gesicht entdeckt zu haben. Ob er sich wohl noch an mich erinnert?

»Nein, so meinte ich das nicht«, entgegne ich. »Über die Dauer meines Aufenthalts darf ich selbst entscheiden, ich bin nämlich aus freien Stücken hier. Wenn ich allerdings noch länger bleibe, werde ich komplett wahnsinnig!«

»Ich überbringe ja nur ungern schlechte Nachrichten, aber dieser Zug ist abgefahren.« Seine grauen Augen haben sich zu Schlitzen verengt, und der abschätzige Tonfall treibt mir das Blut in die Wangen. Das hier läuft wahrhaftig noch mieser, als ich befürchtet hatte.

»Und woher willst du das wissen?«

»Du hast stundenlang die Blätter von diesem Gummibaum poliert, verdammt!«

»Ich habe die Blätter nicht poliert«, widerspreche ich entrüstet. »Ich habe sie gezählt.«

»Ach so, na dann!« Er stützt die Hände auf Dr. Berners Schreibtisch und beugt sich ein wenig vor. »Sag mal, bist du etwa so wie dieser ... dieser Typ aus diesem Film ...?«

Ich warte ab, doch er macht keinerlei Anstalten, seine Frage zu präzisieren, also rate ich ins Blaue hinein: »Rambo?«

Er schneidet mir eine Grimasse. »Klar. Nein, ich glaube, der hieß Nash. Genau, dieser durchgeknallte Mathefreak aus *A Beautiful Mind*. Ist bei dir dasselbe kaputt?« Auf einmal verschwindet die Besorgnis aus seinem Gesicht und wird durch ein verschlagenes Grinsen ersetzt. »Kann es sein, dass du dir das alles nur einbildest?«

Damit hat er den letzten Rest Wohlwollen bei mir verspielt. »Keine Chance«, fauche ich ihn an. »Ich weiß genau, was ich gesehen habe, und ich habe kein Problem damit, es zu melden. Wenn du an einem fairen Handel nicht interessiert bist ...«

Der Satz hängt noch in der Luft, als er mich am Arm packt. »Okay, nur die Ruhe. Sag mir einfach, was du von mir willst, klar?«

»Nach meiner Entlassung werde ich eine neue Bleibe brauchen. Meine Eltern haben mich hierher abgeschoben, also kann ich nicht zu ihnen zurück«, stoße ich hervor, während ich auf seine Finger starre, die einen Ring um meinen Oberarm bilden. Sobald ich zu Ende gesprochen habe, lockert sich sein Griff.

»Ist nicht dein Ernst«, sagt der Typ, unüberhörbar entsetzt. »Du willst bei mir wohnen, Nash?!«

»Ich heiße Lea. Lea Moll.«

»Jay Levin. Und ich sage dir ehrlich, dass wir so nicht ins Geschäft kommen. Meine Wohnung ist ziemlich klein, und ich hab auch ohne einen weiteren Mitbewohner genug Probleme.« Er geht in die Hocke und fängt an, die Geldscheine mit flinken Fingern vom Boden aufzusammeln. Offensichtlich glaubt er nicht mehr daran, dass ich ihn anzeigen könnte, und versucht jetzt, die Spuren zu beseitigen.

»Geldprobleme?«, frage ich schnell. Noch ehe er etwas erwidern kann, fasse ich in den Ausschnitt meines Sweaters und ziehe einen Anhänger hervor. »Das hier ist ein Smaragd in Weißgold, achtzehn Karat. Meine Eltern haben ihn mir zum vorletzten Geburtstag geschenkt und über siebenhundert Euro dafür bezahlt.«

»Ach du Sch…« Nun kommt Jay wieder auf die Beine. Sein Gesichtsausdruck verrät mir, dass er unter meiner schlichten Kleidung kein solches Schmuckstück erwartet hätte. Ich trage nur bequeme Sachen ohne Knöpfe, die mich morgens zu einem zeitraubenden Zählritual zwingen könnten, aber diese Kette ist für mich eine Art Talisman. Sie steht für die Hoffnung meiner Eltern – und vielleicht auch für meine eigene –, dass ich mit dem Erreichen der Volljährigkeit aus meinen »Ticks« herausgewachsen sein würde. Dass dann eher das Gegenteil eintreten würde, konnten wir damals schließlich nicht ahnen.

»Wieso gehst du nicht einfach in ein Hotel, wenn du so einen Klunker um den Hals trägst?« Jay legt unschlüssig ein paar eingesammelte Geldscheine auf den Schreibtisch und streckt die Hand nach dem Anhänger aus. Der Stein wirft grüne Lichtblitze auf seine Haut. Instinktiv weiche ich ein wenig zurück.

»Weil ich nicht glaube, dass sie dort Schmuck als Zahlungsmittel akzeptieren, und Bargeld besitze ich nicht. Also was ist, schlägst du ein?«

Sein Zögern ruft ein fieberhaftes Beben in meinem Inneren hervor. Solange er nicht Nein sagt, besteht noch die Chance, dass ich einer endlosen Reihe grausamer Therapiestunden entgehe. Solange er nicht Nein sagt, darf ich hoffen. Aber dann verhärtet sich seine Miene, und es ist, als würde ein Fallgitter vor meiner Zukunft herunterrasseln.

»Vergiss es«, antwortet er kalt. »Ich werd schon irgendwie klarkommen. Und vor allem lass ich mich nicht von einer erpressen, die …«

Seine Stimme, eben noch getragen von trotzigem Selbstbewusstsein, erstirbt mitten im Satz. Ich kann beobachten, wie sein Blick an mir vorbeiwandert und sich Entsetzen darin breitmacht. Dann bringt mich auch schon ein barscher Ausruf dazu, herumzuwirbeln: »Herr Levin, können Sie mir das erklären?!«

Dr. Berner steht im Türrahmen, die Augenbrauen unheilverkündend zusammengezogen. Er starrt zum Schreibtisch, auf dem das Geld verstreut liegt. Offenbar erholt er sich gerade von seinem Schreck, und es kann nur noch wenige Sekunden dauern, bis sich seine gesamte Wut entlädt. Hastig wende ich mich wieder zu Jay, dessen Gesicht zunehmend fahler wird. Das Bild, das er gerade bietet, würde im Wörterbuch gut unter die Redewendung passen »Auf frischer Tat ertappt«.

Was dann geschieht, verstehe ich selbst nicht so recht – eine fremde Macht scheint mich zu steuern. »Er muss es nicht erklären«, höre ich mich sagen. »Das kann ich genauso gut.« Ich schaue Jay fest an, versuche, seine Miene zu deuten.

Deal?

Er beißt sich auf die Lippe, und mein Schweigen dauert schon fast zu lange für eine dramatische Pause – als er endlich nickt. Unmerklich für Dr. Berner, aber ich werde sofort von einer Woge aus Aufregung und Triumphgefühl überrollt.

»Ihr Schreibtisch mit den vielen Schubladen hat mich in jeder Sitzung total nervös gemacht«, fahre ich an den Doktor gerichtet fort. »Ich wusste ja nicht, was da drinnen ist. Als die Bürotür jetzt offen war, wollte ich bloß die Gelegenheit nutzen, um mal den Inhalt zu zählen. Aber der Typ hier hat mich dauernd gestört.« Ich nicke vorwurfsvoll in Jays Richtung, und er überwindet seine Verblüffung schnell genug, um mit den Schultern zu zucken.

»Keine Ahnung, ich fand es halt nicht okay, dass sie Ihren Schreibtisch durchwühlt. Ich würde mich das jedenfalls nicht trauen«, sagt er, und es ist wohl seine Dreistigkeit, die diese Lüge glaubhaft macht.

Dr. Berner kratzt sich am Hinterkopf. »Nun ... Sie sind

aber auch kein Patient hier, das sollte Ihnen schon klar sein. Und deshalb muss ich mich unbedingt mit Ihnen darüber unterhalten, welche Regeln Sie hier zu befolgen haben.« Er wendet seine Aufmerksamkeit noch einmal mir zu und macht eine etwas fahrige Handbewegung. »Sie können gehen, Lea«, sagt er in einem beruhigenden Tonfall. »Wir sehen uns später beim Einzelgespräch.«

Damit marschiert er zu seinem Bürostuhl und scheucht den vermeintlichen Retter seines Hab und Guts von den Schubladen weg. Nachdem Jay den Schreibtisch umrundet und Dr. Berner den Rücken zugekehrt hat, huscht ein völlig neuer Ausdruck über sein Gesicht: grenzenlose Erleichterung und – vielleicht – auch so etwas Ähnliches wie Dankbarkeit. Gleich darauf ist die Unschuldsmiene allerdings wieder intakt. Ich zähle seine Schritte mit, und wie erwartet, beachtet Dr. Berner mein Flüstern nicht weiter. So kann ich Jay unauffällig »um acht beim Haupteingang« zuwispern, als er direkt neben mir stehen bleibt. Danach nicke ich dem Doktor zu und verlasse das Büro.

Die Medikamente zwingen mich trotz meiner Nervosität zu einem gemächlichen Schritttempo, während ich den Gummibaum ansteuere. Die folgende halbe Stunde verbringe ich damit, ein letztes Mal die Blätter zu kontrollieren.

Jay

Über WAS ZUR HÖLLE MACHE ICH DA?

Ich muss verrückt geworden sein. Ja, genau das ist es: Die vielen Psychos haben auf mich abgefärbt. Anders kann ich mir nämlich nicht erklären, warum ich mal eben ein Mädchen aus der Klapsmühle adoptiert habe. Noch nie haben irgendwelche Frauen bei mir gewohnt, jedenfalls nicht länger als für zwölf Stunden, und das war ein verdammt angenehmer Zustand. Im Grunde habe ich also überhaupt keine Ahnung, wie man mit weiblichen Wesen zusammenlebt – außer damals mit meiner Mom, aber diese Zeit habe ich mittlerweile aus meinem Gedächtnis gestrichen.

Nur mit halbem Ohr höre ich zu, während Dr. Berner mir für meine Verantwortungslosigkeit eine verbale Abreibung verpasst. Ich mache eine kleine Show daraus, wie ich mein Klappmesser ganz zufällig in der anderen Hosentasche finde, und der Doc sieht mich an, als wolle er mich gerne als einen seiner Patienten aufnehmen. Dann erlaubt er mir gnädigerweise, wieder den Mopp zu schwingen. Ich gehe mit dem Gefühl an die Arbeit, meine Seele an den Teufel verkauft zu haben, nur um meinen Arsch zu retten: Wahrscheinlich hätte der Doc Lea ohnehin nicht geglaubt, wenn sie mich angeschwärzt hätte. Aber nachdem er mich mit seiner Kohle erwischt hat, sieht die Sache leider ganz anders aus. Jetzt würde sicher ein Wort vom Gummibaummädchen genügen, und man würde mich als gemeinen Irrenhaus-Dieb hopsnehmen. Allmählich glaube ich, das Motto meines Lebens ist *Shit happens.*

Kurz vor acht Uhr melde ich mich bei einer der Krankenschwestern ab und verlasse die Station, ständig auf der Hut vor dürren Mädchen in übergroßen Pullis. Bisher war keine Spur von Lea zu sehen – vielleicht hat sie ja kalte Füße gekriegt? Gerade beginne ich, mich zu freuen, als ich sie auf den Treppen vor der Klinik entdecke. Natürlich bin ich ihren riesigen Augen ebenfalls nicht entgangen.

»Geschafft«, verkündet sie und winkt mit einem Zettel, bei dem es sich wahrscheinlich um ihren Entlassungsbrief handelt. In der anderen Hand hält sie eine Reisetasche.

»Na klasse.« Der Stand meiner Begeisterung ist geradezu unterirdisch, aber sie plappert einfach weiter.

»Ja, war gar nicht so leicht. Dr. Berner hat mir ausdrücklich davon abgeraten, frühzeitig zu gehen, und mir ewiglange Vorhaltungen gemacht.«

»Willkommen im Club.« Ohne Umschweife strecke ich die Hand aus. »Kette?«

Sie zuckt ein bisschen zurück, so wie schon im Büro vom Doc. In ihren Augen erkenne ich Misstrauen, und das erinnert mich daran, wie viel einfacher der Umgang mit Mädchen ist, die keinen hübschen kleinen Verfolgungswahn haben. »Die Kette bekommst du, sobald wir in deiner Wohnung sind«, sagt sie und schiebt ihr Kinn vor.

»Tja, Nash, ich kann aber jetzt nicht gleich nach Hause. Erst muss ich das Ding als Anzahlung für meine Schulden abliefern.«

»Dann komme ich mit.«

Gereizt fahre ich mir durch die Haare. »Die Leute dort haben keine Lust auf unangekündigte Besucher, alles klar?«

»Und ich hab keine Lust, hier auf dich zu warten!«, beharrt sie, stur wie ein kleines Kind. Im nächsten Moment begreife ich, dass sie vielleicht überhaupt nicht in der Lage wäre, alleine zu warten – kriegt sie ohne Aufsicht einen Anfall oder so? Oh Mann, worauf hab ich mich da nur eingelassen.

»Na meinetwegen, aber stell bloß keine bescheuerten Fragen!«

Sie macht eine Geste, als wollte sie ihren Mund versperren. Danach hält sie tatsächlich für ein paar Minuten die Klappe, aber leider ändert sich das, sobald wir in den Bus steigen.

»Was treibst du da?«, knurre ich über das Brummen des Motors hinweg.

Lea antwortet nicht, obwohl ihre Lippen ständig in Bewegung sind. Es dauert nicht lange, bis ein paar Leute in unserer Nähe auf ihr Gemurmel aufmerksam werden. Ach du Schande, sie betet. Sie betet und wirkt dabei zu Tode verängstigt! Wundert mich nicht, wenn hier gleich eine Massenpanik ausbricht. Würde sie Flüche oder dreckige Witze vor sich hin brabbeln, kämen die Leute damit klar, das gehört ja schon fast zum Alltag. Aber Beten im Bus ist einfach nur gruselig.

Ich rutsche etwas tiefer in meinen Sitz und versuche, so zu tun, als hätte ich diese durchgeknallte Braut noch nie zuvor gesehen. Um ehrlich zu sein, bin ich selbst nicht immer der unauffälligste Fahrgast, vor allem nicht, wenn ich feiern war … und dann gab es da noch diesen gewissen hosenfreien Dienstag, den ich einer Wette zu verdanken hatte. Trotzdem hat mich das Gaffen der Leute selten so genervt wie jetzt. Es kommt mir wie eine Ewigkeit vor, bis wir die richtige Station erreicht haben. Sobald Lea wieder im Freien steht, hört sie mit dem Gemurmel auf.

»Ach, jetzt sind die religiösen Anwandlungen vorbei?«, frage ich sarkastisch.

Sie schaut mich nicht an, als sie antwortet. »Das mach ich nur während der Fahrt.«

»Aber wieso?!«

»Weil … weil ich eben Angst habe und nicht gerne mit dem Bus unterwegs bin, okay? U-Bahn geht in Ordnung, nur nichts im Straßenverkehr.«

»Soll das heißen, dass du niemals Auto fährst?«, hake ich nach, ohne zu wissen, warum mich das interessiert. Es ist so, wie wenn man spätabends durch die Kanäle zappt und bei einer Doku über Sadomasoclubs hängen bleibt: nicht mein Ding, aber zu abartig, um einfach wegzuschalten.

Lea zuckt die Achseln. »Doch, ich hab sogar den Führerschein gemacht. Mit siebzehn, als es mir noch etwas besser ging. Aber gleich danach … Na jedenfalls, seitdem fahre ich nur noch bei meinen Eltern mit, wenn es sich nicht vermeiden lässt.«

»Und wieder muss ich fragen: *aber wieso?*«

»Ganz einfach, weil es wahnsinnig riskant ist! Alle neunzig Sekunden stirbt ein Mensch unter fünfundzwanzig im Straßenverkehr, wusstest du das? Sogar noch schlimmer als die Vorstellung, selbst bei einem Unfall zu sterben, finde ich den Gedanken daran, dass ich jemanden überfahren könnte! Dann müsste ich mein ganzes restliches Leben damit zurechtkommen, eine Mörderin zu sein!«

Sie redet immer schneller und lauter, die Augen auf einen Punkt irgendwo neben mir gerichtet. Bin ich eigentlich vollkommen bescheuert, eine Verrückte auf offener Straße zu provozieren? Bevor sie mir eine Szene macht, nehme ich sie am Arm und ziehe sie von der Bushaltestelle weg.

»Okay, wir wollen jetzt nichts von Mord durch die Gegend posaunen«, versuche ich mich noch mal in Krankenschwesterisch. Es scheint Lea tatsächlich ein wenig zu beruhigen, denn sie läuft anstandslos neben mir her.

Mikes Lokal, das Wexberger, ist ein ganzes Stück entfernt, doch mittlerweile würde ich den Weg durch die verwinkelten Gassen beinahe im Schlaf finden. Als ich schließlich haltmache, mustert Lea verwirrt erst die Kneipe, dann mich. Anscheinend hat sie etwas ganz anderes erwartet, aber sie erinnert sich wohl an mein Verbot, blöde Fragen zu stellen. Diesmal legt sie die Kette, ohne zu zögern, in meine geöffnete Hand. Ihre Finger fühlen sich eiskalt an.

Ich beuge mich ein wenig vor, um ihren Blick einzufangen. »Hör zu«, sage ich gedämpft, »was auch immer du dadrin mitbekommst – ich muss mich darauf verlassen können, dass du es für dich behältst. Wenn du das nicht schaffst, ist unser Deal geplatzt, du bist deine Kette los und kannst sehen, wo du bleibst. Hast du das verstanden?«

Ihre Antwort auf meine Drohung ist nur ein schwaches Nicken. Mir bleibt gar nichts anderes übrig, als das zu akzeptieren. Sie wird sich bestimmt nicht damit abfinden, vor dem Lokal auf mich zu warten, und um ehrlich zu sein, ist es auch keine besonders gute Idee für ein Mädchen, in dieser Gegend alleine auf der Straße zu stehen. Ich stoße also ohne ein weiteres Wort die Tür auf und trete in die rauchige Luft, die mir entgegenschlägt.

Im Innern ähnelt das Wexberger mit seinen holzverkleideten Wänden unzähligen anderen Kneipen Wiens. Wie immer ist kaum die Hälfte der Tische besetzt, aber das spielt keine Rolle. Schließlich dient das Lokal Mike nur als Mittel zum Zweck.

Mit Lea als Anhang marschiere ich geradewegs hinter den Tresen und gebe dem Barmann Nico ein Handzeichen. Mein Ziel ist die eiserne Tür mit der Aufschrift *Zutritt nur für Personal*, gleich neben dem Eingang zur Küche. Um keine Diskussion zu riskieren, lasse ich Lea schweigend den Vortritt. Sie schiebt sich mitsamt ihrer Reisetasche an mir vorbei, die Schultern so verkrampft, dass ich es unter ihrem weiten Sweater erkennen kann. Als die Tür hinter uns ins Schloss fällt, zuckt sie zusammen und wagt sich dann nur langsam auf die steile Kellertreppe. Ich glaube, sie wieder irgendetwas murmeln zu hören, während sie Stufe für Stufe hinuntersteigt, aber ich verstehe kein Wort.

Wir gelangen in einen kleinen Lagerraum, dessen Regale mit Getränkekisten und Konserven gefüllt sind. Neben einem Vorratsschrank befindet sich eine weitere Tür mit Verbotsschild. Ehe ich die Hand hebe, um zu klopfen, werfe ich Lea über die Schulter einen finsteren Blick zu.

»Warte hier fünf Minuten auf mich, und fass solange ja nichts an.«

Wieder dieses zittrige Nicken. Ich hoffe, sie hat nicht

gemerkt, dass ich selbst ein wenig Schiss habe. Gemessen an dem, was gestern in meiner Wohnung passiert ist, könnte Mike richtig schlecht auf mich zu sprechen sein. Seine Stimme klingt allerdings neutral, als er mich hereinbittet. Ich betrete sein Büro und schließe gleich die Tür hinter mir, damit er Lea nicht sieht. Wie üblich sitzt er an seinem Schreibtisch, die Füße in den Lederboots von sich gestreckt. Seine Jeans und das enge Poloshirt lassen erkennen, dass er nicht gerade ein Muskelprotz ist, doch das muss er auch gar nicht sein. Er hat ja Caesar und die anderen Dreckskerle.

Als Reaktion auf mein Erscheinen hebt Mike nur eine Augenbraue. Dabei legt sich seine gebräunte Haut unter den zurückgegelten blonden Haaren in Falten, und ich frage mich zum hundertsten Mal, wie alt er wohl ist. Meine Schätzung liegt bei Ende vierzig, schließlich kannte er meinen Vater noch aus der Schulzeit, aber sein glatt rasiertes Kinn lässt ihn um einiges jünger wirken. Der Geruch seines Aftershaves brennt mir in der Nase. Ich atme unauffällig durch den Mund, während ich vergeblich auf einen Gruß warte. Bevor die Stille zu lange dauert, mache ich einen Schritt nach vorne und werfe Leas Klunker auf die Tischplatte.

»Ist das als Anzahlung okay? Kaufpreis war über siebenhundert.«

Mike betrachtet mich herablassend. »Was hat dir denn die Laune verhagelt, Kleiner?«, fragt er, während seine Finger mit dem Anhänger spielen. Seine Hände sind ziemlich schmal, und die Nägel scheinen allen Ernstes poliert zu sein.

»Keine Ahnung – irgendwie steh ich nicht so auf Überraschungsbesuche, schon gar nicht, wenn's dabei um die Schulden von meinem Alten geht!«

»Jetzt komm mal wieder runter«, sagt Mike unbeeindruckt. »Ich habe ein Geschäft zu führen, und das läuft nur, wenn jeder seinen Anteil pünktlich bezahlt. Nach dem, was du dir letztens geleistet hast, bist du wirklich nicht in der Position, dich über irgendwas zu beschweren, klar?«

»Die Bullen waren in Zivil, wie hätte ich …«

»Du bist lange genug dabei, um ein Gespür für so was zu haben!«, fällt er mir ins Wort. »Was soll das werden, Jay, hm? Versuchst du nach all der Zeit, die wir uns kennen, meine Geduld zu missbrauchen?« Einer seiner Mundwinkel geht nach oben, aber ich weiß, dass das kein Lächeln sein soll.

»Nein.«

Mike lehnt sich wieder in seinem Stuhl zurück. »Hätte ich auch nicht von dir erwartet. Das Ding hier«, er nickt zu der Kette, »geht wahrscheinlich für fünfhundert weg. Den Rest kannst du innerhalb der nächsten Wochen bei mir abarbeiten.«

Ich brauche einen Moment, um seine Worte zu kapieren. Nie im Leben hätte ich damit gerechnet, noch einmal einen Auftrag von ihm zu bekommen. »Du gibst mir eine zweite Chance?«, frage ich gedehnt.

»Eine allerletzte, Jay. Die solltest du nicht vermasseln. Was ist nun, bist du dabei?«

Der Blick aus seinen wasserblauen Augen scheint mich zu durchbohren. Ich spüre das Pochen meiner Halsschlagader, und meine Gedanken überschlagen sich bei dem Versuch, eine Entscheidung zu treffen. Scheiße, ich hab doch schon die Sozialstunden wegen Drogenbesitz am Hals. Jetzt einfach wieder ins Geschäft einzusteigen, ist definitiv ein Spiel mit dem Feuer. Noch dazu werde ich mich ganz schön ranhalten müssen, um innerhalb weniger Wochen fünfhundert wettzumachen. Allerdings habe ich keine Möglichkeit, das Geld auf andere Art zu verdienen – ich glaube nicht, dass mir demnächst der kleine Hundeleinen-Typ ein Tauschgeschäft mit wertvollem Schmuck anbieten wird. Und wenn Mike dir eine zweite Chance gibt, musst du schon gehirnamputiert sein, um darauf zu spucken.

»Okay«, sage ich. »Danke. Diesmal werde ich dich nicht enttäuschen.«

»Nein, das wirst du nicht.« Es hätte eine Ermutigung sein können, aber stattdessen klingt es eher wie eine Drohung. Mike beugt sich hinunter, um etwas aus der Schreibtischschublade zu holen, und streckt dann eine Hand in meine Richtung. Die silberne Folie knistert, als ich das Paket entgegennehme. Behutsam verstaue ich es in meinem Rucksack.

Lea

14 Treppenstufen ...

... später stehen wir wieder draußen vor dem Lokal. Obwohl es selbst jetzt am Abend sehr warm, beinahe schwül ist, spüre ich die Kälte des Lagerraums noch in den Knochen. Vielleicht liegt es daran, was ich dort unten mitbekommen habe, oder an dem verkniffenen Gesichtsausdruck, den Jay seit seiner Rückkehr zur Schau trägt. Schweigend laufen wir nebeneinanderher zum Bus, doch auf halbem Wege halte ich es nicht mehr aus.

»Hast du alles geschafft, weswegen wir hier waren?«, frage ich gespielt locker, während sich mein Magen zusammenballt.

»Jep. Aber ich hab heute Abend noch jede Menge vor, also sollte ich dich so bald wie möglich in meinem Apartment abliefern.« Wie um seine Worte zu unterstreichen, beschleunigt er sein Tempo. Trotz meiner relativ langen Beine muss ich mich anstrengen, um an seiner Seite zu bleiben. Leider arbeitet mein Mund dabei ebenso schnell.

»Und hat das etwas zu tun mit ...« Ich hefte den Blick auf seinen ausgebeulten schwarzen Rucksack und stolpere fast, als Jay ohne Vorwarnung stoppt. Abrupt dreht er sich zu mir um, die Augen zu Schlitzen verengt. Mir kommt es so vor, als hätten sie die Farbe gewechselt – zum ersten

Mal wirken sie nicht silbern, sondern dunkler. Gewitterwolkengrau.

»Pass jetzt mal gut auf, Nash«, sagt er leise, betont aber jede einzelne Silbe. »Wenn diese Sache irgendwie funktionieren soll, musst du dir ein für alle Mal merken: Was ich außerhalb meiner Sozialstunden mache, geht dich einen Scheißdreck an.«

Ich würge den Kloß in meiner Kehle herunter, damit ich überhaupt in der Lage bin zu antworten. Wie es aussieht, habe ich tatsächlich alles auf die falsche Karte gesetzt. »Sozialstunden? Das ist der Grund, warum du in der Klinik arbeitest?«

»Aber nein, es war immer schon mein Traum, in einem Haus voller Psychopathen den Meister Proper zu spielen.« Er beobachtet mich aufmerksam, wahrscheinlich um zu überprüfen, ob seine Worte ihr Ziel treffen. »Was ist? Bekommst du jetzt doch Lust, heim zu Mama und Papa zu ziehen? Du bist sofort aus unserem Deal entlassen, wenn du das willst.«

»Und meine Kette verbuche ich als mildtätige Spende? Das könnte dir so passen!« Es gelingt mir, jede Emotion aus meiner Stimme zu verbannen. In Wahrheit wird mir ganz schlecht, wenn ich nur daran denke, meinen Eltern wieder unter die Augen zu treten. Das hier ist momentan der einzige Weg, der mir offen steht.

Jay zuckt die Achseln. »Schön, wie du meinst. Dann sei aber nicht enttäuscht, wenn dich bei mir zu Hause nicht der Taj Mahal erwartet.«

Bevor ich etwas erwidern kann, wirbelt er herum und marschiert weiter. Ich messe seinem letzten Satz wenig

Bedeutung bei – wie viel schlimmer kann es schon sein als ein Zimmer mit Gitterstäben vor den Fenstern?

Während der Busfahrt gebe ich mir Mühe, meine Lippen ganz unauffällig zu bewegen, denn mir ist Jays Blick beim ersten Mal nicht entgangen. Zwar bin ich es gewohnt, in der Öffentlichkeit erschrocken beobachtet zu werden, aber mein Mitbewohner in spe hat einen regelrecht angewiderten Eindruck gemacht. Dabei kann ich wirklich nichts dafür; das Beten im Auto ist einer meiner wichtigsten Zwänge. Irgendwann habe ich begriffen, dass ich dadurch die Flut meiner Horrorvisionen eindämmen kann, obwohl ich mich nie für einen besonders gläubigen Menschen gehalten habe. Meine Eltern, die nur alle paar Jahre an Weihnachten in die Kirche gehen, konnten diese spezielle Macke nur schwer verkraften. Sie ist ihnen sogar peinlicher als meine Zählerei, die vielen Rituale zu Hause und meine Kontrollgänge. Was sich innerhalb unserer eigenen vier Wände abspielt, können sie gerade noch akzeptieren, aber nicht, dass ihre Tochter sich in aller Öffentlichkeit wie eine Besessene gebärdet. Sie ahnen ja nicht, dass ich ihnen im Laufe der Zeit hunderte Male das Leben gerettet habe: So oft habe ich schon dafür gesorgt, dass meine Vorstellungen von verkohlten Autowracks, blutigen Glassplittern und zerbrochenen Gliedern keinen Weg in die Realität finden.

Erst als wir offenbar am Ziel angelangt sind, fällt mir Jays Bemerkung wieder ein. Ich habe wahrhaftig keinen Palast erwartet, aber beim Anblick dieses heruntergekommenen Gemeindebaus wird mir doch ein wenig mulmig zumute. *ACAB* steht in windschiefen Buchstaben auf der grauen

Hausfront, ein paar Meter weiter prangt das Anarchiezeichen. Durch die Milchglasscheibe in der Eingangstür zieht sich ein gezackter Sprung.

»Fühl dich wie daheim«, spottet Jay, während er vor mir das Treppenhaus betritt und die Wohnung am Ende des Flurs anpeilt. Wo bei uns eine geflochtene Fußmatte liegt, stehen hier zwei Paar ausgelatschte Sportschuhe. »Hey, wie ich sehe, kannst du gleich meine beiden WG-Kumpels kennenlernen.«

»WG?«, wiederhole ich nervös.

»Klar. Oder hattest du dich schon auf traute Zweisamkeit mit mir gefreut?« Jay, der gerade den Schlüssel ins Schloss manövriert hat, grinst höhnisch. Allmählich scheint ihm die ganze Sache Spaß zu machen – vielleicht hofft er ja, mich genügend einschüchtern zu können, dass ich freiwillig Reißaus nehme. Darauf kann er lange warten! Ich werde ihm nicht die Genugtuung verschaffen, zu erschrecken, nur weil die Tür verzogen ist und beim Öffnen ein durchdringendes Quietschen von sich gibt. Oder weil das Erste, worauf mein Blick fällt, ein zerschmetterter Fernseher in der Ecke des Flurs ist. Oder weil …

Ich folge Jay in die Wohnung, und eine nackte Glühbirne flammt über unseren Köpfen auf. Leider entfährt mir in derselben Sekunde ein Ächzen, das all meine guten Vorsätze zunichtemacht. Dabei müsste ich mich wahrscheinlich noch glücklich schätzen, keine Keimphobikerin zu sein! Wozu auch eine Mülltonne benutzen, wenn der Fußboden genügend Platz bietet? Diese Botschaft vermittelt jedenfalls das Dutzend fettfleckiger Pizzakartons, das an einer Wand aufgetürmt ist. Ein paar zerdrückte Bierdosen fügen sich malerisch in das Bild ein. Dass sich daneben eine zerfetzte Socke, eine Küchenwaage und ein angekokeltes Quietscheentchen befinden, hat sicher einen triftigen Grund, der nur mir verborgen bleibt. An der anderen Wand entdecke ich einen Stapel Magazine (nach einem flüchtigen Blick will ich lieber nicht mehr darüber wissen) sowie ein Fahrrad mit plattem Vorderreifen.

Und es riecht sehr, sehr eigenartig.

»Sonst sieht es hier nicht so aus«, höre ich Jay neben mir sagen.

Ich schenke ihm ein vorsichtiges Lächeln.

»… zufälligerweise hab ich nämlich gestern ein bisschen aufgeräumt«, fügt er hinzu.

»Hast du nicht was von Mitbewohnern gesagt?«, frage ich schwach.

»Ja, die sind wahrscheinlich grade im Wohnzimmer. Ich fürchte, sie werden von deinem Einzug nicht begeistert sein. Gib mir ein paar Minuten, um es ihnen zu verklickern.«

Er kehrt mir einfach den Rücken zu, aber ich habe es satt, ständig irgendwo herumzustehen und wie ein Hund auf ihn zu warten. Stattdessen folge ich ihm leise durch den zugemüllten Flur und bleibe an der Schwelle zum Wohnzimmer stehen. Halb hinter der Tür verborgen nehme ich den Raum in Augenschein. Bis auf einen weiteren Haufen undefinierbaren Krams gibt es hier bloß einen Couchtisch und ein paar abgewetzte Polstermöbel, die auf eine Wand ausgerichtet sind. Dort muss der Fernseher gestanden haben, ehe er sein trauriges Ende gefunden hat. Auf dem Sofa sitzen zwei Jungs in Jays Alter, die sich eine

Pizza direkt aus dem Karton teilen – hurra, neues Material für die Sammlung im Flur! Bei Jays Eintreten blicken sie alarmiert auf und wirken dann gleichermaßen erleichtert. Einer von ihnen, ein dürrer Typ mit einem kurzen rot gefärbten Irokesen, springt auf und boxt ihm mit der Faust gegen die Schulter.

»Du lebst, Mann! Hat dir Mike denn nicht den Arsch aufgerissen?«

Jay lässt sich auf die Couch plumpsen. »Das hab ich alles geregelt. Jemand hat mir was gegeben, das Mike als Anzahlung akzeptiert hat.«

»Wer denn, doch nicht etwa deine …«

»Ein Mädchen aus der Klapse«, fällt Jay ihm ins Wort. »Wir haben da einen Deal abgeschlossen.«

Der Dünne macht große Augen. »Echt? War die geil?«

»Was?!« Es ist das zweite Mal, dass ich Jay völlig fassungslos erlebe. Er starrt Iro-Boy an, als hätte der nicht mehr alle Tassen im Schrank. »Was spielt das denn bitte schön für eine Rolle?«

»Na ja, du hast doch gemeint, dass du mit ihr …«

»Meine Fresse, Flocke«, schaltet sich jetzt der blonde Junge ein. Er sieht gut aus, aber auf eine andere, glattere Art als Jay – eher wie ein Katalogmodell. »Hast du nicht zugehört? Er hat gesagt, es war eine aus dem Irrenhaus. So tief würdest nicht mal du sinken. Aber ehrlich, Jay, wieso hat sie dir ausgeholfen?«

»Tja, das wird euch jetzt nicht gefallen. Ich musste ihr versprechen, dass sie für 'ne Weile bei uns unterkriechen darf.« Er hebt beschwichtigend die Hände, als die beiden auf ihn einzureden beginnen. »Okay, okay, schon gut.

Ich weiß, dass das scheiße ist und dass ich euch vorher hätte fragen sollen. Aber im Vergleich zu einem weiteren Besuch von Caesar und diesen anderen Wichsern ist das doch eine annehmbare Alternative, oder? Es ist ja nicht auf Dauer. Sie pennt ein paar Nächte hier, bis sie was Besseres gefunden hat, Ende der Geschichte.«

»Aber … aber eine Frau in der Wohnung … Weißt du überhaupt, was das bedeutet?!«, fragt der Typ namens Flocke, und nackte Panik schwingt in seiner Stimme mit.

»Nein, klär mich doch bitte mal auf.«

»Stundenlange Telefonate mitten in der Nacht. Heulkrämpfe mit Schokoladeneis und, ähm … Tampons! Tampons überall!«

»Woher hast du denn deine Informationen, aus der neuen *Bravo?*«, fragt Jay gereizt. »Wie viele Tampons kann eine einzelne Frau schon brauchen?«

»Zweihundertvierzig pro Jahr«, sage ich automatisch. Drei Männerköpfe fliegen zu mir herum, in drei Augenpaaren spiegelt sich Entsetzen. »Das ist nur ein Durchschnittswert«, füge ich entschuldigend hinzu. Meine tatsächliche Vorjahresbilanz (zweihundertachtundvierzig) verkneife ich mir, weil der Dürre inzwischen ganz bleich um die Nase geworden ist.

»Okay, Schluss damit«, schnaubt Jay. »Lea – Alex und Flocke. Und lassen wir dieses spezielle Thema bitte aus.«

»Wäre mir mehr als recht.« Der blonde Alex taxiert mich mit zusammengekniffenen Augen, bis ich unwillkürlich die Schultern hochziehe. Ich kann nicht beurteilen, ob seine Ablehnung darauf beruht, dass ich ein Mädchen bin, oder dass ich aus der Psychiatrie komme. Nach ein paar

Sekunden widmet er sich wieder der Pizza, während mich Flocke immer noch bestaunt, als würden mir Antennen wachsen. Aus der Brust.

»Also«, sagt er endlich und legt in einer weltmännischen Geste einen Arm über die Sofalehne. Anscheinend hat er sich von seinem Schock erholt. »Mal ehrlich. Bist du eher der Stimmen-hör-Typ oder siehst du tote Menschen?«

Hitze kriecht mir den Hals hinauf und bis in meine Wangen. Dass Jay sich im Hintergrund königlich amüsiert, macht es nicht gerade besser. »Keins von beidem.«

Flocke zwinkert mir zu. »Klar.«

Ruckartig hebe ich meine Reisetasche hoch und wende mich so energisch wie möglich an Jay. »Wo ist mein Zimmer?«

»Du meinst die Gästesuite? Für all die netten Menschen, die dank Erpressung bei uns wohnen?« Sein Lächeln verschwindet, und er klopft auf die Sitzfläche neben sich. »Wir gehen heute noch aus, und sobald wir weg sind, gehört die Couch ganz dir.«

Ich zwinge mich, seinen Blick gelassen zu erwidern, obwohl ich im selben Moment aus dem Augenwinkel sehen kann, wie Flocke ein Stück geschmolzenen Käse auf das Sofa fallen lässt. Alles ist besser als die Klinik, versuche ich mir ins Gedächtnis zurückzurufen.

»Wunderbar. Dann mache ich mich jetzt mal bettfertig«, verkünde ich und stolziere in Richtung Flur, wo ich das Badezimmer vermute.

»Darf ich dir dabei zusehen?«

»Du wirst 'ne Taschenlampe brauchen, wenn du aufs Klo gehst.«

Die Sätze von Flocke und Alex kommen exakt gleichzeitig und lassen mich herumwirbeln. »Wie bitte?«

»Das Licht im Klo funktioniert nicht«, sagt Alex knapp. »Schon seit ungefähr zehn Tagen.«

»And counting«, ergänzt Jay Pizza mampfend. »Flocke ist an der Reihe, die Glühbirne zu wechseln.«

»Das ist eine fette Lüge, und ich weigere mich, sie zu akzeptieren!«

»Tja, bis du einknickst, werden wir weiterhin im Finstern pissen.«

Zwischen den Jungs scheint sich eine Grundsatzdiskussion anzubahnen, und ich nutze diesen unbeobachteten Moment, um aus dem Wohnzimmer zu flüchten. Auf gut Glück öffne ich eine der Türen, die vom Flur abgehen, und finde tatsächlich schon beim ersten Versuch das Badezimmer. Ich wate durch einen Bodenbelag aus schmutzigen Klamotten und feuchten Handtüchern, um mich am Rand des Waschbeckens abzustützen. Danach atme ich tief durch.

Okay, ich werde das schaffen. Ich habe frische Kleidung dabei, einen Kulturbeutel und ein sauberes Handtuch. Wenn mich jetzt noch etwas beruhigen kann, dann mein abendliches Badezimmer-Ritual, das ich stets auf die Sekunde genau befolge: Man soll drei Minuten lang Zähne putzen, aber weil ich diese Zeit nicht gut auf zwei Kieferhälften aufteilen kann, putze ich zwei Minuten oben und zwei unten. Anschließend dusche ich zehn Minuten lang, wobei ich mich stark aufs Sekundenzählen konzentriere, um mich von der verdreckten Wanne abzulenken. Dann schlüpfe ich in Shorts und ein Schlafshirt und verpasse meinen braunen Haaren exakt hundert Bürstenstriche. Dieses Ritual hilft mir dabei, meine Fassung zurückzugewinnen – aber leider ist der Effekt nicht von Dauer. Zu meinem Entsetzen muss ich nämlich feststellen, dass der Wasserhahn leckt. Ich kann unmöglich einen Raum für eine ganze Nacht verlassen, in dem ohne Aufsicht Strom oder Wasser fließt! Mit zusammengebissenen Zähnen drücke ich am Griff und lausche dabei auf das Stimmengewirr von draußen. Gläser klirren, einer der Jungen lacht, dann schlägt die Wohnungstür zu. Als die Tropfen endlich versiegt sind, bin ich vollkommen allein in dieser fremden Wohnung.

Ich löse meine verkrampfte Hand vom Griff des Wasserhahns und schiebe den Türriegel zurück. Auf Zehenspitzen schleiche ich ins Wohnzimmer, zu der schmuddeligen Couch, die von nun an mein Bett sein soll. Mein Blick fällt auf den aufgeklappten Pizzakarton direkt in der Mitte … und dabei spüre ich, wie unaufhaltsam Panik in mir hochsteigt.

Ich drehe mich einmal um mich selbst, während meine Augen von einem Gegenstand zum nächsten zucken, als wollten sie alles durch Linien miteinander verbinden. Wie ein Raster zur Orientierung – ein Sicherheitsnetz. Das Problem ist nur, dass ich mir diese wirre Menge an Möbeln, Kleidungsstücken, Tellern, CDs und Essensresten auf keinen Fall merken kann. Kaum habe ich eines davon registriert, entgleitet mir ein anderes. In der Klinik war ich innerlich betäubt, und das hat meine Umgebung halbwegs erträglich gemacht. Aber jetzt, in diesem ganzen Chaos, wird mir klar, dass mein Leben völlig aus den Fugen geraten ist. Die Erkenntnis breitet sich wie Gift in meinem Körper aus, pulst viel zu schnell durch meine Adern und droht mir zusammen mit meinem Blut aus allen Poren zu quellen. Ganz kurz blitzt der Gedanke an meine Eltern auf – ob Dr. Berner ihnen Bescheid gegeben hat, Schweigepflicht hin oder her? – und an Tommy, der mit seinen drei Jahren schon zu viele Narben trägt. Aber gleich darauf frage ich mich, welche Anzahl an Feuerzeugen es wohl in dieser Wohnung gibt, an Steckdosen und an elektronischen Geräten. Wie soll ich mich und die anderen beschützen, wenn ich nicht weiß, womit ich es zu tun habe?

Meine Welt kennt keine Grenzen mehr. Ich beginne zu zerfallen.

Noch bevor ich die Entscheidung bewusst getroffen habe, reiße ich meine Tasche auf und wühle nach meinem Notizbuch. Als Nächstes schnappe ich mir jeden Karton, den ich finden kann, und beschrifte ihn mit zittrigen, windschiefen Buchstaben. Grobe Kategorien sind erst mal in Ordnung, keine Zeit für Haarspalterei. Nach und nach erhält jeder Gegenstand seinen Platz in einem der Kartons, während meine Strichliste immer länger wird. Ich bewege mich mit der fieberhaften Eile von jemandem, der Wasser aus einem sinkenden Boot schöpft – kämpfe gegen diese Flut aus undefinierten, unberechenbaren Dingen, die mich zu ersticken droht. Längst klebt mir mein Schlafshirt zwischen den Schulterblättern, als ich mit der Küche, dem Wohnzimmer und dem Flur fertig bin. Mein Herzschlag beginnt, sich allmählich zu verlangsamen, aber es reicht noch nicht. Ich stehe vor der Tür gleich neben dem Wohnzimmer und versuche, meine Bedürfnisse gegeneinander abzuwägen: Respekt vor Privatsphäre oder Verlangen nach Kontrolle. Es ist nicht gerade ein fairer Kampf. Mit angehaltenem Atem drücke ich die Klinke herunter und betrete das fremde Schlafzimmer.

Das Erste, was mir auffällt, ist der Fußboden. Zerkratztes Laminat, eigentlich nichts Besonderes – aber in dieser Wohnung ist es bereits herausragend, dass man den Boden überhaupt erkennen kann. Erstaunt sehe ich mich in dem Zimmer um, das fast schockierend ordentlich wirkt. Über der Lehne des Schreibtischstuhls hängt ein Sweater, ein leerer Kaffeebecher steht neben dem Computer, und die dunklen Bettlaken sind zerwühlt, doch das ist auch schon alles. Trotzdem weiß ich sofort, was ich hier zählen muss.

Mechanisch ziehe ich das Kabel der Nachttischlampe aus der Steckdose, während ich auf die Stirnseite des Raumes zugehe. Die Wand sieht aus, als bestünde sie aus einem schillernden Mosaik oder als wäre sie über und über von winzigen Fenstern durchbrochen. Tatsächlich sind es Fotos, die Jay in stundenlanger Arbeit an die Tapete geklebt haben muss. Sobald ich diesen Gedanken zu Ende geführt habe, frage ich mich verwirrt, warum ich dieses Zimmer ausgerechnet ihm zuordne. Dann wird mir allerdings klar, dass es am Geruch liegt – der herbe Duft seines Duschgels oder Parfums ist mir seit unserem Zusammentreffen in Dr. Berners Büro vertraut, und auch hier hängt er eindeutig in der Luft.

Ich lege den Kopf in den Nacken und mustere die Bilder, die sich bis unter die Decke drängen. Zwar versuche ich, nicht auf die Motive zu achten, um mich nicht zu verzählen, aber manche finden trotzdem ihren Weg in mein Bewusstsein: Ein kleines Mädchen, das sich mit entschlossener Miene gegen eine Tür stemmt, auf der in großen Buchstaben ZIEHEN steht. Ein altes Ehepaar mit einer Plastiktüte von einem Dessousladen, die sie offenbar gedankenlos als Einkaufstasche wiederverwendet haben; jedenfalls ragen über dem Gesicht des verführerischen Models Selleriestangen und eine Ketchupflasche empor. Ein Punker in voller Ledermontur, der tieftraurig eine heruntergefallene Kugel Erdbeereis anschaut. Ehrlich gesagt gibt es da auch ein paar Bilder, bei denen ich nicht weiß, ob ich starren, lachen oder erröten soll – Jay hat schon ein paar Frauen getroffen, für die »kamerascheu« wohl ein Fremdwort ist. Das Einzige, was man hier nicht findet, sind Landschaften und alles, was auf verkitschte Weise als schön gilt. Ich bin schon fast enttäuscht, als ich in einer Ecke dann doch das obligatorische Sonnenuntergangsfoto erspähe … nur um zwei Sekunden später zu begreifen, dass ich auf eine optische Täuschung hereingefallen bin. Was Jay da geknipst hat, ist kein orangeroter Feuerball, sondern ein zerlaufenes Spiegelei.

Meine Mundwinkel zucken, während ich die Anzahl der Fotos – dreihundertsiebenundzwanzig – auf einer eigenen Seite meines Notizbuches vermerke. Gerne würde ich diese witzigen, nachdenklichen oder einfach schrägen Bilder noch etwas länger betrachten, aber ein Blick neben die Tür verrät mir, dass ich gerade sehr viel Wichtigeres zu tun habe: Dort liegt eine Kamera auf dem Fußboden und saugt Strom aus der Steckdose. Ich begreife nicht, wie man so verantwortungslos sein kann. Hat Jay denn noch nie was von Kabelbränden gehört? Wie kann er das angesteckte Ladegerät so lange unbeaufsichtigt lassen? Wer weiß schon, wann er zurückkehrt …

Zumindest auf die letzte Frage erhalte ich prompt eine Antwort. Das Knirschen, mit dem die Wohnungstür aufgesperrt wird, klingt in der Stille unnatürlich laut. Ich schaue auf Jays Funkwecker, und mein Magen sackt nach unten. Es ist fast drei! Seit meiner Ankunft sind sechs Stunden vergangen, und ich habe es nicht einmal bemerkt! Lieber Gott, das ist gar nicht gut. Beinahe hätte ich vergessen, dass ich mich nicht in einem Auto befinde, und angefangen zu beten. *Bitte lass ihn zuerst ins Badezimmer gehen oder aufs finstere Klo. Gib mir die Gelegenheit, ungesehen von hier zu verschwinden!*

»Jetzt komm mal runter, Jay«, sagt jemand im Flur. »Dann ist es eben heute nicht so toll gelaufen, na und? Die haben sich doch nicht alle neue Stammdealer gesucht, nur weil du 'ne Weile außer Gefecht warst.«

Ein Gegenstand fällt polternd zu Boden. »Merkst du eigentlich noch was, Flocke?«, fährt Jay seinen Mitbewohner an. »Mike hat mir eine Frist gesetzt, verdammt! Wenn ich bis dahin nicht alles verkaufe …« Er stockt, und mir ist klar, dass er soeben mein Kisten-Universum entdeckt hat.

»Was zum Teufel hat sie da bloß gemacht?«, stöhnt Alex, doch von Jay kommt keine Antwort. Ich höre nur hastige Schritte, die das Trommeln meines Herzens übertönen und sich eindeutig in meine Richtung bewegen. Ich wirble herum, auf der Suche nach einem Versteck. Dann aber fällt mir nichts anderes ein, als das Notizbuch in einer Tasche meiner Shorts zu verbergen. Wie ein Reh im Scheinwerferlicht stehe ich da, als die Tür auffliegt.

Bei meinem Anblick erstarrt Jay, einen mörderischen Ausdruck in den Augen. Mein Schreck lässt ihn noch größer wirken als sonst, er scheint den ganzen Türrahmen auszufüllen. Hinter ihm spähen Alex und Flocke kopfschüttelnd ins Zimmer. Keiner der beiden gibt auch nur einen Ton von sich. Offenbar warten sie genau wie ich darauf, dass Jay explodiert – was aber nicht geschieht. Er reißt nur die Tür weiter auf, sodass die Klinke gegen die Wand knallt.

»Raus hier«, sagt er leise, doch seine Stimme vibriert vor unterdrücktem Zorn. Nun erkenne ich die roten Äderchen, die seine Augen durchziehen, und die Narbe tritt in seinem erhitzten Gesicht deutlich hervor. Er ist definitiv nicht mehr nüchtern.

Im Zeitlupentempo bewege ich mich auf ihn zu, bis ich zu der Stelle komme, wo seine Kamera auf dem Fußboden liegt. Es ist, als würde sie mich mit einem Sog in die Knie zwingen. Ich glaube, ein feines Summen wahrzunehmen, das von der Steckdose ausgeht und sich wie eine Nadel in meine Gehörgänge bohrt. So beiläufig wie möglich bücke ich mich nach dem Kabel, da schließt sich eine Hand um meinen Oberarm. Gewaltsam werde ich in die Höhe gerissen, bleibe taumelnd stehen, nur wenige Zentimeter von Jay entfernt.

»Ich hab gesagt, du sollst verschwinden! Und lass gefälligst deine Finger von meiner Kamera!«

Sein Atem fährt über mein Gesicht, und ich kann den Alkohol darin riechen. Als mein Blick zur Seite wandert, bemerke ich, dass mich Flocke mit einer hektischen Bewegung zu sich herüberwinkt. Sogar Alex sieht jetzt nervös aus, aber Jays Haltung ist noch lange nicht bedrohlich genug, um meine andere Furcht zu verdrängen. Selbst wenn ich wollte, ich könnte nicht einfach aus dem Zimmer gehen. Das Kabel fesselt mich an meine Horrorvorstellungen von Rauchgasvergiftung und versengter Haut. Wenn ich das nicht in Ordnung bringe, brechen meine mühsam errichteten Dämme wieder, und ich ertrinke in einem Strudel aus Chaos und Todesangst.

Inzwischen hat Jay den Griff um meinen Arm gelockert. Mein Schweigen genügt ihm wohl als Zustimmung, denn er weicht zurück, um mir den Weg durch die Tür frei zu machen. Augenblicklich greife ich wieder nach dem Kabel, aber ich bin nicht schnell genug. Diesmal zerrt mich Jay so heftig nach oben, dass ich beinahe das Gleichgewicht verliere. Ich ringe nach Luft, während ich darauf warte, von ihm angebrüllt zu werden. Stattdessen sagt Jay gepresst: »Hör mal ... Ich hab echt einen beschissenen Tag hinter mir. Also tu mir bitte den Gefallen und lass deine Psycho-Sache für heute sein, okay?« Ihm gelingt ein halbwegs ruhiger Tonfall, doch es ist deutlich hörbar, dass er um Beherrschung ringt. Ganz langsam nimmt er seine Finger von mir, hält mich aber mit seinem Blick weiterhin fest. Ich spüre, wie mir der Schweiß den Rücken hinabläuft. Die Hitze, die vom Kabel auszugehen scheint, kriecht unerbittlich durch meine Adern. *Lass es gut sein*, flehe ich mich selbst an, als würde das irgendetwas nützen. *Denk einfach nicht mehr darüber nach!*

Aber nicht ich bin es, die hier die Regeln macht. Jedenfalls nicht bewusst. Noch einmal schaue ich in Jays gewittergraue Augen, dann gehe ich erneut in die Knie.

Die gesamte Luft wird mir aus den Lungen gepumpt,

als ich gegen die Mauer pralle. Jay hat mich nach hinten gestoßen, das Gesicht wutverzerrt. »HÖR AUF! HÖR AUF!« Jede Silbe wird von einem donnernden Faustschlag begleitet, der die Wand vibrieren lässt. Es dauert einige Sekunden, bis ich bemerke, dass ich heule. Ich gebe mir zwar alle Mühe, die Tränen zurückzuhalten, aber mein Kinn bibbert wie bei einem kleinen Kind.

»Hey, komm schon …«, höre ich Flocke murmeln. Jay gefriert mitten in der Bewegung, die Faust noch an der Mauer. Ein Beben läuft durch seinen Körper, dann fällt sein Arm herunter.

»*Fuck.*« Unvermittelt reißt er das Ladekabel aus der Steckdose und verlässt mit der Kamera das Zimmer. Alex und Flocke schaffen es gerade noch, zur Seite zu springen. Jays Schritte hallen durch den Flur, dann kracht die Wohnungstür ins Schloss.

Eine Weile ist es ganz still. Ich presse weiterhin die Wirbelsäule gegen die Wand, als hätte mich Jay dort festgenagelt. Trotzdem beginnen meine Tränen nun zu versiegen, da die Kamera nicht mehr am Strom hängt. Ungeachtet dessen, was eben passiert ist, steht mein Zwang also immer noch im Vordergrund. Es erschreckt mich, obwohl ich eigentlich längst daran gewöhnt sein sollte.

»Ähm«, beginnt Flocke schließlich und zupft verlegen an seinem Irokesen, »denk dir nichts dabei. Jay macht einfach grade 'ne blöde Zeit durch. Außerdem ist diese Kamera das Einzige, was er jemals von seinem alten Herrn bekommen hat, weißt du?«

»Abgesehen von …« Alex zeichnet eine unsichtbare Linie auf sein Gesicht. Ich muss schlucken.

»Ja, und man spricht ihn besser auf keins von beidem an«, ergänzt Flocke.

»Ist schon okay. Ich … ich bin einfach nur müde.« Plötzlich schäme ich mich entsetzlich für die Szene, die ich provoziert habe. Ich kann an den Mienen der beiden Jungs ablesen, dass sie völlig ratlos sind, wie sie sich mir gegenüber verhalten sollen. Mir, der Verrückten, die anscheinend von Kameras besessen ist.

Nachdem ich mir ein zittriges Lächeln abgerungen habe, flüchte ich zurück ins Wohnzimmer. Bei meiner Aufräumaktion bin ich auf eine braune Wolldecke gestoßen, von der ich hoffe, dass sie mir keine Filzläuse einbringt. Obwohl ich mich darunter verkrieche, kann ich hören, wie Alex und Flocke ins Badezimmer gehen. Ich lausche auf ihre Schritte und das Geräusch von laufendem Wasser, während ich mich bemühe, an absolut gar nichts zu denken. Nicht an meine Eltern, nicht an Tommy, genau genommen nicht einmal an den nächsten Tag. Am liebsten würde ich innerlich ganz leer werden, aber natürlich funktioniert das umso schlechter, je mehr ich es versuche. Die Einsamkeit sammelt sich als dumpfer Schmerz in meinem Bauch. Sie lässt mich keinen Schlaf finden, selbst dann nicht, als in der Wohnung bereits vollkommene Ruhe eingekehrt ist. Mit weit geöffneten Augen liege ich da, bis ein Krachen die Stille zerreißt. Reflexartig ziehe ich den Kopf noch etwas tiefer unter die Decke. Schwere Fußtritte poltern durch den Vorraum, dann ertönt ein schrilles weibliches Kichern.

»Nicht, lass das! Wir können doch nicht einfach …« Wieder dieses Kichern. »Im Ernst, ich mach so was normalerweise nicht!«

»Ich auch nicht«, antwortet Jay undeutlich, so als würde ihm die Aussprache Mühe bereiten. Trotzdem ist der Sarkasmus nicht zu überhören.

»Wir sollten uns doch erst ein bisschen unterhalten ...«

»Wenn du mich fragst, unterhalten wir uns schon sehr gut.« Seine Stimme klingt gedämpft, und sofort flammen verschiedene Vorstellungen in meinem Kopf auf, gegen welchen ihrer Körperteile er gerade seinen Mund drückt. Als Nächstes folgt ein Schlag, als würde jemand gegen die Wand geschubst. Darin hatte Jay ja heute bereits genug Übung. Diesmal ist die Wirkung jedoch ganz anders, denn das Mädchen kriegt sich vor Vergnügen überhaupt nicht mehr ein. Allmählich wird ihr Kichern atemlos.

»Und wenn wir uns ... ah ... einen Film angucken oder so?«

»Ich sag dir jetzt mal was, Candy ...«

»Andy! Kurz für Andrea!«

»Von mir aus.« Ich höre, wie sich die Tür zu Jays Zimmer öffnet, und dann sind die beiden gleich neben mir auf der anderen Seite der Wand. Der äußerst durchlässigen Wand, wohlgemerkt. »Also pass auf«, sagt Jay rau, »du kannst jetzt eine DVD-Nacht haben, wenn du unbedingt möchtest – oder das.«

Augenblicklich hört Andy auf zu kichern, doch leider werden die Geräusche danach nur noch schlimmer. Viel schlimmer. Das Blut schießt mir in den Kopf und kribbelt beinah schmerzhaft in meinen Wangen. So fest ich kann, drücke ich ein Ohr gegen die Couch und bedecke das andere mit meinem Arm, aber das schließt weder die hohen Laute von Andy aus, noch Jays dunkles Stöhnen. Ehrlich,

ich will das nicht hören, und schon gar nicht will ich mich speziell darauf konzentrieren … doch dieser eine, übermächtige Teil meines Ichs ist da anderer Meinung. Also liege ich hellwach auf der versifften Couch, neben einer viel zu dünnen Wand, und beginne wieder zu zählen.

Jay

Über einen Morgen in Gotham City

Die aufgehende Sonne scheint mir direkt ins Gesicht und reißt mich aus dem Schlaf. Mein Wecker hat zwar noch nicht geläutet, aber bestimmt ist es bald Zeit für eine weitere Folge von *Schwester Heidrun und die fröhlichen Psychos*. Auch wenn es mir ein Rätsel ist, wie ich mit diesem schweren Schädel einen Arbeitstag bewältigen soll.

Ich versuche, mich auf die Seite zu rollen, werde allerdings von irgendwas gestoppt, das mir den linken Arm abquetscht. Genervt schaue ich nach unten, und mein Blick fällt auf Batmans Joker. Jedenfalls sieht ihm das Mädchen, das meine Schulter als Kopfkissen missbraucht, verflucht ähnlich. Dabei bin ich mir sicher, dass sie echt scharf war, als ich sie in dieser Bar aufgegabelt habe. Egal wie verschwommen meine restlichen Erinnerungen sind, zumindest das weiß ich genau. Es ist bei Frauen ganz einfach so, dass sie eine umso kürzere Verfallszeit haben, je heißer sie nachts aussehen.

Mit einiger Mühe ziehe ich meinen Arm unter Jokerladys mascaraverschmierter Wange hervor. Sie seufzt im Schlaf, aber dann bewegt sich ihre nackte Brust wieder gleichmäßig. Nach einem etwas ausführlicheren letzten Blick steige ich aus dem Bett und sammle ein Paar Jeans und ein T-Shirt vom Boden auf. Leise trete ich in den Flur, wo ich meine Kamera entdecke. Jetzt fällt mir ein, dass sich die Blondine hauptsächlich deshalb an mich rangeschmissen hat, weil sie mich für einen Profifotografen hielt und sich selbst für ein zukünftiges Supermodel. Ich nehme die Cam und streife mir mechanisch den Tragriemen über den Kopf, während ich ins Wohnzimmer weitergehe.

Oh Mann, das hatte ich ja vollkommen vergessen. Der Raum hat über Nacht seinen postapokalyptischen Style verloren und sich stattdessen in ein überdimensionales Tetris verwandelt: Kiste steht neben Kiste, jede davon perfekt ausgerichtet, sodass sie zusammen ein Quadrat um die Couch bilden. Die Couch, auf der Lea tief und fest schläft. Ihre Beine sind mit einer verdrehten Decke umwickelt, und ihre braunen Haare liegen in einem wilden Durcheinander um ihr Gesicht. Es sieht total verrückt aus, diese Ordnung und dann sie selbst in einem chaotischen Zustand mittendrin. Ohne darüber nachzudenken, halte ich diesen Kontrast mit ein paar Fotos fest. Das Klicken bringt Lea dazu, sich noch enger zusammenzurollen. Schnell lege ich die Kamera beiseite – was bin ich denn, ein Stalker? – und beschließe, die Bilder später zu löschen.

In der Küche brauche ich einen Moment, um mich an die neue Sauberkeit zu gewöhnen. Es ist wahrscheinlich das erste Mal, dass ich mich hier bewegen kann, ohne auf die Verpackungen von Flockes Schokoriegeln zu treten. Ich stelle eine Schüssel auf die Anrichte und will gerade die Milch aus dem Kühlschrank holen, als das Tappen von bloßen Füßen zu hören ist. Mit einem dumpfen Déjà-vu-Gefühl entdecke ich Lea in der Küchentür, den Mund erschrocken geöffnet. Anscheinend hat sie ebenso wenig mit mir gerechnet wie ich mit ihr.

Mehrere Sekunden verstreichen, in denen wir uns wie zwei Vollidioten anstarren. Wir wissen beide, dass ich mich gestern Nacht scheiße benommen habe – andererseits wissen wir auch, dass sie gegen meinen Willen hier eingezogen ist und eigentlich keine bessere Behandlung verdient. Während ich noch überlege, wie ich reagieren soll, setzt sie sich wieder in Bewegung und marschiert einfach an mir vorbei zum Kühlschrank. Klasse, ich werde von einer Verrückten ignoriert. Kann man vielleicht noch tiefer sinken?

Stirnrunzelnd sehe ich zu, wie sie sich Milch und dann ein Glas beschafft, als wäre sie hier seit Ewigkeiten zu Hause. Nach ihrer Aufräumaktion kennt sie sich ja besser in den Küchenschränken aus als ich. Bestimmt ist sie sich auch darüber im Klaren, dass sie gerade unseren allerletzten Milchkarton leer macht. Abrupt trete ich an sie heran und strecke meine Hand aus, um ihr die Packung abzunehmen. Unsere Finger stoßen zusammen, etwas von der weißen Flüssigkeit schwappt auf die Arbeitsfläche.

Lea wendet den Kopf und schaut mir direkt ins Gesicht. »Pass doch auf, was du …« Sie bricht ab, und ihr Blick huscht an mir vorbei zur Tür, wo gerade die Jokerlady aufgetaucht ist. Sie trägt wieder ihr enges rotes Kleid, hat die Haare zu einem wirren Knoten zusammengebunden und hält ihre High Heels in einer Hand. Kurz gesagt, Morgendanach-Look deluxe.

»Hey«, sagt sie, und ihre Panda-Augen mustern Lea irritiert. Schließlich stehen wir beide immer noch so nahe zusammen, dass ich Leas schlafwarmes Shirt an meinem Arm fühlen kann. Erst als Lea einen Schritt zur Seite macht und mich dann weiterhin mit Verachtung straft, verschwindet das Misstrauen aus Jokerladys Gesicht. »Du hättest mich ruhig wecken können«, fügt sie mit einem verheißungsvollen Unterton hinzu. »Jetzt muss ich leider schon los. Aber ich schreib dir meine Nummer auf!«

Ich greife abermals nach dem Milchkarton und gieße den restlichen Inhalt in meine Schale, bis ich kapiere, dass eine Reaktion von mir gewünscht ist. »Oh, klar, wie du willst.«

Lea schnaubt leise, aber die Blondine lässt sich nicht beirren. Eifrig kritzelt sie ein paar Zahlen auf einen Zettel aus ihrer Handtasche, bevor sie hüftschwingend zu mir herüberkommt. Dann reckt sie sich nach oben und presst ihre dunkelroten Lippen auf meinen Mund. Okay, einmal mit extra viel Zunge. Wenigstens hat sie daran gedacht, sich die Zähne zu putzen. Sie schiebt eine Hand in die hintere Tasche meiner Jeans, und ich beginne gerade, ein wenig angeturnt zu werden, als ich begreife, dass sie bloß ihren Zettel dort deponiert hat.

»Bis bald«, haucht sie und stelzt zur Tür.

»Mach's gut, äh… mh, Mädchen.«

Dann ist sie endlich weg, und ich bleibe mit Lea allein, die mich sehr finster anschaut.

Abwehrend hebe ich die Hände. »Was?«

»Hast du echt ihren Namen vergessen?!«, fragt sie ein wenig schrill.

»Wow, so viel Moral am frühen Morgen.« Ungerührt hole ich mir die Cornflakes-Schachtel aus dem Regal, aber Lea scheint noch nicht fertig zu sein.

»Ich hab einfach was gegen wandelnde Klischees!«
»Und ich hab Hunger. Willst du auch was?«
Wortlos schüttelt sie den Kopf.
»Arbeitest du daran, zweidimensional zu werden?« Ich betrachte vielsagend ihre dünnen Beine, die aus den lockeren Schlafshorts ragen. Dann fällt mir etwas ein. »Oder … kannst du keine Cornflakes essen, weil du sie vorher zählen müsstest? – Ist nicht dein Ernst!«
Anstelle einer Antwort dreht sie sich zur Seite und lässt dabei ihre Haare nach vorne fallen. Ach du Schande. Ich habe wohl genau ins Schwarze getroffen.
Während ich damit klarzukommen versuche, was für eine Bekloppte gerade unter meinem Dach lebt, poltern Alex und Flocke in die Küche. Wie jeden Morgen sieht Flocke total zerknautscht aus, der Iro hängt ihm in die Stirn und seine Augen sind vom Schlaf verquollen – trotzdem hat er bereits ein dreckiges Grinsen im Gesicht. Es flackert zwar ein wenig, als er Lea neben mir entdeckt, doch dann holt er aus und schlägt mir mit voller Wucht auf die Schulter.
»Respekt, Alter, Respekt!« Bevor ich etwas dagegen tun kann, grapscht er sich ein paar Cornflakes aus meiner Schüssel und lässt sie sich in den Mund fallen. »Ich sollte zwar angepisst sein, weil du mich die halbe Nacht wachgehalten hast, aber bei so 'ner geilen Eroberung darfst du dir das erlauben!«
Er macht Anstalten, sich erneut an meinem Frühstück zu vergreifen, ehe ich es in Sicherheit bringe. »Woher willst du wissen, dass sie geil war?«, frage ich etwas gereizt. »Du hast sie doch gar nicht gesehen.«

»Ums Sehen geht es hier auch nicht«, wirft Alex amüsiert ein.

»Nein, Mann, dafür hatten wir alle genügend Kopfkino! Die Braut hat ja sicher zwanzigmal deinen Namen geschrien!«

»Acht.« Das Flüstern kommt so unerwartet, dass es sogar Flockes begeisterte Ausführungen abwürgt. Auf einen Schlag schauen wir alle zu Lea, die mit verschränkten Armen neben dem Kühlschrank steht.

Ich ziehe die Augenbrauen zusammen. »Wie bitte?«

»Es war nur achtmal.« Nun klingt ihre Stimme schon etwas fester, und ihr Kinn wandert ein Stück nach oben. »Lieber wäre es mir gewesen, wenn ihr wenigstens einen Zehnerblock geschafft hättet. Aber sowohl die achtfache Nennung deines Namens als auch die sechsfache Bestätigung mit ›oh ja‹ blieb hinter diesem Ziel zurück. Vielleicht lag es daran, dass du ihren siebenfachen Ausruf ›schneller!‹ ein klein wenig zu wörtlich genommen hast.«

Und dann, als ich gerade denke, dass nun ihr letztes bisschen Verstand flöten gegangen ist, sieht sie mich von unten herauf an – spöttisch. Ich brauche eine Sekunde, um mir ganz sicher zu sein, aber das Funkeln in ihren braunen Augen vertreibt jeden Zweifel. Im nächsten Moment bricht Flocke in prustendes Gelächter aus, das heftig genug ist, um einen Sprühregen zerkauter Cornflakes aus seinem Mund schießen zu lassen. Sogar Alex, der illoyale Bastard, kann sich ein fettes Grinsen nicht verkneifen. Ich warte, bis sich Flockes Japsen ein wenig gelegt hat, bevor ich Lea von oben bis unten abchecke.

»Ich hab einen Vorschlag für dich, Nash«, gebe ich trocken zurück. »Versuch beim nächsten Mal, ihre Höhepunkte mitzuzählen, dann mach ich dir den Zehner voll.«

Alex und Flocke beginnen zu pfeifen, und Lea wendet den Blick ab. Zufrieden stelle ich fest, dass sich ihre Wangen verfärben. Niemand soll sich einbilden, dass ich mich von einer halben Portion aus dem Irrenhaus auf die Schaufel nehmen lasse. Mit einem verächtlichen Kopfschütteln schnappe ich mir die Schüssel und mache mich auf den Weg zu meinem Zimmer, als würde mich das Ganze überhaupt nicht interessieren. Diese Haltung bewahre ich allerdings nur so lange, bis ich den dreien meinen Rücken zugewandt habe. Dann kann ich nichts mehr dagegen tun, dass mein rechter Mundwinkel zuckt.

Verdammt.

Lea

23 Kartons …

… stehen sorgfältig befüllt in Jays Apartment. Abgesehen von den Pizzaschachteln, die sich gut zur Aufbewahrung von CDs und ähnlichem Kleinkram eignen, habe ich noch jede Menge Cornflakes- und andere Lebensmittelverpackungen gefunden, ein paar Schuhkartons und sogar einige Umzugskisten. Auf jeder davon habe ich fein säuberlich die Anzahl der enthaltenen Gegenstände vermerkt, sodass ich nun mit Gewissheit sagen kann, dass es in meinem neuen Wohnsitz fünfzehn verschiedene Ladekabel und siebenunddreißig Playboy-Magazine gibt – und ja, auch eine unbenutzte Glühbirne, mit der ich kurzerhand das »Klo-Problem« gelöst habe –, aber nur einen einzigen Kamm. So verstörend diese Ergebnisse auch sein mögen, sie helfen mir doch dabei, den Tag über einigermaßen ruhig zu bleiben. Nachdem mir beim Frühstück der Kragen geplatzt ist und ich eine dicke Lippe gegenüber Jay riskiert habe, sind die drei Jungs zur Arbeit aufgebrochen. Während der folgenden Stunden habe ich mich ausschließlich darauf konzentriert, die Grenzen meines neuen kleinen Universums abzustecken und mal wieder nicht an meine Familie zu denken. Mein Handy liegt dabei die ganze Zeit ausgeschaltet auf dem Couchtisch und fühlt sich an wie ein stummer Vorwurf. Ich kann der Realität nicht dauerhaft entfliehen, das weiß ich. Merkwürdigerweise ist es für mich ein gewisser Trost, dass ich meine Eltern wohl kaum noch mehr enttäuschen könnte.

Als mein Magen gegen Abend zu knurren beginnt, durchstöbere ich die Box mit der Aufschrift *Essbares* auf der Küchenanrichte. Ich genehmige mir ein opulentes Mahl, bestehend aus zwei Bananen, einer angebrochenen Dose Pringles (fünfundzwanzig Chips) und einem mit Erdnussbutter bestrichenen Hamburgerbrötchen (hundertneunundsechzig Sesamkörner). Anschließend ist mir ein bisschen übel, was entweder daran liegt, dass die Bezeichnung *Essbares* doch zu hoch gegriffen war, oder an meinem Tablettenentzug. Immerhin habe ich die Antidepressiva von einem Tag auf den anderen abgesetzt. Um mich vom Rumoren in meinem Bauch abzulenken, kontrolliere ich schon mal den Herd und überhöre beinahe, wie die Jungs nach Hause kommen. Ihre Stimmen im Flur sind für mich nur ein dumpfes Gemurmel, während ich verbissen die Knöpfe abtaste. Dieser Herd ist lange nicht so gut in Schuss wie der von meinen Eltern, also erfordert er besondere Sorgfalt. Immer wieder lege ich meine Hand auf die Herdplatten und versuche, mir darüber klar zu werden, dass sie kalt sind. *Sicher?* Ich könnte bei der Kontrolle auch unabsichtlich an einem der Knöpfe gedreht haben. Ein bisschen nur, das reicht für einen Schwelbrand. Also lieber noch mal von vorn.

Irgendwann verstummen die Gespräche im Flur, drei Türen schlagen zu, und dann dringt aus einem der Zimmer Musik. Der Klang vermengt sich mit dem Rauschen des Regens vor dem Fenster, und allmählich ebbt dabei das Flattern in meiner Brust ab. Mit einem tiefen Atemzug strecke ich meine schmerzende Wirbelsäule. Jetzt könnte ich mich auf die Couch zurückziehen, vielleicht in einem meiner mitgebrachten Bücher lesen. Ich gehe auf wackligen Beinen ins Wohnzimmer und bin gerade am Überlegen, ob ich mein Badezimmerritual gleich oder später durchführen soll – da fällt mein Blick auf den Couchtisch. Sofort springt mir mein Herz in einem panischen Satz fast bis in die Kehle. *Die Kamera ist weg.* Ich weiß ganz genau, dass sie noch dort lag, bevor die Jungs heimgekehrt sind. Die einzige Erklärung dafür ist, dass Jay sie mit in sein Zimmer genommen hat, um sie wieder aufzuladen.

Einen Moment lang fühle ich mich von bleierner Müdigkeit überwältigt. Ich will das nicht tun, will keine Szene wie gestern heraufbeschwören und mich erneut vor Jay und mir selbst demütigen. Trotzdem bewegen sich meine Füße ungefragt durch den Flur und stoppen nur ein paar Zentimeter vor Jays Zimmertür. Die Musik kommt nicht von hier, das steht fest. Ob er schon zu Bett gegangen ist? Und wie wahrscheinlich ist es, dass ich mich hinein- und wieder herausschleichen kann, ohne ihn zu wecken? Bei meinem Glück hält er mich im Halbschlaf für einen Einbrecher, und ich kann mir gut vorstellen, dass jemand wie Jay eine Waffe griffbereit neben seinem Bett aufbewahrt.

Alle Muskeln vor Nervosität angespannt, strecke ich die Hand nach der Klinke aus. Ich fühle das Metall auf meiner klammen Haut, will eben meine Finger darum schlingen, da wird die Klinke plötzlich nach hinten gerissen. Die Tür fliegt auf, und ein Körper prallt gegen meinen. Als Nächstes ertönt ein unterdrückter Fluch.

»Verdammte Scheiße, was treibst du denn da?« Jay starrt auf mich herunter, eher erschrocken als wütend. Der Regen hat bei seinen braunen Haaren eine Naturkrause zum Vorschein gebracht, von der ich nicht einmal wusste, dass er sie besitzt. Anscheinend gelingt es ihm normalerweise, sie mit dem einzigen Kamm in diesem Haushalt zu bändigen. Sein herber Duft weht mir ins Gesicht, und ich habe keine Ahnung, was ich sagen soll – die Worte purzeln nutzlos in meinem Kopf durcheinander.

»Ich … ich …« Während ich verzweifelt nach einer Ausrede suche, wandern meine Augen an Jay vorbei zur Kamera. Sie befindet sich tatsächlich angesteckt auf dem Fußboden, genau wie letzte Nacht.

Jay ist mein Blick nicht entgangen. Er lässt die Luft hörbar aus seinen Lungen weichen, in einer Mischung aus Seufzen und Stöhnen. Dann, als hätte er einen Entschluss gefasst, macht er einen Schritt zur Seite.

»Na schön, komm rein.«

Ungläubig schaue ich ihn an. »Du willst, dass ich …«

»Los, mach schon, bevor ich's mir anders überlege!« Er wendet sich ab und geht ohne Umschweife zurück in sein Zimmer, wo er sich auf seinen Schreibtischstuhl fallen lässt. Mühsam würge ich den Kloß in meiner Kehle herunter, ehe ich ihm folge. Als wäre ich ein Eindringling in einem fremden Reich – und irgendwie bin ich das ja auch –, schließe ich die Tür so lautlos wie möglich und bleibe stocksteif neben der Kamera stehen.

Jays silbergraue Augen fixieren mich prüfend. »Hör mal, ich will meine Cam morgen benutzen. Dafür muss sie noch ungefähr 'ne halbe Stunde Strom ziehen. Wenn es dich wirklich so in den Wahnsinn treibt, sie dabei unbeaufsichtigt zu lassen, dann bleib eben in der Zeit hier, okay?« Er nickt zu seinem Bett hinüber, das bemerkenswert ordentlich gemacht ist. Ohne die blaue Tagesdecke hätte ich mich wohl auch nicht in seine Nähe gewagt, nach allem, was ich letzte Nacht gehört habe. Vorsichtig lasse ich mich auf dem Rand der Matratze nieder, immer noch unsicher, was ich von alldem halten soll. Wie hat er überhaupt erraten, worum es mir geht?

»Ähm …«, beginne ich und muss mich räuspern, um das Kratzen aus meiner Stimme zu vertreiben. »Ich will dich aber nicht stören.«

»Keine Sorge, das tust du sowieso.« Ein Grinsen huscht über sein Gesicht, das ihm etwas von seiner düsteren Aura nimmt. Langsam dreht er sich mit dem Schreibtischstuhl im Kreis und bremst unvermittelt ab, als er mir wieder in die Augen sehen kann. »Hey, sorry übrigens wegen gestern Nacht.«

»Die akustische Peepshow? Ist schon okay, andere würden dafür bezahlen.« Ich weiß genau, dass er die Sache mit der Kamera meint, aber ich fühle mich wohler damit, seinen frechen Tonfall zu übernehmen. Zu meiner Erleichterung steigt Jay darauf ein.

»Das nächste Mal könntest du dich ja erkenntlich zeigen – mit einer sauteuren Kette oder so …?«

»Tut mir leid, ich habe all meine Juwelen für meine Unterkunft ausgegeben.«

»Four Seasons, Penthouse Suite?«

»So ungefähr. Nur mit der Arbeit des Zimmermädchens bin ich nicht ganz zufrieden.«

»Dann werd ich mal ein ernstes Wort mit ihr reden.« Auf einmal verblasst Jays belustigte Miene, und er sieht mich unverwandt an. Oh. Das Zimmermädchen bin dann wohl ich – wie passend nach meiner gestrigen Aufräum-Orgie. Anscheinend will Jay tatsächlich etwas mit mir besprechen und sucht eine Überleitung von unserer Blödelei. Mit einer beinah linkischen Bewegung fährt er sich durch die Locken, dann beugt er sich ein bisschen zu mir vor.

»Jetzt mal ehrlich, Nash …«, sagt er stockend, als müsste er sich von einem Wort zum nächsten tasten. »Was stimmt eigentlich nicht mit dir?«

Obwohl diese Frage schon seit unserem Zusammentreffen in Dr. Berners Büro zwischen uns schwebt, fällt es mir nun schwer, Jays Blick standzuhalten. Um wirklich zu erzählen, was alles mit mir nicht stimmt, müsste ich mir eine Weile Zeit nehmen – aber Jay will offensichtlich nur ein Etikett, und das kann er gerne haben.

»Ich leide an Zwangsstörungen.« Es klingt völlig nüchtern – wie ein auswendig gelernter Satz aus einem medizinischen Lehrwerk. Das kann ich gut, und es hält die Leute normalerweise vom Nachfragen ab. Allerdings habe ich diese Rechnung ohne Jay gemacht.

»Aha. Jetzt nenn mir bitte noch den lateinischen Fachbegriff, dann bin ich im Bilde.« Er sieht mich an, als hätte ich tatsächlich vorgeschlagen, unsere Unterhaltung in einer toten Sprache weiterzuführen.

»Das bedeutet, dass ich … den Drang habe, bestimmte Dinge zu tun«, erkläre ich widerwillig. »Ich sortiere. Ich zähle. Ich muss manche Tätigkeiten so lange wiederholen, bis ich mich sicher fühle …«

»Du betest im Bus.«

»Genau. Alles, was mir dabei helfen könnte, meine Umgebung unter Kontrolle zu bringen. Ich weiß, dass das totaler Schwachsinn ist, aber … irgendwie geht es mir auf diese Weise besser.«

Mit angehaltenem Atem warte ich auf die übliche Reaktion. Wann immer ich jemandem von meiner Sache erzähle, heißt es gleich mit einem wissenden Lächeln: *Das kenne ich! Bevor ich in den Urlaub fahre, muss ich den Herd zweimal kontrollieren.* Oder: *Ich gucke öfters nach, ob ich den Wecker auch tatsächlich gestellt habe!* Es sind Gespräche wie zwischen einer gelegentlichen Naschkatze und einer Fresssüchtigen, und trotzdem stehe ich am Ende als jemand da, der übertreibt oder sich ganz einfach zusammenreißen sollte. Zu meiner Überraschung kommt von Jay allerdings keine dieser typischen Bemerkungen. Stattdessen sagt er einfach nur: »Das ist Mist.«

Mir entschlüpft ein Geräusch, das irgendwo zwischen überraschtem Luftholen und einem hysterischen Kichern liegt. »Das kannst du laut sagen.«

»Mist!«, wiederholt Jay mit erhobener Stimme und entlockt mir abermals ein kleines Lächeln.

»Ja, aber ich komme eigentlich ganz gut damit zurecht. Es ist jedenfalls besser als die Alternative.«

»Und die wäre?«

Nervös rutsche ich auf der Bettkante hin und her. Wenn ich es bisher nicht geschafft habe, Jay total abzustoßen, wird es mir hiermit sicher gelingen. Ich kann mich nicht erinnern, das alles irgendwem schon mal so genau erzählt zu haben, mit Ausnahme meiner Therapeutin. »Na ja, es ist so – ich … ich habe *Gedanken* …« Verlegen breche ich ab, und nun sieht Jay wirklich befremdet aus.

»Okay«, sagt er gedehnt, »damit bist du Flocke schon mal weit voraus.«

»Nein, so meine ich das nicht. Es sind eher Vorstellungen von … schrecklichen Unfällen, die den Leuten um mich herum zustoßen könnten, wenn ich nicht gut genug aufpasse. Dass sie Stromschläge kriegen. Dass sie in einem Brand umkommen. Dass … dass der Deckenventilator sich löst und ihnen die Köpfe absäbelt.«

Jay reibt sich etwas hilflos den Nacken. »Jaah, ich hasse es, wenn das passiert.«

»Schon klar, was du jetzt denkst«, erwidere ich hitziger als geplant. »Für dich klingt das alles nach verrückten Hirngespinsten. Aber die Krankenhäuser sind schließlich voll von Menschen, die davon überzeugt waren, dass ihnen niemals etwas zustoßen könnte! Immer tun alle so, als wären meine Ängste vollkommen abwegig, aber wer kann mir garantieren, dass sie das sind?«

Ich lasse Jay nicht aus den Augen, während er wieder den Drehstuhl zu bewegen beginnt. Wahrscheinlich sucht er gerade nach einer eleganten Möglichkeit, mich aus seinem Zimmer zu komplimentieren. Plötzlich wünsche ich mir, ich wäre dem Thema ausgewichen, so wie sonst auch, anstatt meinen Seelenmüll bei ihm abzuladen. Das wird unser Zusammenleben nicht erleichtern, im Gegenteil. Zähe Kälte sickert durch meinen Körper und hat eben meinen Magen erreicht, als Jay den Stuhl stoppt.

»Also, pass mal auf. Ich hab vielleicht nicht dein abartiges Zahlengedächtnis und war nur im Matheunterricht, weil ich Professor Hauck ziemlich heiß fand ...«

Obwohl ich keine Ahnung habe, worauf er hinauswill, versuche ich, einen lockeren Tonfall anzuschlagen, um meine Nervosität zu überspielen. »Wieso glaube ich dir das sofort?«

»Hey, sie war erst zweiunddreißig, und ich stand damals voll im Saft!«

»Damals?«

Jay macht eine wegwerfende Handbewegung. »Zurück zum Thema. Ich bin jedenfalls wirklich kein Mathegenie, aber ich schätze, die Wahrscheinlichkeit, dass deine Vorstellungen wahr werden, liegt bei null-Komma-irgendwas Prozent. Okay? Die Möglichkeit ist da, zugegeben. Aber wenn du mich fragst, wie gut die Chancen stehen, dass du dir mit deinen Ticks das Leben versaust – tja, dann kriegst du von mir 'ne glatte Hundert.«

Die Stille zwischen uns lastet so schwer, dass ich den Kopf einziehe. Es ist das erste Mal, dass mir jemand seine Meinung über mein Problem derart ungeschönt vor den Latz knallt. Im Vergleich dazu hat mich sogar Dr. Berner mit Samthandschuhen angefasst, aber komischerweise fühle ich diesmal keine Wut in mir aufsteigen. Nur Hilflosigkeit.

»Da wir schon von Zahlen sprechen«, wechsle ich abrupt das Thema und springe hoch, um auf die Fotowand zuzueilen. »Das ist ein ganzer Haufen Bilder. Seit wann machst du das schon?«

Irgendwie hoffe ich, dass er mir von der Sache erzählen wird, die Flocke erwähnt hat – dass die Kamera ein

Geschenk seines Vaters war. Jay steht allerdings schweigend auf und stellt sich direkt hinter mich. Ich kann seinen Atem im Nacken spüren, und es dauert einen Moment, bis ich begreife, dass er bloß nach einem bestimmten Bild sucht. Einige erstaunlich lange Sekunden später legt er den Finger auf eines der Fotos. Es zeigt eine verwitterte Verandaschaukel, in deren Lehne jemand den berühmten Hollywood-Schriftzug eingeritzt hat.

»Dieses hier war mein Erstes, glaube ich. Ist jetzt über sechs Jahre her.«

»Wer ist das?« Ich deute auf den Hinterkopf der Frau, die auf der Hollywoodschaukel sitzt und den Himmel betrachtet. Als die Antwort auf sich warten lässt, blicke ich zu Jay und bemerke, dass sich etwas in seinem Gesicht verändert hat – so, als wären hinter seinen grauen Augen die Rollläden runtergegangen. Dann zuckt er nur einmal mit den Achseln.

»Meine Mutter.«

»Ach so. Und wer ist das?«, rede ich hastig weiter, um meiner ersten Frage an Gewicht zu nehmen. Seine Eltern scheinen für Jay ein heikles Thema zu sein. In meiner Eile tippe ich auf eines jener Bilder, die mir gestern die Hitze in die Wangen getrieben haben: Auf diesem speziellen Foto studiert eine junge dunkelblonde Frau ganz versunken einen Abflussreiniger, der so im Fokus ist, dass man die Aufschrift *Schutzbrille tragen* erkennen kann. Und eine Schutzbrille trägt das Mädchen auch. Sonst allerdings nichts.

Jay hält meinen Blick einen Moment lang fest, dann schnellt seine rechte Augenbraue nach oben. »Schutzbrillen-Sweetie?«, schlägt er vor.

»Das ist nicht dein Ernst! Ein Mädchen lässt sich *so* von dir verewigen, und du weißt nicht mal mehr ihren Namen?«

»Hey, Nash, du hast ja einen ausgewachsenen Namensfetisch!«

»Nach deinem Fetisch brauche ich wohl nicht erst zu fragen.« Ich deute auf eine Bildserie von Mädchen in Rückenansicht und ausgesprochen engen Jeans, doch Jay blinzelt mich nur unschuldig an.

»Meine Kamera? Ach ja. Die bedeutet mir echt viel.«

Ich verdrehe die Augen, dann muss ich doch grinsen. »Stimmt, für ein altes Modell ist die gar nicht so übel.«

»Du sagst das, als hättest du Ahnung.«

»Hab ich auch ein bisschen. Mein Vater hat eine Werbeagentur und deswegen oft mit Fotografen zu tun. Er selbst knipst mit einer Nikon D7100, aber bei einem Freund von ihm durfte ich schon mal eine D800 ausprobieren.«

Jay fasst sich an die Brust. »Oh wow. Auf so viel Dirty Talk war ich nicht gefasst.«

Unwillkürlich bin ich seiner Bewegung gefolgt und kann jetzt aus nächster Nähe beobachten, wie sich sein Brustkorb weitet. Himmel, Jay hat keine Ahnung von persönlicher Distanz. Im Gegensatz zu mir hat er offenbar überhaupt nicht begriffen, dass wir nur eine Handbreit voneinander entfernt stehen, genau wie heute Morgen …

Ich zwinge meinen Blick wieder nach oben und bemerke, dass Jay mich mit einer leicht verwunderten Miene anschaut.

»Mir scheint, sie ist jetzt so weit«, flüsterte ich.

»Hmm?«

»Die Kamera, meine ich. Fertig aufgeladen.« Hastig stolpere ich auf die Zimmertür zu, an deren Seite die Kamera ein grünes Licht ausstrahlt. Jay geht neben mir her, als müsse er mich hinausbegleiten. Er kann gerade noch rechtzeitig abbremsen, als ich mich nach unten beuge und das Ladekabel aus der Steckdose ziehe. Etwas zu schwungvoll richte ich mich wieder auf und schüttle mir die Haare aus dem Gesicht.

»Danke«, sage ich möglichst lässig. »Du weißt schon – dafür, dass ich hier warten durfte. Jetzt hoffe ich nur, dass ich heute Nacht im Gegensatz zu gestern ungestörten Schlaf kriege.«

»Falls nicht, kannst du ja Schäfchen zählen.« Er stockt, als er zu realisieren beginnt, worauf er da eben angespielt hat. Ich kann mir ganz genau ausmalen, was in seinem Kopf vorgeht: »Oh Scheiße, jetzt hab ich mich über die Bekloppte lustig gemacht.« Sofort ist die angespannte Atmosphäre von vorhin wieder da, jedenfalls für Jay, während er mir in die weit aufgerissenen Augen sieht.

Absichtlich lasse ich einige Sekunden verstreichen, ehe ich sage: »Gute Idee.« Ich recke mich nach oben und verpasse ihm einen leichten Schlag auf den naturkrausen Kopf. »Eins.«

Und noch bevor er sich aus seiner Starre lösen kann, bin ich aus dem Zimmer draußen.

Jay

Über ein Angebot, das ich nicht ablehnen kann

Wenn man in der Klapse noch stärker unter Beobachtung steht als die Verrückten, läuft definitiv was verkehrt. Die Sache mit meinem Messer scheint sich herumgesprochen zu haben, und zur Belohnung werde ich besonders hart rangenommen. Kaum will ich eine kurze Pause einlegen, kommt gleich eine von den Schwestern angewalzt, um mich mit weiteren Aufgaben einzudecken. Der Höhepunkt meines Tages ist erreicht, als ein Psycho mit seinen neuen Medikamenten nicht klarkommt und sein Mittagessen quer über den Flur reihert. Schon klar, wer diese Schweinerei beseitigen darf. Alles in allem habe ich mehr Zeit auf den Knien verbracht, als ich für mein gesamtes Leben geplant hatte. Deshalb bin ich eigentlich schon komplett hinüber, als ich kurz vor Feierabend eine SMS von Alex bekomme: *Farewell-Party im Studentenheim. Dein Typ ist gefragt.*

Wahrscheinlich war das als frohe Botschaft gedacht, aber stattdessen ruft sie mehr Übelkeit in mir hervor als der Mageninhalt von Schizo-Schorsch. Ich weiß genau, welches Studentenheim Alex meint. Als wir zu Beginn der Semesterferien auf einer ganz ähnlichen Party aufgekreuzt sind, waren mindestens sechshundert Personen anwesend, und keine Security weit und breit. Ich hatte meine Ware schneller verkauft, als Flocke sich die erste Abfuhr von einem Mädchen holen konnte. Diesmal ist mein Angebot natürlich größer, aber mit etwas Glück reicht die Nachfrage trotzdem aus. Ich versuche mir also einzureden, dass das eine tolle Chance ist, auch wenn ich sogar mehr Lust dazu hätte, mich weiter mit meinem alten Freund, dem Mopp, zu beschäftigen. Letztendlich ist es dann ein ganz bestimmter Gedanke, der mir den nötigen Antrieb liefert: Vielleicht kann ich es heute endgültig hinter mich bringen und die Schulden von meinem Alten abbezahlen. Nur noch einmal Schiss haben, jeden Moment erwischt zu werden. Nur noch ein einziges Mal die Blicke der Leute ertragen, die zwar bereitwillig Stoff von mir annehmen, mich aber ganz offensichtlich für Abschaum halten – und dann ist dieser Mist hoffentlich für immer vorbei.

Um meine Motivation nicht zu verlieren, lege ich den Heimweg von der Arbeit im Rekordtempo zurück. Schon im Flur zerre ich mir mein T-Shirt über den Kopf, ehe ich es in meinem Zimmer hastig durch ein frisches ersetze. Anschließend werfe ich mir meinen Rucksack über die rechte Schulter und hämmere gegen Alex' Tür.

»Wie sieht's aus, bist du dabei?«

»Klar.« Alex schießt heraus und sieht mich unternehmungslustig an. Entweder, sein Barista-Job ist nur halb so anstrengend wie meine Sozialstunden, wovon ich mal stark ausgehe, oder es ist tatsächlich die Aussicht auf einen erfolgreichen Abend, die ihn so anfixt. Dabei muss er heute gar keinen Auftrag erledigen – irgendwie hatte er an der ganzen Sache immer schon wesentlich mehr Spaß als ich. »Flocke ist noch nicht da«, fügt er hinzu, während er in seine Sneakers schlüpft. »Er hat mir geschrieben, dass er später kommt.«

Ich nicke, doch ehrlich gesagt höre ich nur mit halbem Ohr zu. Gerade hat sich die Wohnzimmertür geöffnet, und Lea taucht im Rahmen auf. Ich sehe sie heute zum ersten Mal, weil ich verschlafen habe und deshalb ohne Frühstück aus dem Haus gegangen bin. Sie hat ihre Haare wieder zu einem seitlichen Zopf geflochten und spielt jetzt mit einer Hand nervös dran herum, während ihr Blick zu meinem Rucksack huscht. Das ist wohl der Nachteil, wenn man Augen in Untertassengröße hat – niemandem entgeht, wohin du schaust. Genau wie gestern, als sie direkt vor mir stand und mich ohne Zweifel abgecheckt hat. Bei dem Gedanken daran kann ich mir ein Grinsen nicht verkneifen. Alex steht inzwischen ungeduldig am Ende des Flurs, und weil ich das Gefühl habe, irgendwas sagen zu müssen, zwinkere ich Lea zu.

»Bis später.«

Damit folge ich Alex nach draußen. Erst als die Tür hinter uns ins Schloss fällt, frage ich mich, was Lea eigentlich geantwortet hätte.

Das Studentenheim liegt fast am Stadtrand, ist aber mit dem Bus ganz gut zu erreichen. Als wir ankommen, ist die Party in vollem Gange – eine Straße entfernt kann man bereits die Bässe hören, und ein paar hackedichte Leute torkeln uns entgegen. Nur gut, dass ich so früh wie möglich hergefahren bin. Es ist nur noch eine Frage der Zeit, bis die Polizei hier aufschlägt, und das wäre so ziemlich das Beschissenste, was mir passieren könnte. Für einen Moment beginnt meine positive Stimmung wieder abzuebben, und ich frage mich, ob ich noch alle Tassen im Schrank habe, mit einem Rucksack voll Gras herumzulaufen. Mein ganzer Körper ist in Alarmbereitschaft, bis ich ein bekanntes Gesicht in der Menge entdecke. Diesem Typen habe ich schon öfter was verkauft, und er flippt jetzt beinahe aus vor Freude, mich zu treffen. Wenige Sekunden später bin ich die ersten drei Gramm los – das geht so schnell, dass Alex es gar nicht mitbekommt. Überhaupt ist das Gedränge hier die beste Tarnung. Ich brauche nur das Baggie nach unten zu halten, der Typ macht es mit seinen drei Zehnern genauso, und nach einem kurzen Händeschütteln ist die Sache geregelt. Dann verschwindet mein Bekannter für einen Moment und kehrt mit ein paar Kumpels im Schlepptau zurück, bei denen die Scheine sogar noch lockerer sitzen. Falls das tatsächlich mittellose Studenten sind, hauen sie gerade ihr Essensgeld einer ganzen Woche für Gras auf den Kopf, aber ich wäre der Letzte, um über ihre Prioritäten zu diskutieren. Während immer mehr Menschen in den Partykeller strömen und die Bässe durch den überhitzten Raum zittern, leert sich mein Rucksack mit erstaunlicher Geschwindigkeit. Alex und ich verziehen uns kurz auf die Toilette, um das Zeug zwischen uns aufzuteilen. So können wir noch effektiver vorgehen. Getrennt ziehen wir unsere Runden durch das Studentenheim, und als wir uns zwei Stunden später wieder treffen, haben wir alles verkauft. Jedes einzelne verfluchte Gramm.

Ich schaffe es nicht, Alex' zufriedenes Grinsen zu erwidern. Die Erkenntnis sickert nur ganz langsam in mich hinein – zusammen mit dem, was ich in den vergangenen zwei Tagen verdient habe, kann ich Mike jetzt ausbezahlen. Keine Schulden mehr, keine Überraschungsbesuche von irgendwelchen bewaffneten Mistkerlen. Ich bin raus. Schweigend halte ich die Faust hoch, und Alex stößt seine dagegen.

»Was jetzt, Alter?«, fragt er und nickt zur Bar hinüber, wo Bier für einen Euro pro Pappbecher verteilt wird. »Hast du Lust, den Erfolg zu begießen?«

»Nope, die Kohle liefere ich am besten gleich ab, ich sollte mein Glück nicht überstrapazieren. Aber du kannst gern hierbleiben, ich hab sowieso was mit Mike zu besprechen.«

Alex sieht nicht so aus, als wüsste er, was ich vorhabe. Seine Freude über unseren Erfolg hat nur mit Nervenkitzel und der bestandenen Herausforderung zu tun, und wenn er die Möglichkeit dazu hätte, würde er gleich wieder von vorne anfangen. Trotzdem ist er damit einverstanden, im Studentenheim auf Flocke zu warten. Ich schiebe mich an den tanzenden Leuten vorbei zum Ausgang und könnte schwören, auf dem Weg mindestens von zwei Mädchen unsittlich berührt worden zu sein. Tja, für so was habe ich heute keine Zeit. Ohne mich noch einmal umzudrehen, verlasse ich das Wohnheim und jogge zur Bushaltestelle. Eigentlich ist es bescheuert, dass ich mir so einen Stress mache – immerhin hänge ich schon seit Monaten in dieser Sache drin. Aber nun, da ich die letzten paar Hundert von mehreren Tausend Euro Schulden begleichen kann, kommt es mir vor, als wäre mir ein Felsbrocken von den Schultern genommen worden.

Als ich zwanzig Minuten später in die Gasse zum Wexberger einbiege, stelle ich überrascht fest, dass es hinter den Fensterscheiben dunkel ist. Nur die Theke ist erleuchtet; dort steht wie üblich der Barmann Nico und ist gerade dabei, das Geld aus der Kasse zu zählen. Verwirrt werfe ich einen Blick auf mein Handy – es ist gerade mal elf Uhr. Warum haben die so früh dichtgemacht, und das an einem Freitagabend? Ich klopfe gegen die Scheibe neben der Tür, und als Nico hochblickt, mache ich ihm ein Zeichen. Er schließt das Geld weg und kommt hinter dem Tresen hervor, um zu öffnen.

»Hey … Heute nur privat. Mike hat eine Besprechung«, erklärt er mit gedämpfter Stimme.

Ich runzle die Stirn. »Mann, jetzt lass mich schon rein. Ich will nur das Geld abliefern, okay?«

Nach kurzem Zögern tritt Nico zur Seite und ich dränge mich an ihm vorbei ins Lokal. Bevor er es sich wieder anders überlegen kann, umrunde ich den Tresen und ziehe die Eisentür auf. Während ich die Kellertreppe hintersteige, macht sich ein komisches Gefühl in mir breit – als hätte sich hier was verändert, seitdem Lea mit ängstlich verkrampften Schultern vor mir her gegangen ist. Sobald ich Mikes Büro erreicht habe, achte ich nur noch auf die Stimmen hinter der Tür. Fuck, Mike ist nicht alleine. Lieber hätte ich das ohne Zuschauer erledigt, aber daran lässt sich nun nichts mehr ändern. Einmal atme ich noch tief durch, dann platze ich in den Raum, ohne zu klopfen.

Gleich fünf Augenpaare sehen mir entgegen. Mike sitzt nicht wie sonst hinter seinem Schreibtisch, sondern lehnt sich stehend gegen die Tischplatte, anscheinend gerade noch ins Gespräch mit den vier anderen Typen vertieft. Zwei von ihnen erkenne ich sofort als seine Stammdealer. Ich habe sie hier schon öfter getroffen, aber es sind keine Leute, mit denen man unbedingt auf Tuchfühlung gehen will. Außerdem sind da noch Caesar, dieser Wichser, und ein Mann, den ich noch nie gesehen habe. Er trägt deutlich teurere Klamotten als die übrigen drei, und seine Haltung gegenüber Mike unterscheidet ihn ebenfalls von den anderen. Er ist der Einzige, der nicht nervös wirkt.

Mike reagiert mit einer gereizten Geste auf mein Eintreten. »Los, verpiss dich, Kleiner. Falls du wegen einer Fristverlängerung hier bist, kann ich dir gleich sagen …«

»Lass stecken«, unterbreche ich ihn und handle mir einen finsteren Blick von Caesar ein. Ich weiß, dass ich mich wie ein Idiot benehme, aber Mike kann mir jetzt gar nichts mehr. Keiner von denen. »Ich brauche keine Fristverlängerung. Hier hast du die Kohle.« Ich nehme den Packen Scheine aus meinem Rucksack und werfe ihn auf den Schreibtisch.

Schweigend betrachtet Mike das Geld, dann hebt er den Kopf und sieht mich direkt an. »Alles verkauft? In drei Tagen?«

Ich nicke nur. Ein paar weitere Sekunden lang bleibt es still, bis Mike eine Faust auf den Tisch krachen lässt. Es kommt so plötzlich, dass ich zusammenzucke. Mit aufeinandergepressten Kiefern beobachte ich, wie Mike den Kopf in den Nacken wirft und in dröhnendes Gelächter ausbricht.

»Und genau deswegen vertraue ich dir, Kid! Angelface und eiskalter Dealer zugleich. Wird Zeit, dass ich deine

Fähigkeiten noch gewinnbringender einsetze. So gesehen bist du exakt im richtigen Moment hier aufgetaucht!«

Mechanisch schüttle ich den Kopf. Dieses Gespräch verläuft ganz anders, als ich es geplant hatte – jetzt hat Mike schon wieder die Zügel in der Hand. Außerdem weiß ich nicht mal, wovon er da redet. »Nein, hör zu«, sage ich ziemlich lahm und verfluche erneut die Tatsache, dass ich das hier vor so viel Publikum klären muss. »Eigentlich wollte ich dir sagen, dass ich raus bin. Endgültig.«

Ich hätte erwartet, dass Mike protestieren würde – aber anstelle einer Antwort greift er sich eines der Gläser auf dem Schreibtisch und füllt es fast bis zum Anschlag mit Whiskey. Dann reicht er es mir herüber. »Hier, trink erst mal was. Wie meinst du das denn, du willst raus? Gerade jetzt, wo es so gut läuft?«

Mit großen Schlucken leere ich das Glas und stelle es unsanft zurück auf den Tisch. »Es läuft *gut*? Ich habe zweiundsiebzig Sozialstunden gekriegt, das weißt du schon, oder?«

Mike macht eine wegwerfende Handbewegung, während seine Gäste sichtlich ungeduldig werden. »Tja, so was kann passieren. Aber wenn du am Ball bleibst, sorge ich dafür, dass du dich nicht mehr wegen ein paar lächerlicher Gramm Weed so abstrampeln musst!«

Misstrauisch sehe ich zu, wie er dem fremden Typen in den schicken Klamotten ein Zeichen gibt. Der bückt sich nach seiner Aktentasche und zieht etwas heraus, das er direkt neben meine Geldscheine fallen lässt. Eine kleine Plastiktüte mit weißem Pulver.

»Ich habe vor, mein Angebot etwas zu erweitern«, sagt

Mike. »Und du scheinst genau der Richtige zu sein, um mir dabei zu helfen.«

Schweigend schaue ich auf das Koks, das auf der dunklen Tischplatte leuchtet. Ein kleiner Teil von mir versucht gerade zu überschlagen, wie viel Geld ich damit verdienen könnte. Das ist allerdings genau der Teil, dem ich es verdanke, dass mein Leben mehr und mehr aus dem Ruder läuft. Angestrengt richte ich meine Augen wieder auf Mike. »Also … Gras, das ist eine Sache. Aber das hier … das kann ich echt nicht bringen, tut mir leid.«

»Hast du Angst, dass dir dabei dein Jungfernhäutchen reißt?«, kommt es von einem der Stammdealer. Zumindest hat er den Anstand, wieder die Klappe zu halten, als er meinen Blick auffängt. Es könnte allerdings auch daran liegen, dass Mike eine Hand hebt.

»Du überraschst mich, Jay«, sagt er gedehnt. »Ich dachte immer, wir zwei wären ein gutes Team. Sicher erinnerst du dich, wie ich deinen Vater unterstützt habe, als bei euch die Scheiße am Dampfen war, oder? Und du hast dir ja ganz schön viel Zeit damit gelassen, das Geld zurückzuzahlen. Hätte nicht geglaubt, dass du auf so eine Chance spuckst, wenn ich sie dir biete.«

Während er redet, füllt er wieder das Whiskeyglas und hält es mir hin. Meine Finger schließen sich darum, aber ich weiß, dass es besser wäre, jetzt nichts mehr zu trinken. Noch dazu, weil ich heute vor lauter Stress fast nichts in den Magen gekriegt habe.

»Falls du Bedenken hast, irgendwelchen gestreckten Müll in Umlauf zu bringen«, fährt Mike fort, »das hier ist absolut reiner Stoff. Davon kannst du dich selbst überzeugen.«

Ich trete einen Schritt zurück. »Wie schon gesagt … das ist einfach nicht mein Ding.«

»Na schön.« Mike zuckt mit den Achseln. »Du musst das natürlich selbst am besten wissen. Es gibt bestimmt noch andere Arten, wie du dich über Wasser halten kannst. Deinen Job hast du wegen dieser Sozialstundensache verloren, richtig?«

»Und?«

Mein Tonfall ist feindselig, aber Mike lächelt bloß. »Komm schon, Jay, ich kenne doch deine Situation. Du brauchst das Geld nicht nur für dich. Aber keine Sorge, deine Mutter findet sicher bald jemand anderen, der für sie verdient. Bleibt nur zu hoffen, dass sie eine bessere Wahl trifft als beim letzten Mal, hm?«

Mein erster Impuls ist es, ihm eins in die Fresse zu geben. Zum Glück funktioniert meine Selbstbeherrschung noch gut genug, um mich davon abzuhalten. Stattdessen sehe ich ihn stumm an, während das Blut in meiner linken Faust pocht. Mit der anderen Hand umklammere ich immer noch das Whiskeyglas. Ich weiß genau, was Mike vorhat – einen manipulativen Bastard wie ihn erkenne ich, wenn er vor mir steht. Aber das ändert nichts an der Tatsache, dass er verdammt noch mal recht hat.

Mit einer raschen Bewegung hebe ich das Glas an den Mund und kippe den Inhalt herunter.

Lea

12 Schritte …

… sind es von der Couch bis zu Jays Zimmertür. Ich weiß das, weil ich den Weg heute Abend bestimmt schon zehnmal gegangen bin. (Wem mache ich hier eigentlich was vor – es waren exakt dreizehn Mal.) Das Gefühl, mein Ohr an die Tür zu drücken und auf Geräusche dahinter zu hoffen, wird mit jeder Wiederholung erbärmlicher. Gleichzeitig wächst aber auch diese quälende Unruhe in mir, die mich dazu zwingt, in immer kürzeren Abständen zu überprüfen, ob Jay schon zu Hause ist.

Keine Ahnung, warum ich mir einbilde, dass das irgendetwas nützt. Todsicher würde ich seine Schritte im Flur hören, wenn er zurückkäme. Trotzdem brennt etwas in mir darauf, die Situation von gestern erneut zu durchleben, damit ich anschließend endlich, endlich schlafen gehen kann. Mir ist klar, dass mit unserem Gespräch ein neues Ritual für mich entstanden ist. So etwas passiert ganz plötzlich, und ich kann es überhaupt nicht beeinflussen. Jetzt heißt es auf meiner abendlichen To-do-List: vier Minuten Zähne putzen, zehn Minuten duschen, hundert Bürstenstriche, den Herd und alle verfügbaren Elektrogeräte kontrollieren und nach dem Rechten sehen bei Jay und seiner Kamera. Die Reihenfolge ist egal, aber das Problem ist, dass ich alles andere schon erledigt habe und inzwischen wirklich müde bin.

Als ich zum vierzehnten Mal von meinem Lauschposten ins Wohnzimmer zurückkehre, stehen die Zeiger der Uhr auf zwanzig nach drei. Sie bilden einen derart spitzen Winkel, dass ich ein Stechen in der Brust fühle. Hat Jay nicht zu mir gesagt: bis später? Das kann doch nichts anderes bedeuten, als dass er damit gerechnet hat, mich in dieser Nacht noch einmal zu sehen. Aber er wird sich wohl kaum darauf verlassen, mich um diese Uhrzeit hellwach anzutreffen, oder?

Bis später. Dafür ist es längst *zu* spät.

Das Stechen wird schlimmer, steigert sich allmählich zu einem Brennen. Als die Wohnungstür zuschlägt, fahre ich so schnell in die Höhe, dass meine Knie gegen den Couchtisch krachen. Ich laufe in den Flur und bleibe dann wie angewurzelt stehen. Anstelle von Jay blickt mir Alex entgegen, die blauen Augen spöttisch verengt.

»Was ist?«, fragt er und begutachtet meine aufgelöste Erscheinung. »Sind dir die Pillen ausgegangen?«

»Ich nehme meine Pillen nicht mehr.«

»Wie ungemein beruhigend.« Mit einem Kopfschütteln will Alex in seinem Zimmer verschwinden, aber ich trete ihm in den Weg.

»Warte mal. Weißt du, wo … die anderen sind?«

»Flocke wollte länger auf der Party bleiben, weil er erst so spät dort aufgekreuzt ist«, antwortet Alex widerwillig.

»Ist Jay denn noch nicht zurück?«

Und da tut er so, als wäre ich die Schwachsinnige von uns beiden. »Nein, deshalb frage ich ja!«, platzt es aus mir heraus. »Er sollte schon längst hier sein, ich hab seine Nummer nicht, und … kannst du ihm nicht eine SMS schicken?«

Mir ist bewusst, dass ich in Alex' Augen mehr und mehr zur komplett Wahnsinnigen mutiere, aber das ist mir jetzt egal. Vielleicht hilft es mir sogar, mich durchzusetzen. Unverwandt starre ich ihn an, bis er mit einem gereizten Brummen sein Handy hervorholt und eine kurze Nachricht schreibt. Als einige Sekunden später der Signalton erklingt, huscht ein Grinsen über sein Gesicht.

»Dem geht's bestens, er macht bloß einen drauf«, verkündet er und hält das Display so, dass ich Jays SMS lesen kann: @ *Wxbergr Pary hard!;*

Alex weiß offensichtlich nicht, dass ich das Wexberger kenne, ansonsten hätte er mir die Nachricht niemals gezeigt. Aber ich habe schon mehr über dieses Lokal erfahren, als mir lieb ist. »Kannst du ihn noch fragen, wann er zu Hause sein wird?«, bitte ich, und meine Stimme klingt dünn.

Fluchend zieht Alex sein Smartphone wieder zurück. »Wenn du versprichst, dass du dich nachher deinen imaginären Freunden widmest und mich in Ruhe schlafen lässt!« Sein Daumen gleitet über den Touchscreen, bis er die SMS mit einem ungeduldigen Tippen abschickt. Anschließend lehnt er sich gegen die Wand und checkt vermutlich sein Facebook-Profil. Die Minuten kriechen dahin wie zäher Beton. Ich nutze die Zeit, um die Flecken auf der ehemals weißen Tapete zu zählen, während sich die Stille immer mehr verdichtet.

Irgendwann stößt Alex sich von der Wand ab und steckt

das Handy in seine Hosentasche. »Da kommt nichts mehr. Wahrscheinlich will er nicht genervt werden, und damit ist er nicht allein.«

Ohne mich noch eines weiteren Blickes zu würdigen, geht er in sein Zimmer. Ich bleibe mit siebzehn Tapetenflecken zurück, das Stechen in meinem Inneren um ein Vielfaches schlimmer als zuvor.

Ich weiß, dass etwas nicht in Ordnung ist. Das spüre ich ebenso klar und deutlich wie den Boden unter meinen Füßen, den kalten Schweiß auf meiner Haut. Wenn Jay kein korrektes Wort mehr tippen kann, sollte er sich lieber an jedem anderen Ort befinden als in dieser zwielichtigen Spelunke.

Zitternd hebe ich den Kopf, und mein Blick wandert zu der Keksschachtel auf der Kommode, die ich zur Schlüsselbox erklärt habe. Im Moment liegen ein Ersatzschlüssel und der von Alex darin – und noch einer. Ein Stück schwarzes Plastik und Metall, das blitzartig einen Plan in mir entstehen lässt. Anscheinend ist Flocke verantwortungsvoll genug, seine Autoschlüssel nicht mitzunehmen, wenn er auf eine Party geht. Das gibt wiederum mir die Gelegenheit, etwas Waghalsiges und absolut Bescheuertes zu tun.

Steifbeinig gehe ich zur Kommode und fische Ersatz- sowie Autoschlüssel aus dem Karton. Dann verlasse ich auf Zehenspitzen die Wohnung.

Kaum habe ich einen Fuß ins Freie gesetzt, werde ich von den verschiedensten Eindrücken überrollt. Seit meiner letzten Therapiestunde bei Dr. Wolff – direkt vor Tommys Blinddarmdurchbruch – war ich nicht mehr alleine draußen. Ich nehme das Verkehrsrauschen wahr, den schweren, dunklen Geruch nach Sommerregen und ein Gewirr aus ungezählten Dingen um mich herum, die mir den Atem rauben. Um der Beklemmung zu entfliehen, versuche ich, mich ganz auf meine Aufgabe zu konzentrieren. Ich weiß, dass Flocke einen alten schwarzen Volvo mit einer großen Beule im Kotflügel fährt; zumindest gibt es Fotos an Jays Wand, die das vermuten lassen. Meine Finger zucken, während ich an den parkenden Wagen vorbeilaufe und dabei unwillkürlich mitzähle. Früher als erhofft, werde ich fündig – nämlich schon sieben Autos weiter. *Sieben.* Die Zahl scheint sich zwischen meine Rippen zu bohren. Dennoch entriegle ich die Tür von Flockes Wagen und klettere auf den Fahrersitz, so, wie man vom Fünfmeterbrett springt: nicht nachdenken. Einfach fallen lassen. Als ich die Finger um das Lenkrad lege, habe ich gleich die Stimme meines Fahrlehrers im Ohr, obwohl das alles nun zwei Jahre her ist. Mein Fahrlehrer, der immer ein wenig nach Zwiebeln roch und viel zu viele Witze machte. Lachend sagte er einmal zu mir, dass ich die nervöseste Schülerin sei, die er jemals gehabt habe; dabei bedeutete für mich jede Fahrstunde einen unheimlichen Triumph. Immerhin waren einige Zwänge schon damals meine ständigen Begleiter, wenn ich sie auch noch genug unter Kontrolle hatte, um meine Fahrprüfung tatsächlich zu bestehen. Doch das war alles *vorher.* Wenige Monate, bevor mein Leben endgültig in die Brüche ging.

Die Zähne so fest zusammengebissen, dass es wehtut, drehe ich den Schlüssel im Zündschloss und gebe Gas. Dabei bewegen sich meine Lippen unaufhörlich, formen ein Gemisch aus Anweisungen und Fetzen eines Gebets. Flockes Auto macht ein Geräusch, das man von einem Tattergreis mit Raucherhusten erwarten würde. Trotzdem setzt es sich ordnungsgemäß in Bewegung. *Du kriegst das hin. Alles ist gut.*

Dass meine Zwänge rein gar nichts auf Klischees geben, merke ich daran, dass mir das Ausparken erstaunlich leichtfällt. Behutsam manövriere ich das Auto durch die enge Gasse, in der zum Glück keine anderen Fahrzeuge unterwegs sind. Danach biege ich auf die Hauptstraße ab und reihe mich in den Verkehr ein. Ich bin selbst überrascht, wie gut mir das alles gelingt. Bestimmt wären auch andere Fahranfänger aufgeregt, wenn sie nach zwei Jahren Unterbrechung wieder hinter dem Steuer sitzen müssten! Zwar ist mein T-Shirt inzwischen völlig durchgeschwitzt, und meine Muskeln schmerzen von der Anspannung, aber die Angst bleibt auf einem erträglichen Level. Einige Kilometer weiter beginnt sich sogar mein Herzschlag zu beruhigen. Wenn ich jetzt noch zehn Minuten durchhalte …

Und dann fühle ich, wie ein Ruck durch das Auto geht. Es ist, als würde mein Magen gegen meine Bauchdecke geschleudert. Ein Schrei gellt in meinen Ohren, und ich weiß nicht, ob es mein eigener ist – aber ich sehe die Silhouette neben mir, und ich weiß, oh Gott, ich weiß, dass ich jemanden angefahren habe. Panik schießt in mir hoch, füllt mein Blickfeld mit dunklem Rot. Blut, das die Windschutzscheibe hinunterrinnt. Blut an meinen Händen.

Bei der nächsten Gelegenheit reiße ich das Steuer herum, wende mit quietschenden Reifen und fahre wieder zurück. Meine Augen halte ich fest auf die Straße gerichttet, auf der Suche nach einem zerstörten Körper. Ich bin viel zu aufgewühlt, um auf die protestierende Stimme in meinem Inneren zu hören – die Stimme, die mir zu sagen versucht, dass ich nur durch ein Schlagloch gefahren bin. Schließlich habe ich dieses Schlagloch Sekunden zuvor ganz genau gesehen. Aber der allerletzte Rest meines Verstandes wird sofort von zahllosen anderen Stimmen niedergebrüllt, die immer und immer wieder fragen: Bist du dir sicher? Was wäre, wenn du doch jemanden überfahren hättest, und diese Person liegt nun zerquetscht mitten auf der Straße … Du hättest Fahrerflucht begangen. Du hättest keinen Krankenwagen gerufen. Wenn die Person stirbt, wärst du eine Mörderin! Bist du dir sicher? Was wäre, wenn …

Lautlos fange ich an zu weinen. Ich fahre dieselbe Strecke zwei-, drei-, viermal ab, ohne dass der rote Schleier vor meinen Augen verschwindet. Es ist wie in einem dieser Albträume, wenn man flüchten möchte, aber keinen Zentimeter vom Fleck kommt. Wie kann ich mir jemals sicher sein, wenn ich vor lauter Angst kaum noch weiß, was ich sehe? Mit einer ungeheuren Kraftanstrengung halte ich mich selbst davon ab, ein fünftes Mal umzukehren, und fahre stattdessen rechts ran. Mein Oberkörper kippt nach vorne, bis ich das raue Plastik des Lenkrads an meiner Stirn fühle. Instinktiv schlinge ich die Arme um meinen Bauch, als könnte ich mich so davor retten, zu zerfallen.

Atmen. Einfach nur ein- und ausatmen. Ganz langsam arbeitet sich durch das Tosen in meinem Kopf die Erinnerung an das, was Jay gesagt hat: Wie wahrscheinlich ist es, dass ich unbemerkt jemanden angefahren habe – und wie wahrscheinlich, dass mir meine Zwänge das Leben kaputt machen?

»Eine glatte Hundert«, flüstere ich. Das ist eine Zahl wie in Stein gemeißelt. Eine Tatsache, an der ich mich festklammern kann. Mit bebenden Fingern wische ich mir die Tränen aus dem Gesicht, dann starte ich wieder den Motor.

Als mich das Navi in die Straße zum Wexberger einbiegen lässt, fühle ich mich längst wie in Watte gepackt. Mein Körper ist taub, und meine Angst ist zu einem dumpfen Bohren tief in mir drin verblasst. Ich parke, springe aus dem Wagen und laufe auf das finstere Lokal zu. Nachdem ich mehrmals gegen die Tür gehämmert habe, streckt der Barmann den Kopf heraus.

»Was …«

»Sie kennen mich!«, keuche ich und schlüpfe an ihm vorbei, bin schon auf dem Weg hinter den Tresen. »Ich gehöre zu Jay.«

Noch ehe er protestieren kann, reiße ich die eiserne Tür auf und stürme die Treppe hinunter. Diesmal bleibt mir keine Zeit, die Stufen zu zählen. Eine Welle aus Adrenalin trägt mich vorwärts und bringt mich dazu, einfach in den Raum hineinzustürzen, in dem Jay letztes Mal verschwunden ist.

Mein Elan gerät allerdings ins Stocken, sobald ich über die Schwelle trete. Zwischen Schwaden aus Zigarettenqualm erkenne ich fünf Männer, die mich erschreckend an meinen letzten Fernsehkrimi erinnern. Der Schmächtigste von ihnen, ein Typ mit zurückgekämmten aschblonden Haaren und Lederstiefeln, erholt sich als Erster von der

Überraschung. Sein Gesichtsausdruck wechselt von Erstaunen und Schock zu unbändiger Wut.

»Wo zum Teufel kommst du her?«, fragt er mich beinahe tonlos, nur um dann unvermittelt loszubrüllen: »Wie die Schlampe hier reinkommt, will ich wissen! Wer ist dafür verantwortlich?!«

Ein Poltern auf der Treppe verrät mir, dass der Barmann gleich hinter mir auftauchen wird. Bewegen kann ich mich aber nicht. Es ist, als wäre die Taubheit bis in meine Beine gekrochen, um mich zu lähmen.

»Tut mir echt leid, Mike, sie ist einfach … Ist 'ne Freundin von Jay, hat sie gesagt«, höre ich den Barmann nahe an meinem Ohr stammeln.

Jetzt macht ein schwarzhaariger Hüne zwei Schritte auf mich zu und gibt dabei den Blick auf einen Schreibtisch frei. Sofort werde ich aus meiner Trance gerissen. Heiße Übelkeit flutet meinen Magen, während ich Jay anstarre – Jay, der zusammengesunken auf dem Schreibtischstuhl hängt, einen ausgestreckten Arm und den Kopf auf der Tischplatte.

»Worauf wartest du noch«, fährt Mike den Hünen an. »Schaff die beiden kleinen Scheißer hier raus, kapiert? Die Kinderparty ist beendet!« Von einer Sekunde auf die nächste ist er direkt vor mir, beugt sich drohend über mich, bis mir der Geruch seines Rasierwassers in die Nase steigt. »Und wenn du deinen dürren Arsch noch einmal hierherbewegst«, zischt er, »dann sorge ich dafür, dass du es bis an dein Lebensende bereust!«

Ich bin nicht so dumm, darauf irgendetwas zu erwidern. Überhaupt nehme ich ihn nur verschwommen wahr, weil mein Blick immer noch an Jays regloser Gestalt haftet. Der bullige Kerl zerrt ihn von seinem Sitz hoch und weiter zur Tür, während der Barmann mich rückwärts aus dem Raum befördert. Sein harter Griff renkt mir fast die Schulter aus, aber ich hüte mich, auch nur einen Mucks von mir zu geben. So, wie mich dieser Mike beobachtet, muss ich wahrscheinlich noch dankbar für die milde Behandlung sein.

Auf der Treppe verliere ich Jay aus den Augen. Ich höre nur immer wieder den schwarzhaarigen Kerl fluchen, bis wir den Ausgang erreicht haben. Dann stößt der Barmann die Tür auf, schubst mich auf den Gehweg, und Jays Körper landet mit einem dumpfen Aufprall direkt neben mir.

»Sag deinem Stecher, er soll in Zukunft lieber die Klappe halten, ansonsten kümmere ich mich persönlich um ihn.« Damit knallt der Schwarzhaarige die Tür zu, und ein Schlüssel knirscht im Schloss.

Sobald sich die Stille über mich herabsenkt, fange ich an zu zittern. Das Adrenalin jagt ungenutzt durch meinen Körper, verwandelt meine Adern in flirrende Stromleitungen. Ich kauere mich neben Jay auf den Asphalt.

»Hey, wach auf. Wir müssen hier weg … Jetzt komm schon!« In meiner Verzweiflung klatsche ich ihm einmal ins Gesicht, und das zeigt tatsächlich Wirkung. Mit einem tiefen Ächzen wälzt sich Jay herum, bis er den Boden unter den Knien hat, und stemmt sich dann hoch. Allerdings ist er so unsicher auf den Beinen, dass dieser Erfolg nicht von langer Dauer sein wird. Vorsorglich laufe ich die paar Meter zu Flockes Wagen und reiße eine Tür auf, danach kehre ich zu Jay zurück, um ihm eine Schulter unter den rechten Arm zu schieben. Auf diese Weise schafft er es bis zur Autotür, durch die er mehr oder weniger auf den Beifahrersitz fällt. Mühsam drücke ich ihn in eine halbwegs aufrechte Position, damit ich ihm den Gurt umlegen kann. Ungesichert Auto fahren, das gibt es bei mir nicht. Abgesehen davon ist mein Gehirn jedoch so überfordert, dass meine Zwänge sich weitgehend im Hintergrund halten. Erst nachdem ich den Wagen gestartet und aus der kleinen Seitengasse gelenkt habe, beginne ich zu flüstern, aber es fühlt sich fast so an, als wäre das reine Gewohnheit. Mit einem Ohr lausche ich ununterbrochen auf Jays tiefe Atemzüge. Ich kann nur hoffen, dass er schläft und nicht etwa ohnmächtig geworden ist.

Als ich etwas zu schwungvoll einparke, regt sich Jay endlich wieder. Der Anblick seines Wohnhauses vollbringt das Wunder, ihn ohne meine Hilfe aus dem Auto steigen und bis zum Apartment taumeln zu lassen. Das scheint jedoch eine solche Kraftanstrengung für ihn gewesen zu sein, dass er sich einfach an der Wand zu Boden gleiten lässt, sobald wir die Wohnung betreten haben. Ich rechne damit, dass Alex jeden Augenblick auftauchen wird, aber hinter seiner Zimmertür bleibt es still. Entweder, er schert sich nicht um die nächtlichen Geräusche – was das betrifft, müsste er ja abgehärtet sein –, oder er schläft einfach zu fest.

Auf leisen Sohlen sprinte ich in die Küche, schnappe mir eine Wasserflasche aus dem Kühlschrank und laufe dann wieder in den Flur. Dabei ist meine Eile vollkommen überflüssig – Jay ist in etwa so agil wie eine tiefgefrorene Schildkröte.

»Hier«, wispere ich und gehe vor ihm in die Hocke. »Trink das, am besten alles.«

Bereitwillig kommt Jay meiner Aufforderung nach. Er hat einen solchen Zug drauf, dass die Flasche innerhalb weniger Sekunden leer ist. Dann lässt er sie fallen und winkelt die Knie an.

»Danke«, murmelt er. Seine Stimme ist noch viel rauer als sonst, und seine Zunge stolpert fast über das eine Wort. Trotzdem bin ich unendlich erleichtert, wieder ein Lebenszeichen von ihm zu bekommen.

»Geht's dir besser?«, frage ich, um ihn wach und am Reden zu halten.

»Super. Muss nur schnell duschen un' ins Bett.«

»Ich glaube nicht, dass du das alleine kannst«, warne ich ihn. »Ehrlich gesagt siehst du ziemlich … schlaff aus.«

»Allerdings«, bestätigt Jay und schwankt bedrohlich bei dem Versuch, sich zu erheben. Dann sackt er wieder zusammen und versinkt in dumpfes Brüten, bevor er plötzlich die Stirn runzelt. »Warte, has' du gesagt, ich seh schlaff aus oder ich seh scharf aus?«

Mit einem frustrierten Seufzen setze ich mich neben ihn. »Klar. Nichts ist verführerischer als ein Kerl, der sich nicht mehr auf den Beinen halten kann.«

Jay zuckt mit den Achseln. »Ich h…hab vielleicht 'n bisschen zu viel erwischt.«

»Ein bisschen?!«, wiederhole ich ungläubig. Ich weiß nicht genau, warum es sich so mies anfühlt, Jay in dieser Verfassung zu sehen – immerhin habe ich ihn schon einmal betrunken erlebt. Vielleicht liegt es daran, dass ich inzwischen eine andere Seite von ihm kennengelernt habe: spöttisch, ein bisschen überheblich und völlig Herr seiner selbst.

Schweigend mustere ich ihn, bis er den Kopf auf seine Knie fallen lässt. »Jetz' schau mich nich' so an«, murmelt er, und ich bin nicht sicher, ob es trotzig oder eher entschuldigend klingt.

»Wie denn?«

»Na – wie bei unserm erss'n Treffen im Büro vom Psychodoc.« Er ist schwer zu verstehen, weil er die Stirn immer noch an seinen Knien abgestützt hat.

Verwirrt lausche ich seinen Worten nach. »Mir war nicht klar, dass du da auf irgendeinen Gesichtsausdruck von mir geachtet hast«, antworte ich schließlich. »Du hattest doch bloß Panik, weil du ertappt wurdest, oder?«

Er antwortet nicht. Tatsächlich bleibt er so lange stumm, dass ich mir Sorgen mache. Ich zähle bis zehn, dann strecke ich etwas linkisch eine Hand aus und berühre ihn an der Schulter. Durch das dünne T-Shirt spüre ich seine Körperwärme. »Jay?«, flüstere ich, dann schüttle ich ihn leicht. »Bist du noch da?«

Er gibt ein Geräusch von sich, das nur entfernte Ähnlichkeit mit einer sprachlichen Äußerung hat, aber wenigstens hebt er wieder den Kopf. Diesmal sind seine Augen nicht silbern oder gewitterwolkengrau, sondern beinah farblos – wie verblichene Steine. Auf jeden Fall passen sie perfekt zu seinem blassen Gesicht.

»Oh, das ist gar nicht gut«, sage ich und spüre, wie sich ein Kloß in meiner Kehle bildet. »Dein Kreislauf ist jetzt komplett hinüber, hab ich recht?« Ich warte gar keine Antwort ab, sondern rapple mich vom Fußboden auf und packe Jay am Arm. »Na los, hoch mit dir.«

Soweit sein Körper noch funktionstüchtig ist, gehorcht

er mir widerstandslos. Nur knapp vor dem Badezimmer will er eine andere Abzweigung nehmen, die ihn auf direktem Weg in den Garderobenständer führen würde. Um ihn wieder auf Kurs zu bringen, stemme ich mich in seine Seite. Dabei versuche ich verzweifelt, nicht daran zu denken, wie riskant die Situation gerade ist: Mit einer solchen Alkoholvergiftung ist ganz sicher nicht zu spaßen. Wahrscheinlich sollte ich den Notarzt rufen, aber was dann? Hätte es negativen Einfluss auf Jays Sozialstunden, wenn der Arzt seine Personalien aufnehmen würde? Müsste er den Vorfall melden? Und was ist mit *meinen* Personalien? Die Fragen kreisen immer schneller durch meinen Kopf, und ich dränge sie mit aller Kraft zurück, damit ich weiterhin funktioniere. Ich muss es irgendwie hinkriegen, Jays Kreislauf in Schwung zu bringen, wenn ich keine fremde Hilfe holen kann.

Endlich haben wir es mehr schlecht als recht ins Badezimmer geschafft. Jetzt bin ich besonders froh, hier für Ordnung gesorgt zu haben, denn das Chaos auf dem Fußboden wäre Jay zum Verhängnis geworden. Damit er sich an etwas anderem abstützen kann als an mir, platziere ich ihn vor dem Waschbecken und trete hastig einen Schritt zurück.

»Musst du dich vielleicht übergeben?«, frage ich etwas außer Atem.

Es ist kaum zu glauben, aber sogar in diesem Zustand schafft es Jay, verächtlich dreinzuschauen. »Muss ich nie.«

»Hältst du es da wie Ted aus *How I met your mother*? Speifrei seit neun-drei?«

Meine Stimme klingt merkwürdig heiser, während ich

das sage. In Wirklichkeit ist mir ganz und gar nicht nach Scherzen zumute. Nervosität und Hilflosigkeit ballen sich in mir zusammen und setzen meinen Körper gefühlsmäßig unter Strom. Habe ich vorhin schon gedacht, die Situation wäre riskant? Armes, naives Vor-fünf-Minuten-Ich. Jetzt muss ich mich der Frage stellen, wie Jay alleine in der Dusche klarkommen soll, ohne zu stürzen. Während ich den Duschvorhang zur Seite ziehe, jagen bereits die Horrorfantasien durch meinen Kopf: Er könnte sich die Stirn an den Fliesen aufschlagen, ohnmächtig werden, in der Wanne ertrinken …

Das können meine Zwänge und ich nicht zulassen.

»Glaubst du, dass du …«, beginne ich und drehe mich zu ihm um. »Wow, ähm … alles klar.«

Wie selbstverständlich hat sich Jay inzwischen sein T-Shirt ausgezogen und es in eine Ecke gepfeffert. Ich schlucke trocken und schaffe es gerade noch rechtzeitig, die Arme auszustrecken, sobald Jay erneut ins Wanken gerät. Als ich ihn umklammere, kann ich fühlen, dass seine Muskeln zittern.

»Ich hab dich«, murmle ich mit einem nervösen Flattern in der Brust. »Schon gut. Wahrscheinlich wird es gleich besser.«

Ohne die Sache weiter zu zerdenken, schiebe ich ihn samt seiner Jeans in die Dusche. Mit einer Hand taste ich nach dem Drehknauf, aber die andere brauche ich, um Jay aufrecht zu halten. So ist es kein Wunder, dass mich der Wasserstrahl ebenfalls erwischt. Kurz darauf sind meine Haare und Klamotten total durchnässt. Ich positioniere Jay unter dem kühlen Schauer und stütze ihn mit meinem ganzen Körper, während mir die Tropfen über das Gesicht laufen. Ist jetzt auch egal. Ein paar Minuten werde ich es schon hier aushalten, wenn das irgendwie hilft.

Wie sehr es hilft, trifft mich dann allerdings aus heiterem Himmel. Gerade habe ich begonnen, mich an das Gefühl der triefnassen Kleidung zu gewöhnen, als ich bemerke, dass der Saum meines Shirts nach oben wandert. Irritiert schaue ich auf Jays Hände, die sich mit erstaunlicher Zielstrebigkeit meine Taille hinaufarbeiten.

»Sonst geht's dir aber gut, ja?«, platzt es aus mir heraus. Augenblicklich stoppt die Bewegung.

»Sorry«, sagt Jay und klingt dabei mindestens so verdutzt wie ich. »War wohl ein Reflex.« Trotzdem bleiben seine Finger an genau derselben Stelle, knapp oberhalb meiner Hüften.

Abrupt hebe ich den Kopf. »Nimm die Hände da weg, dann können wir aus der Dusche raus«, sage ich so streng wie möglich, um meine Unsicherheit zu überspielen.

»Das«, antwortet er, »ist ein wirklich mieser Deal.«

»Schön, wie wäre es damit: Lass die Hände, wo sie sind, dann hacke ich sie dir ab.«

Jays Lachen lässt seine Finger beben. »Macht deutlich mehr Eindruck.« Der Griff um meine Taille lockert sich, und ich nutze die Gelegenheit, um den Duschstrahl abzustellen. Mechanisch zähle ich die Tropfen, die in Jays Wimpern hängen.

Er ist betrunken, erinnert mich meine innere Stimme. *Das hier hat überhaupt nichts zu bedeuten.*

Beinahe wäre ich über den Rand gestolpert, so hastig steige ich aus der Wanne. Ich schnappe mir das nächstbeste Handtuch und werfe es Jay zu, während ich bereits den Rückzug antrete. »Ich glaub, du kommst jetzt alleine zurecht«, rufe ich noch über die Schulter. Dann verlasse ich fluchtartig das Badezimmer, ohne mich davon zu überzeugen, ob ich mit meiner Vermutung richtig liege.

Im Wohnzimmer wringe ich mir die Haare aus und schäle mich aus den durchnässten Kleidern. Ich schlüpfe in meine Schlafsachen, doch als ich mich auf die Couch setzen will, hätte ich vor lauter Frust am liebsten geschrien. Die verflixte Kamera! Warum, warum nur sind meine Zwänge so wahnsinnig nachtragend?

Gedanklich fluchend laufe ich wieder in den Flur. Auf das Klopfen kann ich zum Glück verzichten, denn Jay hat ohnehin seine Zimmertür offen gelassen. Im dämmrigen Licht der Nachttischlampe entdecke ich eine Spur aus nassen Klamotten, aber zu meiner Erleichterung sitzt Jay mit Sweatpants und einem T-Shirt bekleidet auf seinem Bett. Okay, das Shirt ist auf links gedreht, aber er muss sich trotzdem ganz schön zusammengerissen haben, um es sich überzuziehen. Sein Gesicht ist allerdings noch genauso blass wie vorher. Wenn er nicht mit seinem stabilen Magen geprahlt hätte, würde ich vermuten, dass ihm kotzübel ist. Zusammen mit den Ringen unter seinen Augen ergibt das ein ziemlich elendes Bild.

Unsicher gehe ich ein paar Schritte auf ihn zu. »Ähm ... brauchst du vielleicht noch irgendwas?«

»Du meinst, so was wie'n Schlaflied?«

»Schon gut, vergiss es.« Ich will auf dem Absatz kehrtmachen, doch ein Teil von mir erlaubt das nicht. Es ist kein Zwang – die Kamera habe ich schon beim Eintreten mitten auf dem Schreibtisch entdeckt. Dennoch kann ich einfach nicht anders. Kurz entschlossen gehe ich zum Bett und setze mich wie bei meinem gestrigen Besuch auf die Kante. Jays Miene spricht Bände, aber ich lasse ihn gar nicht erst zu Wort kommen.

»Ich möchte dir nur eine Frage stellen, also spar dir das.«

»Von mir aus.« Er rutscht zur Seite, nur ein kleines bisschen, doch es genügt als Einladung. Ungeachtet dessen bleibe ich stocksteif am Bettrand hocken, während ich mir die passenden Worte zurechtlege. Sicher ist es unfair, seinen Zustand auszunutzen, und ich weiß, dass er mir niemals Rede und Antwort stehen würde, wenn er nüchtern wäre. Aber das hier ist eine einmalige Gelegenheit, das Rätsel *Jay Levin* ein Stück weit zu entschlüsseln.

»Ich würde gerne wissen … Also, du hast doch jede Menge anderer Möglichkeiten. Wieso glaubst du, auf solche … Geschäfte angewiesen zu sein?«

»Welche Geschäfte mach ich denn deiner Meinung nach?« Seine Aussprache ist immer noch verschwommen, aber der Blick, mit dem er mich nun ansieht, wirkt erstaunlich aufmerksam.

Ohne zu blinzeln, halte ich ihm stand. »Jay, ich bin verrückt. Nicht bescheuert.«

Er lächelt schief. »Ich weiß.«

Das folgende Schweigen dauert so lange, dass ich schon befürchte, er könnte erneut abgedriftet sein. Seine Augen richten sich auf etwas schräg hinter mir, und ich begreife erst mehrere Sekunden später, dass er die Fotowand betrachtet. Stirnrunzelnd wende ich mich um. Ich kann unmöglich sicher sein, welches Foto Jay fixiert – aber aus irgendeinem Grund bilde ich mir ein, dass es das Bild mit der Hollywoodschaukel ist.

»So ein Typ hatte noch was gut bei mir«, sagt er dann unvermittelt. »Na ja, eigentlich nicht bei mir, sondern bei meinem Alten. Aber der ist ja Wurmfutter.«

Sein harter Tonfall jagt mir einen Schauer über den Rücken. Krampfhaft schiebe ich den Gedanken an meinen eigenen Vater beiseite und daran, was sein Tod für mich bedeuten würde. »Also hat dein Vater dir Schulden hinterlassen?«, frage ich leise.

»Tja, Kohle verschleudern konnte er am besten. War immer schneller mit den Händen als mit dem Hirn.«

Es dauert einen Moment, bis die Doppelbedeutung dieses Satzes bei mir angekommen ist. Dann fällt mein Blick auf Jays Narbe. Im Dämmerlicht sieht sie aus wie ein silbriger Pinselstrich auf einer Leinwand – kein Fehler, sondern das Einzige, was es in dieser Leere gibt.

»Ich bin mit siebzehn von dort weg, als er mir die Gürtelschnalle durchs Gesicht gezogen hat«, fährt Jay fast beiläufig fort. »Hab dann in so 'ner betreuten WG gewohnt, zusammen mit Alex und Flocke. Was mein Alter in der Zeit getrieben hat, hab ich nur am Rand mitgekriegt.«

»Wann hat er dir denn die Kamera geschenkt?«, rutscht es mir heraus. Gleich darauf würde ich es am liebsten wieder zurücknehmen, aber Jay grinst nur schwach.

»Flocke hat echt die größte Klappe von hier bis Texas. Also ja, die Cam hab ich von meinem Vater. Ich hab vorher schon 'n paar Jahre fotografiert, aber mit einem ziemlich miesen Apparat ... Na, jedenfalls hat mir mein Erzeuger die neue Kamera zum achtzehnten Geburtstag geschickt. Da hatte er wohl schon seine Diagnose und war nicht mehr ganz klar im Kopf. Das nächste Mal, als ich was über ihn gehört hab, war ein Anruf von meiner Mom. Sie wollte, dass ich zu seiner Beerdigung komme und dann wieder bei ihr einziehe.«

»Und du wolltest nicht?«

Jay zuckt die Achseln. »Wer jahrelang zusieht, wie die Scheiße aus dem eigenen Sohn rausgeprügelt wird, kann ja kein allzu großes Interesse an ihm haben, oder? Einmal im Monat schicke ich ihr was von meinem Geld, aber das war's auch schon.« Er starrt noch ein paar Sekunden lang auf das Foto, dann wendet er sich mir zu und sieht mich direkt an. »Wenn du jetzt sagst, es tut dir leid, muss ich dich aus meinem Bett schmeißen.«

Ich gebe mein Bestes, den leichtfertigen Klang in seiner Stimme zu imitieren, obwohl mir seine Erzählung schwer im Magen liegt. »Das wollte ich gar nicht sagen«, behaupte ich.

»Sondern …?«

»Das ist Mist.«

»Kannst du laut sagen«, wiederholt er wie aus der Pistole geschossen meine gestrigen Worte. Dann bricht die Maske über seinem Gesicht weg, und sein Mund formt sich zu einem echten Lächeln. Immer noch bin ich erstaunt, welche Veränderung das bewirkt: Wenn er lächelt, ist er kein Drogendealer oder Frauenheld oder jemand, der mich zornentbrannt gegen die Mauer drängt. Er ist einfach nur Jay.

Jetzt fährt er sich durch die noch feuchten Haare und hebt dann eine Augenbraue. »Was meine Geschichte anbelangt, hattest du wahrscheinlich recht. Ich bin wirklich ein wandelndes Klischee.«

»Bist du nicht. Ein gewöhnlicher Bad Boy hat kein Tweety-Tattoo in der Leiste.«

Reflexartig zucken Jays Hände an seinen Schritt. »Nicht dein Ernst! Scheiße! Haben die etwa, als ich ausgeknockt war …«

»Entspann dich, das war nur ein Scherz!«, unterbreche ich ihn, während er schon dabei ist, die Kordel an seinen Sweatpants zu lösen. »Und hör bloß auf, dich auszuziehen! Ich hab heute wahrhaftig schon genug von dir gesehen.«

Jay lehnt sich zurück und breitet die Arme aus. »Die letzte Frau, die das gesagt hat, hatte auch genug von *Twilight*, Chocolate Chip Cookies und Johnny Depp. Und sie war nicht real.«

»Genau wie dein Selbstbild«, erwidere ich cool – zumindest hoffe ich, dass es so klingt. »Ich sollte dich jetzt wohl schlafen lassen«, füge ich hinzu. »Die Sonne geht bald auf.«

Jay antwortet nicht, sondern rollt sich einfach auf der Seite zusammen. Die rechte Hand liegt unter seiner Wange, und die Wimpern seiner halb geschlossenen Lider werfen Schatten auf seine Haut. Er sieht völlig fertig aus, aber irgendwie auch warm und vertraut, und dieser Anblick verursacht ein merkwürdiges Ziehen in meiner Brust. Ich stehe auf und gehe zur Tür, doch auf halbem Weg lässt mich Jays Stimme abbremsen.

»Hey, Nash?«

Widerstrebend drehe ich mich zu ihm um. »Ja?«

»Ich wollte dir vorhin nicht zu nahe treten. Das ist bloß so 'ne Sache mit mir und nassen Mädchen-T-Shirts. Pawlow könnte dir das wahrscheinlich erklären.« Er beobachtet mich von unten herauf, und ich weiß ganz genau, dass er in meinem Gesicht nach Anzeichen für Verlegenheit sucht. Da kann er aber lange warten.

»Schon vergessen«, gebe ich zurück und marschiere weiter. Gerade habe ich meine Hand auf die Türklinke gelegt, als –

»Lea?«

»Himmel, du bist ja schlimmer als mein kleiner Bruder!« Ich wirble herum und schaue Jay genervt an. »Was ist denn noch?«

Sein rechter Mundwinkel wandert nach oben. »Danke.«

Und das ist der Moment, in dem mir klar wird, dass mein Besuch in seinem Zimmer ein Fehler war. Ein Fehler, den ich spätestens morgen bereuen werde, wenn Jay wieder nüchtern und alles beim Alten ist.

»Gern geschehen«, presse ich hervor. Dann ergreife ich die Flucht.

Jay

Über eine Affäre zwischen meinem Schädel und einer Abrissbirne

Mein erster Gedanke beim Aufwachen ist, dass mir im Schlaf irgendwer mit einer rostigen Gabel beide Augäpfel rausgebohrt haben muss. Nur so lässt sich der Schmerz erklären, der meinen Kopf zum Explodieren bringt.

Mein zweiter Gedanke ist, dass ich mir verdammt noch mal *wünsche,* jemand hätte mir die Augäpfel rausgebohrt. Als ich ins viel zu helle Morgenlicht blinzle, wird es nämlich hundertmal schlimmer. Stöhnend presse ich die Hände gegen meine Schläfen, während ich im Geist die vergangene Nacht abspule. Zumindest das, was ich davon noch weiß.

Jede Menge Whiskey bei Mike. Cut.

Der Fußboden im Flur. Cut.

Unter der Dusche mit Lea. Fuck!

Ich habe allen Ernstes einen Wet-T-Shirt-Contest mit Miss Nash höchstpersönlich veranstaltet. Auch wenn die Idee dazu nicht auf meinem Mist gewachsen ist, habe ich doch das deutliche Gefühl, einen Schritt zu weit gegangen zu sein. Wie konnte mir der Alkohol nur derart das Hirn vernebeln?

Erst einen Moment später fällt mir ein, wozu ich mich im Vollrausch außerdem habe überreden lassen: zu einem weiteren großen Deal mit Mike. Gleich heute soll ich wieder im Wexberger vorbeikommen, um mir die neue Ware abzuholen. Mühsam stemme ich mich von meinem Bett hoch und greife mir saubere Klamotten aus dem Schrank. Nachdem ich mich umgezogen habe, stolpere ich ins Badezimmer und halte dort für mindestens eine Minute den Kopf unter den kalten Wasserstrahl. Beim Zähneputzen fällt mein Blick in den Spiegel. Klasse, nach dem Zustand meiner Augen zu urteilen, könnte ich in direkter Linie von Sauron abstammen. Bevor ich zu irgendetwas fähig bin, brauche ich definitiv eine große Dosis Koffein, am liebsten intravenös.

Als hätte das Universum meine Gedanken gelesen, kann ich frischen Kaffee riechen, noch bevor ich die Küche erreicht habe. Es überrascht mich nicht, Lea am Spülbecken zu sehen, wo sie gerade unsere einzigen drei Tassen abwäscht.

Obwohl ich überhaupt nichts gesagt habe, wirbelt sie herum. Bei meinem Anblick wird sie zuerst ein bisschen rot (anscheinend habe nicht nur ich die Duschszene im Kopf), aber dann schiebt sie trotzig das Kinn vor. Das ist ihr ganz spezieller *Drauf-geschissen*-Gesichtsausdruck, den sie mir gegenüber schon ein paarmal aufgesetzt hat. Ich versuche, mir ein Grinsen zu verkneifen, als ich mich neben sie stelle.

»Morgen«, sagt sie schnell.

»Schön wär's. Erst mal müssen wir uns mit 'nem echt miesen Heute herumschlagen.« Ich strecke meine Hand nach einer Tasse aus, aber Lea hält sie zurück.

»Dir geht's richtig übel, was?«

»So übel, dass ich den Kaffee aus einem von Flockes Schuhen schlürfen würde, wenn du nicht bald einen Becher rausrückst!«

Mit unverhohlener Schadenfreude hält sie mir die fertig geschrubbte Tasse hin. »Soll das heißen, es tut dir im Kopf weh, wenn ich jetzt mit unnatürlich schriller Stimme spreche? ZUM BEISPIEL SO?«

Zähneknirschend schenke ich mir Kaffee ein und stürze ihn mit wenigen Schlucken herunter. Ich kann direkt spüren, wie meine Speiseröhre Blasen wirft, aber das schadet jetzt auch nicht mehr. »Hey Nash«, sage ich dann und stelle die Tasse wieder ins Spülbecken, »wenn du schon so gut drauf bist, hab ich einen Frühstückswitz für dich. Meint eine Frau zum Arzt: Hilfe, ich glaube, mein Mann ist verrückt! Jeden Morgen isst er die Kaffeetasse auf und lässt nur den Henkel übrig!«

Lea zieht misstrauisch die Augenbrauen zusammen. »Und der Arzt antwortet …?«

»Ist ja krank! Der Henkel ist doch das Beste!«

Ich kann gerade noch rechtzeitig ausweichen, als Lea mit dem Geschirrtuch nach mir schlägt. »Ich hätte da auch einen auf Lager«, schießt sie zurück. »Handelt von einem Knacki und einem Stück Seife. Soll ich vielleicht mal …?«

»Danke, ich verzichte.« Lachend schnappe ich mir einen Schokoriegel für unterwegs und steuere auf den Flur zu. Kurz vor der Küchentür schaue ich mich allerdings noch einmal nach Lea um. »Ach ja, das Geld fürs Taxi kriegst du später von mir. Ich hab meinen Rucksack samt Geldbörse liegen gelassen, den muss ich erst auftreiben. Bis dann, okay?«

»Warte – was?«, fragt Lea und runzelt die Stirn. »Welches Geld meinst du?«

»Na ja, ich kann mich zwar nicht wirklich dran erinnern, aber ich gehe mal nicht davon aus, dass ich mit dem Bus nach Hause gefahren bin. Und weil du mich beim Heimkommen aufgegabelt hast, dachte ich, du hättest das Taxi für mich bezahlt.« Ungeduldig verlagere ich mein Gewicht von einem Bein auf das andere. »Hör mal, es wird jetzt echt Zeit …«

»Oh Mann, da hast du aber einen ausgewachsenen Filmriss erwischt!«, unterbricht sie mich. »Weißt du ehrlich nicht mehr, dass ich dich mit dem Auto abgeholt habe?«

Ich bleibe wie angewurzelt stehen, während ein ganz mieses Gefühl in mir hochkriecht. Das ist ein Missverständnis. Klar ist es das, anders kann es gar nicht sein.

»Ehrlich gesagt, kapier ich kein einziges Wort«, antworte ich gedehnt.

»Was ist denn daran so schwer zu verstehen? Ich wusste von Alex, dass du im Wexberger bist, also hab ich Flockes Auto genommen und …«

»Nein.« Ich schüttle den Kopf wie ein Idiot, als würde das irgendwas ändern. Etwas ungeschehen machen. »Sag, dass das nur ein Scherz war und du nicht mit Flockes Karre bei Mike aufgekreuzt bist!«

Lea sieht mich verunsichert an. »Mike?«, wiederholt sie. »Das ist der blonde Typ mit den Lederstiefeln, oder?«

»Fuck!« Ich mache einen Schritt in Leas Richtung, und sie weicht zurück. Es sieht aus, als würde sie sich fürchten, aber da ist sie nicht die Einzige. »Bist du jetzt komplett durchgeknallt?«, schleudere ich ihr entgegen. »Oder hat dein verrücktes Hirn nicht gerafft, dass ich dich bloß ins Wexberger mitgenommen habe, weil es nicht anders ging? Niemand darf den Keller betreten, wenn er keine Erlaubnis von Mike höchstpersönlich hat! Und schon gar nicht darf eine Fremde in das Treffen von zwei Drogenbossen reinplatzen, um mal eben den Chauffeur zu spielen!«

Jetzt ist die Unsicherheit aus Leas Gesicht verschwunden. Ihre Augen werden ganz schmal, und sie hebt den Kopf, vermutlich, um sich größer zu machen. »Ich hab nicht den Chauffeur gespielt«, faucht sie mich an. »Ich hab dir geholfen, weil du dich kaum noch auf den Beinen halten konntest!«

»Und wer zum Teufel hat gesagt, dass ich deine Hilfe will?« Ich spüre, wie mein Herz gegen meine Rippen hämmert, und mein Atem geht viel zu schnell. Verfluchtes Hangover. Verfluchter Kaffee. Mühsam ringe ich nach Luft. »Ernsthaft, wieso bildest du dir ein, dass du überhaupt irgendwem helfen kannst? Du bist aus der verfickten Klapsmühle abgehauen! Also versuch mal lieber, deinen eigenen Kram auf die Reihe zu kriegen, anstatt mir das Leben schwer zu machen!«

»Woah, was ist denn hier los?«, lässt mich Flockes Stimme herumfahren. Er steht mit hängendem Iro in der Tür, die Hände in den Hosentaschen vergraben, und seine Augen zucken zwischen Lea und mir hin und her. Sein Anblick bringt mich mit einem Schlag auf den Boden der Tatsachen zurück. Das hier hat doch alles keinen Zweck – ich stecke mal wieder bis zum Hals in der Scheiße. Wenn mich jetzt noch etwas retten kann, dann ist das ein Gespräch mit Mike.

Ruckartig wende ich mich von Lea ab und gehe auf Flocke zu. »Nichts«, sage ich knapp. »Du musst mich zum Wexberger bringen, ich hab kein Geld und keinen Ausweis für den Bus.«

»Ähm, okay ... Ich such nur eben meine Schlüssel, die sind irgendwie ...«

»Hier«, fällt ihm Lea ins Wort, die plötzlich direkt neben mir steht. Sie zieht die Autoschlüssel aus ihrer Hosentasche und drückt sie Flocke in die Hand, aber dabei sieht sie ihn nicht an. Ihr Blick ist starr auf mich gerichtet. »Eine Sache noch, bevor du gehst, Jay. Es stimmt, gestern Nacht wurdest du von einer Person nach Hause gefahren, die aus der Klapsmühle abgehauen ist. Aber ... derjenige, der währenddessen seine Sinne nicht beisammenhatte, warst du.«

Damit drängt sie sich an mir vorbei, rammt mir richtig die Schulter in die Brust. Ich höre ihre Schritte, dann knallt die Badezimmertür zu.

Flocke hat den Mund vor Staunen halb geöffnet. Ich weiß, dass nichts von alledem seine Schuld ist, aber irgendwie geht mir sein stummes Glotzen wahnsinnig auf den Zeiger. Gerade will ich ihm vorschlagen, stattdessen mal in den Spiegel zu sehen, als Alex hereinkommt.

»Mann, Jay, kannst du vielleicht deine Psychoprinzessin unter Kontrolle bringen, bevor sie mir den letzten Nerv raubt?«

»Da musst du grade reden«, fahre ich ihn an. »Wer hat sie mir denn gestern im Wexberger auf den Hals gehetzt?«

Sofort wechselt der gereizte Ausdruck auf Alex' Gesicht

zu ungläubigem Entsetzen. »Was?! Aber wieso wusste sie denn überhaupt, wo das ist?«, japst er.

»Weil ich einmal mit ihr da war, du Vollpfosten! Und genau deswegen wird Mike mir jetzt die Hölle heißmachen!« Ich schaffe es einfach nicht mehr, still zu stehen. Die Nervosität brennt mir in den Beinen, als ich zur Wohnungstür laufe. Unaufgefordert folgt Alex Flocke und mir nach draußen.

»Was willst du denn jetzt machen?«, fragt er, während wir uns in Flockes Schrottkarre zwängen. Ich versuche, irgendwelche Bilder von gestern Nacht in meinem Kopf abzurufen – wie Lea hier am Steuer saß oder was sie vorher im Wexberger getrieben hat –, aber da ist nichts. Anstelle meiner Erinnerung klafft ein schwarzer Riss.

»Ich werde Mike das Ganze erklären, was denn sonst«, stoße ich zwischen zusammengebissenen Zähnen hervor. »Vielleicht lässt er ja mit sich reden.«

Alex' und Flockes Schweigen verrät mir ziemlich genau, was sie darüber denken. Mike ist kein Typ für freundliche Gespräche, so viel steht fest.

Wie richtig die beiden mit ihrer Einschätzung liegen, zeigt sich, gleich nachdem wir das Wexberger betreten haben. Nico lässt mich nicht mal in die Nähe der Kellertür. Kaum hat er mich vor seinem Tresen entdeckt, holt er meinen Rucksack hervor und knallt ihn mir gegen den Bauch.

»Immer langsam, Jay. Hier hast du dein Zeug, aber runter kannst du heute nicht.«

Alex drängt sich neben mich. »Jetzt sei kein Arsch und lass uns rein«, sagt er, aber noch ehe Nico antworten kann, steht Caesar wie aus dem Boden gewachsen neben ihm.

Könnte gar nicht besser laufen – wenn ich mir heute noch irgendetwas hätte wünschen dürfen, dann wäre das der Anblick seiner fettigen schwarzen Haare.

»Wo wollt ihr denn hin, hm?«

»Jedenfalls nicht in dein Höschen«, sage ich und ignoriere den Rippenstoß von Flocke. »Also geh zur Seite, damit ich mit Mike reden kann.«

Caesar zuckt nicht einmal mit der Wimper. »Du hast echt Schneid, Kleiner, jetzt noch frech zu werden. Aber Mike will dich bis auf Weiteres nicht sehen, alles klar? Vielleicht redest du lieber mit deinem Mamaersatz von gestern Nacht.« Dazu lacht er wie ein Dreizehnjähriger beim Durchblättern seines ersten Playboys. Ich würde ihm mit Wonne eine knallen, aber Flocke bohrt mir immer noch seinen spitzen Ellenbogen zwischen die Rippen. Wahrscheinlich hat er gerade vor nichts so sehr Schiss wie vor einer Kneipenschlägerei. Deshalb ist es erneut Alex, der an meiner Stelle antwortet.

»Das Mädchen ist aus der Psychiatric, okay? Sie weiß nicht mal, was sie tut, und sie wird auch sicher niemanden verpfeifen. Das kann ich euch garantieren.«

»Tja, mag schon sein«, antwortet Caesar unbeeindruckt und wendet sich zum Gehen. »Aber solange ihr mit außenstehenden Personen abhängt, die sich in unsere Angelegenheiten mischen, seid ihr für Mike ein rotes Tuch. Ihr könnt euch ja überlegen, wie ihr das wieder gradebiegt.«

Er verschwindet hinter der Kellertür, und ich habe keine Lust, mich von Nico endgültig rausschmeißen zu lassen. Wortlos werfe ich mir den Rucksack über eine Schulter und mache mich aus dem Staub. Erst beim Autoholen mich die beiden anderen ein. Ich spüre immer noch ein Kribbeln in meinen Fäusten, so sehr habe ich Lust, Caesar auf die Schnauze zu hauen. Oder ersatzweise seinem protzigen BMW, der wenige Schritte entfernt parkt. Gerade stelle ich mir vor, wie ich genüsslich die mächtigen Scheinwerfer zertrümmere, als Flocke murmelt: »Hey, war doch gar nicht so übel, oder? Immerhin sind wir heil da rausgekommen.«

»Sag mal, hat das Haarspray deine Hirnwindungen verklebt?«, frage ich. »Mike hat uns jetzt auf dem Kieker! Wenn wir mit noch irgendeiner beschissenen Kleinigkeit negativ auffallen, sind wir geliefert, verstehst du das?«

»Mal abgesehen davon, dass er keine weiteren Deals mit uns abschließen will«, fügt Alex hinzu. »Jay, ganz ehrlich – wenn ich nur dank deinem Pflegefall aus dem Irrenhaus nie wieder Aufträge von Mike kriege, würde mich das schon extrem ankotzen.«

»Und was soll ich deiner Meinung nach tun?« Genervt reiße ich Flocke den Autoschlüssel aus der Hand, entriegle seinen Wagen und lasse mich auf den Rücksitz fallen. »Ich kann ja nicht ungeschehen machen, dass Lea von der ganzen Sache Wind bekommen hat.«

Alex, der inzwischen vorne eingestiegen ist, dreht sich zu mir um. »Das vielleicht nicht. Aber du könntest verhindern, dass sie dich noch mal in Schwierigkeiten bringt.«

»Wenn ich sie bitten soll, sich rauszuhalten, dann …«

»Nicht bloß raushalten, verdammt!« Mit der rechten Faust schlägt er so heftig auf die Kopfstütze des Fahrersitzes, dass Flockes Iro wackelt. »Als ob eine durchgeknallte Braut wie sie das hinkriegen würde! Nein, absolute Sicherheit hast du nur, wenn sie wieder dorthin abdampft, wo sie hergekommen ist – in die Klapsmühle.«

Ich brauche einen Moment, bis ich seine Worte verarbeitet habe. Der Vorschlag ist so daneben, dass es mich wundert, von wem er kommt. »Das wird sie doch niemals tun«, sage ich stirnrunzelnd. »Und ebenso wenig will sie zu ihren Eltern zurück, das hat sie mir selbst gesagt …«

»Ganz genau!«, fällt er mir ins Wort und sticht mit dem Zeigefinger in meine Richtung, als wollte er mich aufspießen. Demonstrativ hefte ich meinen Blick darauf, aber Alex lässt sich nicht aus dem Konzept bringen. »Sie hat sich dir anvertraut. Hat ihre dunklen Geheimnisse verraten und dir ihr Herz geöffnet …«

»Alter, wenn du mit dieser *Twilight*-Kacke weitermachst, bin ich raus.«

»Sie steht auf dich, Jay!« Alex' Ausruf ist laut genug, um Flocke zusammenzucken zu lassen. »Warum sollte sie sonst hierhergekommen sein, um dich zu retten, ha? Noch dazu, wo du doch erzählt hast, dass sie beim Autofahren Panik schiebt! Die Kleine ist eindeutig in dich verschossen, und es überrascht mich, dass ich dich überhaupt erst darauf hinweisen muss.«

Die folgende Stille ist fast ohrenbetäubend. Ich fixiere Alex' Gesicht, von dem man den Stolz über seine schräge Theorie ablesen kann. Anschließend lehne ich mich in meinem Sitz zurück.

»Das ist das Dümmste, was ich heute gehört habe«, sage ich langsam. »Und man muss bedenken, dass wir eben ein Gespräch mit Caesar hatten.«

Alex schnaubt abfällig. »Bitte, dann glaub es eben nicht.

Aber du könntest trotzdem mal mit ihr reden und ihr klarmachen, dass das so nicht weitergeht!«

»Wie wär's mit einem Abendessen?«, kommt es plötzlich von vorne links. Verwirrt schauen wir beide zu Flocke, der bisher den Blick nur auf die Straße gerichtet hatte. »Na ja, du könntest sie doch als Entschuldigung für deinen Ausbruch heute Morgen in irgendein schickes Restaurant einladen«, erklärt er sichtlich verlegen. »Das wäre doch nett, oder?«

»Ja, das wäre entzückend«, ätzt Alex in einem tuntigen Tonfall. »Aber ja, Jay, das solltest du machen. Dann kannst du ihr in Ruhe verklickern, wie brenzlig die Situation mit Mike auch für sie ist, und dass sie im Irrenhaus wesentlich besser aufgehoben wäre. Du behauptest doch selbst, dass du Frauen zu fast allem überreden kannst! Da sollte das wirklich kein Problem sein, vor allem nicht mit einer wie ihr, die …«

»Na schön!«, blaffe ich und bin selbst überrascht, wie angepisst ich auf einmal klinge. »Meinetwegen kann ich das versuchen. Aber nur, um euch zu beweisen, was für ein Schwachsinn das ist, kapiert? Und jetzt haltet die Klappe, sonst könnte es sein, dass mir demnächst der Schädel platzt.«

Die beiden sind auf der Stelle ruhig. Kein Wunder, schließlich haben sie erreicht, was sie wollten. Alex zumindest lässt sein selbstgefälliges Grinsen nur zu deutlich im Rückspiegel sehen, während Flocke den Wagen startet. Schweigend machen wir uns auf den Weg zu Nash.

Lea

42 Kleidungsstücke …

… habe ich für meinen Umzug in die Klinik eingepackt: zwei Paar Jeans und einen Rock, fünf Oberteile, meine Schlafklamotten, zehn Slips, zwei BHs und zwanzig Socken. Es ist die Schuld meiner Mutter, dass meine Garderobe nicht aus vier glatten Zehnerblöcken besteht. Kurz vor meinem Aufbruch von zu Hause hat sie mir den Rock und eine dunkelgrüne Bluse dazugesteckt, als gäbe es in der Psychiatrie auch mal einen Anlass, sich hübsch zu machen. Vermutlich war deshalb schon alles von Anfang an zum Scheitern verurteilt.

Trotzdem sind es nun genau diese Bluse und dieser Rock, in denen ich vor dem Badezimmerspiegel stehe. Ich hasse Blusen, hasse sie wie die Pest mit ihren fimmeligen kleinen Knöpfen in völlig willkürlicher Anzahl. Schon zum neunten Mal berühre ich einen Knopf nach dem anderen mit meinem Zeigefinger, um mich davon zu überzeugen, dass es wirklich sechs Stück sind und ich sie richtig verschlossen habe. Beim Gedanken an den bevorstehenden Abend dreht sich mir der Magen um, und auf meinen Handflächen sammelt sich Schweiß. Immer wieder springt meine Erinnerung zu der Einladung; bei jeder Knopfberührung sehe ich die Szene vor mir. Als Jay heute Mittag überraschend in die Wohnung zurückgekommen ist, dachte ich, er wäre auf eine zweite Runde Streit mit mir aus. Ich habe mich innerlich gegen eine weitere Diskussion gewappnet, während er vor der Wohnzimmercouch stand, die Hände in den Hosentaschen, und mich finster anschaute. Sein Blick war dabei völlig anders als am Morgen, als er mir seinen blöden Witz erzählt hat. Mir gefällt es, dass er die Dinge beim Namen nennt – dass er sich traut, locker ein Thema durch den Kakao zu ziehen, über das selbst meine Eltern nur mit gesenkter Stimme reden. Deshalb hat es mich wahrscheinlich auch so getroffen, im Streit von ihm als arme Irre abgestempelt zu werden. Das Letzte, womit ich danach allerdings gerechnet hätte, war eine Entschuldigung. Mehr noch, eine Verabredung zum Abendessen mit Jay *Bad-Boy-Klischee* Levin. Das passt ungefähr so gut zu ihm wie ein Tutu zu Sirius Black.

»Wir sehn uns dann dort«, hat er zum Schluss gesagt und ist sofort mit den anderen Jungs abgehauen, als ginge ihm das Ganze total gegen den Strich. Aber vielleicht sollte ich ihm die Einladung gerade deshalb besonders hoch anrechnen, weil ich weiß, wie schwer sie ihm gefallen ist. Möglicherweise ist das ein Zeichen dafür, dass er seine Entschuldigung tatsächlich ernst meint.

Tief durchatmend trete ich vom Spiegel zurück und streiche die vielgezählte Knopfleiste an meiner Bluse glatt. Meine Haare habe ich offen gelassen, und nach den üblichen hundert Bürstenstrichen fallen sie mir glänzend über die Schultern. Jetzt fehlt bloß noch eine elegante Clutch. Doch leider besitze ich im Moment nur eine Büchertasche aus Jeansstoff, und die macht meine Bemühungen um ein schickes Outfit gründlich zunichte. Widerstrebend befülle ich sie mit meiner Geldbörse, meinem Handy und einer Dose mit genau zwanzig Kaugummi-Dragees (nachdem ich vier davon beseitigt habe), dann lasse ich die Tasche prüfend an ihrem viel zu langen Träger hin und her schaukeln. Na schön – wenn Jay sich dämlich benimmt, kann ich ihm damit wenigstens eins überbraten.

Gerade will ich den Druckknopf schließen, als ein gedämpftes Geräusch ertönt. Ich bin so verwirrt, dass ich erst Sekunden später die Begrüßungsmelodie meines Handys erkenne. Und dann das Eintreffen von Benachrichtigungen – es hört überhaupt nicht mehr auf zu klingeln. Verflixt, habe ich es beim Einpacken in die Tasche etwa gedankenverloren angeschaltet, obwohl ich das seit meiner Entlassung aus der Klinik vermeiden wollte?

Mit bebenden Fingern krame ich das Handy hervor und starre auf sein Display. Neununddreißig Anrufe in Abwesenheit, siebzehn SMS. Alle von meinen Eltern.

Die Symbole verschwimmen vor meinen Augen, bis ich sie kaum noch erkenne. Hektisch tippe ich auf dem Touchscreen herum, will alle Nachrichten löschen, ohne sie lesen zu müssen, als das Smartphone abermals vibriert. Was ich dann tue, kann ich mir selbst nicht erklären. Vielleicht bin ich vor Aufregung schon völlig konfus oder ich möchte es einfach drauf ankommen lassen. Jedenfalls hebe ich das Handy an mein Ohr und nehme den Anruf an.

»Hallo?«, frage ich tonlos.

Am anderen Ende der Leitung herrscht Schweigen. Dann ringt meine Mutter pfeifend nach Luft. »Lea? Oh mein Gott, endlich! Was hast … Geht … geht es dir gut?«

Ich klammere mich mit einer Hand ans Waschbecken, während ich antworte: »Ja, alles bestens.«

»Bestens?«, wiederholt meine Mutter schrill. Ihre Stimme, die eben noch angsterfüllt war, zittert nun vor fassungsloser Wut. »Was soll denn das bedeuten? Hast du überhaupt eine Ahnung, was für entsetzliche Sorgen wir uns gemacht haben? Weißt du, was das für ein Gefühl ist, vom Klinikleiter ganz zufällig zu erfahren, dass die eigene Tochter keine Patientin mehr ist?!«

»Dr. Berner hat dir das erzählt?«, flüstere ich. Mir war nicht bewusst, dass er das tun würde, aber wahrscheinlich hat auch die Schweigepflicht ihre Grenzen.

»Natürlich hat er mir das erzählt! Aber nicht etwa von sich aus, oh nein. Erst, als wir anriefen und uns nach den Besuchszeiten fürs Wochenende erkundigen wollten, ist er mit der Sprache rausgerückt. Das ist doch einfach unfassbar! Dein Vater wird seinen Anwalt einschalten, wir werden diese Klinik auf jeden Fall verklagen ...«

Sie spricht so schnell, dass ich Schwierigkeiten habe, jedes ihrer Worte zu verstehen. Als sie einmal kurz stockt, um Atem zu holen, kann ich endlich etwas erwidern. »Das ist doch Unsinn«, stoße ich hervor. »Sie haben dort absolut richtig gehandelt. Ich bin volljährig und war aus freien Stücken dort, also durfte ich mich auch selbst entlassen. Es war nicht ihre Pflicht, euch darüber zu informieren.«

»Aber wir sind deine Eltern!«, schreit sie mich an, und ihre Stimme überschlägt sich. »Wir haben ein Recht zu wissen, wo sich unsere Tochter befindet! Sag uns doch wenigstens, wo du jetzt wohnst!«

»Bei ... Freunden.«

»Was für Freunde denn?«, kommt es ungläubig zurück. Das hat gesessen. Ich kneife kurz die Augen zu, während ich schlucke.

»Die kennst du nicht. Aber ich schwöre dir, dass mit mir alles in Ordnung ist. Ich brauche nur ... ein bisschen Abstand, okay?«

»Nein, das ist nicht *okay*. Ich will dir mal was sagen, Lea – das ist das Allerletzte. Ich weiß, dass du Probleme hast, und bei Gott, dein Vater und ich wollen alles tun, um dir zu helfen. Aber irgendwann ist der Punkt erreicht, an dem wir nicht mehr weiterkönnen. Dann wird es Zeit, dass du dir mal überlegst, was du uns eigentlich antust, anstatt immer nur an dich selbst zu denken!«

Meine Mutter klingt, als würde sie gleich weinen. Nein, sie klang, als würde sie gleich weinen. Denn einfach so, ohne zu zögern, habe ich aufgelegt.

Die plötzliche Stille lässt mich erschaudern. Ganz langsam lösen sich meine Finger vom Waschbeckenrand, und ich setze mich in Bewegung. Es fühlt sich so seltsam an – als würden meine Beine gar nicht zu mir gehören, sondern mich nach ihrem eigenen Willen tragen. Das ist gut, weil mein Kopf längst mit etwas anderem beschäftigt ist. Ich zähle die Fugen zwischen den Bodenfliesen, als ich aus dem Raum gehe, dann die Kartons im Flur, meine Schritte, die Risse im Lack der Eingangstür.

Tief in meiner Brust spüre ich ein Stolpern. Während meine Welt in Zahlen aufgeht, drücke ich die Klinke hinunter und verlasse die Wohnung.

Jay

Über einen bescheuerten Plan mit unerwarteten Folgen

Flocke hat sie nicht mehr alle. Okay, das ist jetzt nicht unbedingt was Neues, aber heute hat er definitiv den Vogel abgeschossen. Ungläubig schaue ich mich in dem Restaurant um, das er mir für mein Treffen mit Lea empfohlen hat. Da ich mich normalerweise von Stoffservietten und ähnlichem Kram fernhalte, habe ich mich ganz auf Flockes Rat verlassen – schließlich hat er beim Überbringen von Blumenlieferungen schon einige teure Schuppen von innen gesehen. Ich persönlich wäre ja auch mit der Dönerbude von nebenan zufrieden gewesen, doch Alex hat darauf bestanden, dass wir uns diesen Plan auch was kosten lassen. Er und Flocke haben zusammengelegt, um mir den Abend zu finanzieren, aber wahrscheinlich werde ich mir trotzdem bloß die Getränke leisten können. Jedenfalls stinken die Teppiche und Kronleuchter hier geradezu nach Kohle, ebenso wie die Gemälde mit Strichen und Punkten, die genau gar nichts darstellen und bestimmt saumäßig teuer waren. Bis auf komische Klaviermusik, die im Hintergrund dudelt, ist es sehr ruhig. Ich meine, wirklich abartig still. Die meisten Gäste sind Pärchen, die sich über die Tische beugen und im Flüsterton miteinander unterhalten. Ich frage mich, was passieren würde, wenn einer von ihnen Geburtstag hätte. Ob einem die Kellner hier auch ein Ständchen bringen? Wenn ja, dann aber garantiert auf Latein.

Beinahe wäre ich zusammengezuckt, als ein Mädchen in Uniform neben mir auftaucht. Sie hat die blonden Haare zu einem straffen Dutt hochgesteckt, doch ansonsten sieht sie gar nicht schlecht aus. »Guten Abend, was kann ich für Sie tun?«, fragt sie mich mit gedämpfter Stimme.

»Reservierung für Levin«, antworte ich, während ihr Blick über meinen ganzen Körper wandert. Ich trage ein schwarzes Hemd, aber wenn ich mich hier so umsehe, hätte ich besser ein weißes genommen und einen schwarzen Anzug dazu. Nicht, dass ich so etwas besitze. Die Prüfung der Kellnerin habe ich anscheinend trotzdem bestanden, denn sie lächelt.

»Folgen Sie mir bitte.«

Sie führt mich zu einem Tisch direkt am Fenster und zündet dort zwei rote Kerzen an. Ookay. Ist ja nicht so, als wäre es irgendwie schräg, hier alleine bei Kerzenschein zu hocken.

»Meine Begleitung wird jeden Moment da sein«, sage ich, weil mich die Kellnerin immer noch schweigend anglotzt. Nach einem weiteren Lächeln verschwindet sie endlich, und ich kann einen Blick auf mein Handy werfen. Lea ist schon sieben Minuten überfällig – ganz schön seltsam für einen Kontrollfreak wie sie. Ich lehne mich zurück und beobachte die Leute in meiner Nähe, die winzige Gerichte essen und lautlose Gespräche führen.

Zehn Minuten später steht die Kellnerin wieder an meinem Tisch. Inzwischen muss sich ihre Frisur ein bisschen aufgelöst haben, denn eine blonde Haarsträhne schwingt ihr ins Gesicht.

»Ich könnte Ihnen schon mal einen Aperitif bringen«, schlägt sie vor. »Wir haben ein paar exzellente Weine hier.«

Alles, was ich höre, ist *Kohle, Kohle, Kohle,* aber ich willige trotzdem ein. Auch wenn meine Kopfschmerzen von heute Morgen gerade erst abgeklungen sind, kann ich damit wenigstens die Zeit totschlagen.

Die Kellnerin kehrt mit einer Flasche zurück, die sie so vorsichtig festhält wie ein Baby. »Das hier ist ein 2011er *Chablis Grand Cru Valmur*«, sagt sie feierlich und sieht mich aus weit aufgerissenen Augen an.

»Aha.«

»Darf ich ihn öffnen?«

»Ich hindere Sie bestimmt nicht daran.«

Sie gießt mein Glas halb voll, und ich spare mir die Show mit Schnüffeln und Schwenken. Nachdem ich den Inhalt heruntergestürzt habe, nicke ich ihr zu, damit sie zufrieden ist und abhaut. Jetzt wäre wahrscheinlich der falsche Zeitpunkt, um zu erzählen, dass mein letzter Wein aus einem Tetra Pak war. Und das Zeug hier ist ja auch wirklich gut – aber etwa bei der Hälfte vergeht mir trotzdem komplett die Lust. Der Geruch nach Essen zieht von den anderen Tischen zu mir herüber und bringt meinen Magen zum Knurren. Vor lauter Langeweile greife ich mir schließlich eine der beiden Speisekarten, die die Kellnerin neben meinem Teller platziert hat, und schlage sie auf.

Französisch. Und zwar absolut alles. Ehrlich gesagt wundert mich das gar nicht mehr, obwohl es mich in ziemliche Schwierigkeiten bringt. Ich hatte zwar Französisch in der Schule, aber wenn ich jetzt kein Kilo Äpfel bestellen soll, bin ich völlig aufgeschmissen. Übrigens wette ich hundert zu eins, dass es den meisten anderen Gästen genauso geht. Sie würden nur eher ihre Krawatten und Perlenketten verschlucken, als das zuzugeben.

»Als Vorspeise hätte ich gerne *Le velouté d'asperges*«, sagt der Typ am Nebentisch gerade zur Kellnerin. Sobald er meinen Blick auffängt, blinzelt er hektisch und dreht sich dann wieder weg. Ganz genau, Alter, ich hab dich durchschaut. Du hast keine Ahnung, dass du gerade gepökelte Schnecken im Froschdarm bestellt hast, nur um deine gebotoxte Freundin zu beeindrucken.

Nachdem die Kellnerin seine Bestellung notiert hat, kommt sie erbarmungslos wieder an meinen Tisch. Ihre Augen funkeln, als sie zwischen dem leeren Platz und mir hin und her schaut.

»Ich schwöre, ich hab den nicht für meine imaginäre Freundin reserviert«, witzle ich, obwohl mir der Sinn eher danach steht, diesen Stuhl zu sündteurem Kleinholz zu verarbeiten. Wie konnte ich nur so blöd sein, nicht nach Leas Handynummer zu fragen? Die Kellnerin lässt sich allerdings von meinem Gesichtsausdruck nicht verunsichern.

»Sie könnten jetzt für zwei bestellen, dann werde ich gleich servieren, wenn Ihre Begleitung da ist.« Aufmunternd deutet sie auf die Speisekarte. »Haben Sie schon gewählt?«

»Nein, keine Ahnung. Was können Sie denn empfehlen?«

»*Ris de veau* ist sehr gut.«

»Und das wäre?«

»Kalbsbries.«

Ich starre sie an. »Ja, okay, so kommen wir nicht weiter.« Sie neigt sich ein bisschen zu mir herunter. »Das sind Brustdrüsen vom Kalb.« Unpassenderweise fällt mein Blick genau jetzt in ihren Ausschnitt.

»Sie wollen mich doch ver…, ich meine, ernsthaft?«

Ihr Zeigefinger tippt auf eine Zeile in der Speisekarte. Anscheinend steht dort der Beweis, der mich sicherlich vom Hocker hauen würde, wenn er nun mal nicht auf Französisch wäre. Ich kann also bloß erkennen, dass dieses perverse Gericht ganze vierzig Euro kostet. Außerdem schießen mir gleich mehrere dreckige Witze zum Thema Brustdrüsen durch den Kopf, die ich nachher an Lea ausprobieren will. Das heißt, wenn sie endlich ihren Hintern hierher bequemen würde. Die Kellnerin macht nicht den Eindruck, als ob sie so etwas witzig fände.

»Ähm, danke, aber nein danke. Ich warte doch lieber auf meine Begleitung«, wehre ich ab. Und genau das tue ich dann auch: Ich warte. Ja, ich sitze verflucht noch mal hier wie bestellt und nicht abgeholt, und ich habe es garantiert nur dem Wohlwollen dieser Kellnerin zu verdanken, dass man mich noch nicht achtkantig rausgeworfen hat. Inzwischen sind die Kerzen auf meinem Tisch zu zwei Dritteln heruntergebrannt, und rings herum beginnen die Leute, ihre astronomisch hohen Rechnungen zu bezahlen.

Ich kann nicht glauben, dass ich Alex' bescheuertem Plan zugestimmt habe. Mindestens genauso unfassbar ist es, dass ich nun jedes der abartigen französischen Gerichte auf der Karte auswendig kenne. Aber am allerwenigsten will mir in den Kopf, dass mich Nash tatsächlich versetzt hat.

Zum x-ten Mal taucht die Kellnerin auf, und ich zwinge mir ein schiefes Grinsen ins Gesicht. Anstatt mir einen Vorwurf zu machen, stapelt sie bloß die Teller und das Besteck übereinander. »Der Wein geht aufs Haus«, sagt sie dann und schüttelt sich die Haarsträhne aus der Stirn.

Jetzt komme ich mit diesem Laden überhaupt nicht mehr klar. »Wieso? Dafür, dass ich den ganzen Abend den Tisch blockiert habe?«

»Das ist schon in Ordnung.« Sie wendet sich zum Gehen, stoppt aber und kommt wieder zurück. Als sie sich diesmal vorbeugt, ist es echt nicht meine Schuld, dass mein Blick in ihrem Ausschnitt landet. »Hör mal, wir machen in zwanzig Minuten Schluss«, sagt sie ganz schnell. »Wenn du Lust hast, könnten wir die zweite Flasche Wein bei mir trinken?«

Und da, spät aber doch, verabschiede ich mich endgültig von dem Glauben daran, dass Lea noch hier aufkreuzen wird. Dieser Zug ist abgefahren, und das kratzt mich mehr, als ich es für möglich gehalten hätte. Dabei sollte sie wirklich nicht die Macht haben, mir derart die Laune zu verhageln. Niemand sollte das.

»Ja, wieso nicht«, antworte ich mit einem Achselzucken, was jedoch ausreicht, um die Kellnerin strahlen zu lassen. Ihre Augen sind verdammt blau im Licht der Kerzen, und als sie sich schwungvoll wieder aufrichtet, bringt das ihre C-Körbchen zum Wippen. Sie ist auf jeden Fall heiß, also was soll's? Reiß dich zusammen, Jay.

»Schön, dann komme ich gleich wieder, sobald ich mit

allem fertig bin«, verspricht sie raunend und läuft dann zu einem der Nachbartische, wo ein Typ mit seiner Platinum Card wedelt. Inzwischen stehe ich von meinem Platz auf, um mich auf den Weg zu den Toiletten zu machen. Bin gespannt, ob dort auch ein Kronleuchter von der Decke hängt.

In diesem Punkt werde ich zwar enttäuscht, aber ich fühle mich trotzdem wie in einem James-Bond-Film, als ich wenig später vor dem Waschbecken stehe. Alles Mögliche und Unmögliche ist hier golden verziert – ja, das schließt auch die Pissoirs mit ein –, und der Spiegel sieht aus, als wäre er aus einem Museum. Außerdem gibt es keine Papiertücher und erst recht nicht so ein nervtötendes Gerät, mit dem man sich die Hände föhnen kann. Stattdessen kriegt jeder ein richtiges weißes Handtuch, das anschließend in einen mit Stoff ausgeschlagenen Korb geworfen werden soll. Nachdem man es *einmal* benutzt hat. Ich glaube nicht, dass Flocke sein Handtuch überhaupt schon mal gewaschen hat, seit ich ihn kenne.

Kopfschüttelnd trete ich auf den Gang hinaus, der bis auf zwei perlenbehängte Frauen leer ist. Alle anderen sind wohl gerade am Bezahlen. Die beiden tuscheln aufgeregt miteinander, während sie auf ihren Manolos oder Barolos oder wie auch immer diese Dinger heißen an mir vorbeiwackeln. Von irgendwas scheinen sie angepisst zu sein – vielleicht hat eine von ihnen gerade erfahren, dass ihre Zweityacht leckt. Oder dass der Pool Boy genau das nicht mehr bei ihr tun will.

»… ganzen Abend schon so … was genommen … auch jeden hier rein«, kann ich über das Klappern ihrer Absätze hinweg verstehen. Dann fällt die Tür zum Gastraum hinter ihnen zu, und es wird wieder ganz still. Ich will ihnen gerade folgen, als etwas meine Aufmerksamkeit erregt: ein leises Klicken, das immer abwechselnd hoch und dann etwas tiefer klingt. Es wiederholt sich in fast gleichen Abständen, aber doch nicht regelmäßig genug, um von einem Automaten zu stammen.

Mehrmals bewege ich den Kopf von einer Seite zur anderen, um herauszufinden, woher das Geräusch kommt. Wahrscheinlich hat es überhaupt nichts zu bedeuten, aber aus irgendeinem Grund beschleicht mich dabei ein ganz komisches Gefühl. Das kann nur an meiner Umgebung liegen – bei so viel Gold muss man einfach einen Verfolgungswahn entwickeln. Ich habe schon fast beschlossen, es zu ignorieren, da fällt mein Blick auf den Eingang zum *Ladies' Room*. Die Lampen dort drinnen müssen viel stärker sein als hier auf dem Flur, deshalb strahlen sie durch den Spalt unter der Tür durch. Allerdings ist dieser helle Streifen auf einmal verschwunden, so als wäre der Strom ausgefallen. Sekunden später leuchtet er wieder auf, und das Ganze beginnt von vorn. Es sieht seltsam aus, fast wie ein Blinzeln. Mit jeder Wiederholung wird meine Nervosität stärker, und irgendwann kann ich nicht mehr anders: Ohne auf das Türschild zu achten, betrete ich das Damenklo.

Sobald ich die dünne Gestalt erkenne, wird mir klar, dass ich schon die ganze Zeit über so eine Ahnung hatte. Lea steht direkt neben dem Waschbecken, eingeklemmt zwischen Spiegel und Wand. Ihre Augen sind starr auf den Lichtschalter gerichtet, und sie ist derart weggetreten, dass sie mich zuerst überhaupt nicht wahrnimmt. Ihr Gesicht ist nicht etwa von Leitungswasser so nass, wie ich zuerst geglaubt habe, sondern total verheult. Spuren von Mascara ziehen sich über ihre Wangen, und ihre Augen sind von roten Adern zerschossen. Ich kenne diesen Anblick von betrunkenen Mädels, die sich nach ein paar Tequilas zu viel in emotionale Wracks verwandeln. Aber das hier ist ganz anders als ein gewöhnlicher Heulkrampf. Lea weint nicht nur, sie wird am ganzen Körper geschüttelt vor lauter Panik.

Und dann, als sie mich endlich bemerkt und den Kopf hebt, brechen die letzten Jahre einfach so von mir weg. Plötzlich bin ich wieder zehn Jahre alt, nichts als Knochen und blau verfärbte Haut, und lasse meinen Vater auf mich einprügeln. Ich habe mich so lange gegen dieses Gefühl abgeschottet, dass ich erst nach einer Weile kapiere, was es ist – Hilflosigkeit.

»Seit wann bist du denn schon hier drin?«, frage ich und schaffe es nicht, meine Stimme ganz normal klingen zu lassen.

Ihre Lippen zittern heftig. »Ich war ein p…paar Minuten zu früh dran, da wollte ich mir die Hände waschen, b…bevor du kommst …«

Flüche bauen sich in meinem Kopf auf und fallen wieder zusammen. Es gibt keine Worte dafür, wie unendlich beschissen diese Situation ist. Mir wird bewusst, dass ich es total verbockt habe – warum war ich so bescheuert, jemanden in ein Nobelrestaurant zu schleppen, der nicht mal vor anderen Leuten Cornflakes essen kann? Jetzt kriege ich die Rechnung dafür präsentiert, und ich habe keine Ahnung, wie ich sie begleichen soll. Zum Teufel mit Alex, zum Teufel mit seinem Plan.

»Vielleicht sollten wir irgendwen anrufen«, sage ich trotzdem und könnte mir selbst eine reinhauen dafür. »Es muss ja nicht gleich die Klinik sein. Aber wenn du deine Eltern …«

»Nein!«, stößt Lea hervor. »Das geht nicht, ich kann nicht … nicht dorthin zurückgehen, wo ich für die anderen gefährlich bin. Und wo ich meinen Bruder fast umbringen könnte, *schon wieder …*«

Sie bricht ab, aber da sind die letzten Worte schon draußen und hängen schwer zwischen uns in der Luft. Oh Mann, das hier scheint sogar noch mieser zu sein, als ich gedacht hatte. Was auch immer es ist, das sie so fertigmacht – jetzt hat es sie vollkommen im Griff.

Das Folgende trifft mich selber ziemlich unerwartet: Ohne Vorwarnung tragen mich meine Beine auf Lea zu, und ich beuge mich zu ihr hinunter.

»Was brauchst du?«, frage ich knapp. »Hey, schau mich an. Was muss passieren, damit du hier rauskannst?«

Sie schluckt hörbar und wischt sich dann mit dem Ärmel ihrer Bluse über das nasse Gesicht. »Ich muss das Licht ausmachen. Aber während ich den Schalter berühre, darf ich nichts Schlechtes denken, sonst fühlt es sich … falsch an und ich muss es noch mal versuchen.«

»Nichts Schlechtes?«

»Dass meiner Familie etwas zustößt, und ich … ich bin nicht da, um …« Wieder schafft sie es nicht, den Satz zu beenden. Dafür lösen sich jetzt ihre Finger aus der geballten Faust, als sie ihre rechte Hand zum Schalter direkt neben der Tür hebt. Ein Klicken, und es wird finster um uns herum. Es vergehen allerdings nur ein paar Sekunden, bis Lea ein Geräusch macht, bei dem sich irgendwas in mir zusammenzieht. Gleich danach flammen die Lichter wieder auf.

Der Blick, den Lea mir zuwirft, trifft mich wie ein Schlag in den Magen. Sie hat sich aufgegeben, das erkenne ich gleich. Bei meiner Mutter hat das damals ganz genauso ausgesehen.

»Worauf wartest du denn?«, knurre ich und bin erleichtert, weil sie zusammenzuckt. Wenigstens dringe ich also noch zu ihr durch. »Neuer Versuch, jetzt mach schon!«

Wortlos folgt sie meinem Befehl. Abermals geht das Licht aus, danach kommt eine kurze Pause, und es wird wieder hell. Inzwischen hat Lea aufgehört zu heulen, dafür ist ihr Gesicht jetzt so bleich wie die Wand. Es wundert mich, dass sie sich überhaupt noch auf den Beinen hält.

»Ich k…kann mich nicht davon ablenken, ich schaffe das einfach nicht! Am besten gehst du …«

»Halt die Klappe«, unterbreche ich sie hart. »Ich will, dass du dich konzentrierst! Wenn du es das nächste Mal versuchst, denkst du an irgendwas anderes, meinetwegen an Flocke im Tigertanga, völlig egal. Nur bring es jetzt hinter dich, alles klar?«

Obwohl sie total am Ende ist, gelingt Lea ein gequältes Lächeln. Vielleicht bin ich deshalb so blöd zu glauben, dass es diesmal funktioniert, aber es ist wieder dasselbe. Zwei Klicks, mehr nicht. Schon jetzt bin ich so weit, dieses Geräusch abgrundtief zu hassen.

Im nächsten Moment fliegt die Tür auf, und die blonde

Kellnerin steht vor uns. Zuerst beachtet sie nur mich, dann wandern ihre Augen zu Lea und weiten sich vor Entsetzen. Sie klappt den Mund auf, um etwas zu sagen, aber ich bin schneller.

»Na los, verpiss dich«, schnauze ich sie an, was ihr ein hohes Keuchen entlockt. Anschließend stolpert sie rückwärts hinaus, und die Tür kracht direkt vor ihrer Nase wieder ins Schloss.

»Okay, Lea«, kommandiere ich, als hätte es diesen Zwischenfall gar nicht gegeben. »Noch mal von vorn. Diesmal packst du's, versprochen.«

Mir ist klar, dass ich totalen Mist erzähle – in Wirklichkeit bin ich genauso aufgeschmissen wie sie. Meine Muskeln verkrampfen sich, während Lea wieder die Hand nach dem Schalter ausstreckt. Ihre Fingerspitzen sind nur noch wenige Zentimeter davon entfernt, und ich halte automatisch die Luft an. Adrenalin schießt durch meine Adern wie kochendes Wasser. Dann folgt auch schon das leise Klicken.

Als das Licht ausgeht, fasse ich blind nach vorne, ziehe Lea mit einen Ruck an mich heran. Ihr dünner Körper stößt gegen meine Brust. Ich kann überhaupt nichts sehen, nicht einmal Umrisse, aber ihre Lippen finde ich sofort.

Lea

30 Muskeln …

… im Gesicht sind an einem Kuss beteiligt. Hundert Milliarden Nervenzellen werden dabei angeregt und pro Minute bis zu zwanzig Kalorien verbraucht. Sechsundsechzig Prozent der Menschen schließen beim Küssen ihre Augen.
Nichts davon habe ich gezählt, natürlich nicht. Wie so viele Statistiken haben sich auch diese irgendwo in meinen Hirnwindungen verankert, und nun schießen sie in einem letzten Aufbäumen heraus, bevor es in meinem Kopf ganz still wird. Keine Bilder mehr. Keine Zahlen.
Im ersten Moment hält Jay seine Lippen reglos auf meine gepresst. Er steht da wie eingefroren, als wäre er selbst völlig überrumpelt von dem, was gerade passiert. Dann, als hätte er einen Entschluss gefasst, weicht er allmählich zurück und saugt dabei leicht an meiner Unterlippe. Ein Kribbeln kriecht von meiner Wirbelsäule bis in meine Arme und Beine, doch da hat er sich schon aufgerichtet. Ich glaube, dass er meinen Blick einzufangen versucht, aber die Dunkelheit ist undurchdringlich.
Stockend ringt Jay nach Luft. Die Sekunden türmen sich aufeinander, bis ich die Last des Augenblicks fast körperlich fühlen kann. Immer noch sind meine Hände genau dort, wo ich sie im ersten Schreck hingelegt habe – gegen

Jays Brust gestemmt, wie um ihn auf Abstand zu halten. Jetzt aber ballen sie sich um den Stoff seines Hemdes zu Fäusten, und damit wird der Bann gebrochen.

Wieder trifft Jays Mund auf meinen, doch jetzt ist seine Zurückhaltung verschwunden. Seine Zunge drängt sich heiß zwischen meine Lippen, während er mich mit beiden Händen festhält, die Finger in meinem Haar vergräbt. Die Schwärze scheint sich um mich zu drehen, und ich verliere die Orientierung. Es ist wie bei meinen Panikattacken, wenn sich alle Grenzen meiner Welt auflösen – aber zum ersten Mal macht mir das keine Angst. Ich gehe freiwillig verloren.

Reflexartig lege ich den Kopf in den Nacken, um Jay entgegenzukommen. Es ist beinahe unheimlich, wie er jede meiner Bewegungen zu erahnen scheint. Als ich das Gesicht zur anderen Seite wende, reagiert er prompt, und seine rechte Hand gleitet zu meiner Wange. Die Kuppe seines Daumens zieht eine Spur auf meiner Haut, gerade fest genug und ein kleines bisschen rau. Ein Brennen geht von dieser Berührung aus und durchflutet mich bis in die Fußspitzen.

Irgendwann können wir beide nicht mehr das Gleichgewicht halten, und ich stolpere einen Schritt nach hinten. Jay presst mich gegen die Fliesenwand, ohne den Kuss zu unterbrechen. Ich kann ihn an der ganzen Länge meines Körpers fühlen, harte Muskeln und Hüftknochen und einen festen Druck an meinem Bauch. Zum ersten Mal verlässt sein Mund jetzt meine Lippen und wandert nach unten. Jay küsst erst meinen Kieferknochen, danach meinen Hals – und dann, als ich mich gerade frage, ob mein

Herz demnächst meinen Brustkorb durchschlagen wird, richtet er sich plötzlich auf. Ich schwöre, wenn ich die Wand nicht im Rücken gehabt hätte, wäre ich ganz einfach umgekippt.

»Warte mal«, flüstert Jay so leise, dass ich es wegen meiner schweren Atemzüge kaum verstehe. Wie unter Anstrengung löst er eine Hand von mir, lässt die Fingerkuppen bis zuletzt auf meiner Haut, ehe er nach der Türklinke greift. Inzwischen haben sich meine Augen so weit an die Dunkelheit gewöhnt, dass ich zumindest Schemen erkenne. Als dann auf einmal ein Streifen Licht zu uns hereinfällt, muss ich blinzeln. Jay verschwindet einen Moment im Flur und öffnet anscheinend die Tür zum Gastraum, denn gleich darauf höre ich es auch: laute Männerstimmen und dazwischen das aufgebrachte Reden einer Frau. Sekunden später ist Jay zurück, lässt allerdings einen Fuß im Türspalt, während er sich zu mir herunterbeugt.

»Ich sage das ja nur ungern«, murmelt er, die Stimme noch eine Spur rauer als sonst, »aber wir sollten ganz schnell von hier verschwinden.«

»Warum?«, frage ich kehlig.

»Tja, sieht so aus, als hätte die Kellnerin die Bullen gerufen.«

Bevor ich überhaupt die Chance habe, mich wieder in meine Panik hineinzusteigern, hat er mich an der Hand gepackt und in den Flur gezogen. Einfach so, als wäre nichts dabei. Auf einmal ist meine unüberwindliche Hürde nur noch eine gewöhnliche Türschwelle. Die Erleichterung darüber bringt mich so durcheinander, dass ich erst mal hektisch in meinem Gesicht herumwische, um die Spuren der vergangenen Stunden zu beseitigen. Bei Licht muss ich absolut unmöglich aussehen … Aber dann fällt mir ein, dass ich größere Probleme habe.

»Was machen wir nur?«, flüstere ich, und eine neue, viel realere Angst schwingt in meinen Worten mit.

»Einen schlechten Eindruck, wenn wir noch länger warten«, antwortet Jay. »Oder …« Er deutet zur Wand rechts von uns, wo sich über einem Tischchen mit Blumenarrangement eine blickdichte Scheibe befindet. Es ist nicht mehr als ein Badezimmerfenster, sehr schmal und ziemlich hoch oben.

»Oh nein«, platzt es aus mir heraus. »Das ist doch …«

Bevor ich den Satz vollenden kann, springt Jay schon auf den Tisch und reißt das Fenster auf. Ich habe wirklich keine Ahnung, wie ein Kerl von seinem Format durch so eine schmale Öffnung passt, aber er bringt es trotzdem fertig. Ich höre einen Aufprall und gleich danach sein gedämpftes Rufen: »Na los, Nash, schwing deinen Hintern hier raus!«

Eindeutig weniger sportlich als Jay ziehe ich mich ebenfalls am Fenstersims hoch. Meine Beine kann ich irgendwie ins Freie manövrieren, aber dann wird mir klar, dass ich auf diese Weise den Asphalt nicht im Blick habe. Hilflos baumeln meine Füße in der Luft, in unbestimmter Höhe über dem Boden.

»Geht das?«, japse ich, während ich weiterhin das Sims umklammere wie einen Rettungsanker.

»Lass dir nur Zeit«, kommt es von Jay. »Echt schöne Aussicht von hier unten.«

Himmel, dieser vermaledeite Rock! Ich weiß, dass Jay allerhöchstens meinen schwarzen Slip sehen kann, aber trotzdem spüre ich, wie sich mein Gesicht verfärbt. Wenigstens bekommt er das nicht mit. Sein leises Lachen dringt zu mir nach oben, ehe sich seine Hände um meine Taille schließen. »Schon gut, ich hab dich.«

Ich zögere noch kurz, dann lasse ich mich in seinen Griff fallen. Sobald mich Jay auf dem Boden abgesetzt hat, höre ich durch das geöffnete Fenster, wie mehrere Personen in den Vorraum poltern. Eine Männerstimme hallt von den gefliesten Wänden wider, doch ich verstehe kein einziges Wort. Schon hat Jay mich an der Hand gepackt, und völlig synchron fangen wir an zu laufen. Die kühle Nachtluft peitscht mir die Haare aus dem Gesicht, und meine Umhängetasche hüpft mit meinem Herzen um die Wette. Ich weiß gar nicht, was da alles in meinem Gefühlscocktail mitsprudelt, aber auf einmal steigt ein Glucksen in mir hoch und drängt unaufhaltsam nach draußen. Jay lenkt mich in eine Seitengasse, wo wir beide ein wenig zu spät abbremsen. Unsanft krachen wir gegen die Wand einer Telefonzelle.

»Haben wir sie abgehängt?«, bringe ich noch heraus, dann prusten wir los. Es dauert eine Weile, bis wir zu irgendetwas anderem fähig sind. Niemals hätte ich gedacht, dass Jay auf diese Art lachen kann.

Schließlich lehnt er den Hinterkopf an die Telefonzelle und reibt sich über das Gesicht. »Ach du Schande«, stöhnt er gegen seine Handflächen. »Ja, wenn die uns jetzt keine Hundestaffeln auf die Fersen hetzen, sollten wir in Sicherheit sein.« Er nimmt die Hände herunter und sieht mich an.

Einige Sekunden lang bleibt es still, dann frage ich etwas

gefasster: »Also, was jetzt?« Erst nachdem ich es ausgesprochen habe, merke ich, dass in diesem Satz alle möglichen Bedeutungen mitschwingen. Und genau so scheint auch die Antwort in Jays quecksilbrigen Augen zu lauten – *alles Mögliche*. Ich schlucke hart, als sein Blick zu meinen Lippen wandert, aber dann meint er bloß: »Wir fahren nach Hause.« Er stockt, und seine Brauen ziehen sich leicht zusammen. »Ach so, ist es … okay für dich, wenn wir ein Taxi nehmen?«

Zu meinem eigenen Erstaunen nicke ich, ohne zu überlegen. Mit nichts von dem, was in den vergangenen Minuten passiert ist, hätte ich jemals gerechnet. Es ist, als wäre ich vom Rand der Erde gestürzt, und wer weiß schon, wozu ich in dieser verrückten Parallelwelt fähig bin?

Fast traumwandlerisch gehe ich neben Jay her, als er auf einen nahen Taxistandplatz zusteuert. Er öffnet die Tür eines Wagens für mich, und ich setze mich auf die Rückbank. Der lederne Sitzbezug schmiegt sich an meine nackten Beine. Ein beruhigendes Gefühl, das allerdings nur so lange andauert, bis sich die Vibration des startenden Motors auf mich überträgt. Noch ist ein kleiner Rest meiner Zuversicht übrig, aber sie schwindet mit jedem zurückgelegten Meter. Ich beiße mir auf die Unterlippe, und der kleine vernünftige Teil in mir spricht ein Machtwort. *Diesmal nicht, Lea. Mach es nicht kaputt. Reiß dich um Himmels willen zusammen!*

Aber während das Taxi durch die dunklen Straßen kurvt, spüre ich bald, dass ich mir etwas vorgemacht habe. Parallelwelt, von wegen. Ich kann nur daran denken, dass es wahnsinnig gefährlich ist, bei Nacht zu fahren. Die

Menschen sind müde oder betrunken, und wer weiß – vielleicht ist der Taxifahrer ja beides.

Jay sagt etwas, aber es ist für mich nur ein dumpfes Geräusch. Viel zu laut bettelt mein Inneres darum, ein Sicherheitsnetz aufstellen zu dürfen, obwohl ich dagegen ankämpfe. Ich bete um meine Fassung, bete darum, nicht beten zu müssen, und meine Gedanken werden zu einem zitternden Knäuel.

Wie von selbst beginnen sich meine Lippen zu bewegen.

Jay

Über ein ganz anderes Abendessen

Ich kapiere sofort, was los ist, als ich ihr Murmeln höre. Lea hat den Kopf zum Fenster gedreht, doch ihre Stimme ist trotzdem laut genug, um die Fahrgeräusche zu übertönen. Ein paar Wortfetzen kann ich sogar verstehen. Probehalber lege ich ihr eine Hand aufs Knie, aber sie scheint es gar nicht wahrzunehmen.

»Hey, alles in Ordnung?«

Keine Antwort. Das Murmeln geht unverändert weiter, und der Taxifahrer schaut schon so komisch in den Rückspiegel. Als wir bei einer Ampel halten, passiert dann genau das, worauf ich liebend gern verzichtet hätte.

»Was ist denn mit ihr los?«, will der Fahrer wissen und nickt nach hinten in Leas Richtung.

»Was meinst du?«, frage ich ausweichend. Oh Mann, der soll sich einfach um seinen eigenen Scheiß kümmern. Vor allem macht es die Situation ganz bestimmt nicht besser, wenn er sich jetzt nicht auf die Straße konzentriert.

»Na ja … hat sie irgendein Problem?«

Ich kann mir nicht helfen, aber sein Tonfall geht mir mächtig gegen den Strich. Es hört sich so an, als wäre Lea eine Zeitbombe, die jeden Augenblick losgehen könnte. Und als wäre er sogar scharf darauf, dass das passiert.

»Wer?«, hake ich nach, wie jemand, der nicht mal in der Lage ist, bis drei zu zählen. Der Typ kann mich mal kreuzweise.

»Wer schon, sie natürlich!«, schnauzt er ungeduldig.

»Sie?«

»Die Tussi neben dir, verdammt!«

Übertrieben langsam wende ich mich zur Seite. Lea fängt meinen Blick auf, und ich bemerke, dass sie verstummt ist. Unsicher schaut sie mich an, während ich einen erstaunten Ausdruck aufsetze. Inzwischen sind wir am Ziel angekommen. Ich fische einen Geldschein aus meiner Hosentasche und reiche ihn nach vorne. Mit der anderen Hand klopfe ich dem Fahrer auf die Schulter.

»Alter«, sage ich teilnahmsvoll, »ich habe nicht die geringste Ahnung, von welcher Tussi du redest. Wir beide sind alleine im Wagen. Vielleicht solltest du dich mal untersuchen lassen?« Ich steige aus und ziehe Lea dabei am Arm hinter mir her. »Der Rest ist für dich!«, sage ich noch, dann knalle ich die Autotür zu.

Lea bleibt still, während wir durch den Hausflur auf das Apartment zusteuern. Ich beobachte sie unauffällig, um herauszufinden, ob sie von den Fragen des Taxifahrers angepisst ist, oder ob ich sie mit meiner bescheuerten Aktion ein wenig aufheitern konnte. In ihrem Gesicht regt sich allerdings kein Muskel. Sieht ganz so aus, als wäre der Abend gelaufen – doch da lehnt sie sich plötzlich zu mir herüber und stupst mich mit der Schulter an.

»Danke«, sagt sie bloß.

Ich schubse zurück, sodass sie einen kleinen Hüpfer seitwärts macht. »Bitte.«

Wir betreten den Flur, und zu meiner Erleichterung rufen wir dabei weder Alex noch Flocke auf die Bildfläche. Klar, es ist Samstagabend, und sie machen wahrscheinlich gerade einen drauf. Wenn sie jetzt sehen würden, was aus unserem glorreichen Plan geworden ist, hätte ich jede Menge zu erklären. Dabei verstehe ich diese ganze Sache doch selbst nicht. Es klingt sicher abgedreht, aber seit meiner Kurzschlussreaktion im Waschraum funktioniere ich wie auf Autopilot. Für Nash habe ich keine Strategie parat, keine Tricks. Das bedeutet auch, dass ich keinen Schimmer habe, wo das alles hinführt.

Im Moment führt es jedenfalls nicht weiter als bis zu meiner Schlafzimmertür. Lea hat sich daneben an die Wand gelehnt und schaut etwas unschlüssig zu mir hoch. Umgeben von verwischter Mascara wirken ihre Augen noch riesiger als sonst.

»Hey, tut mir leid, was da heute passiert ist«, sagt sie leise. Ich bin mir nicht sicher, aber ich glaube, ihre Stimme zittert wieder ein bisschen. »Den Abend hast du dir bestimmt anders vorgestellt.«

Sie hat ja keine Ahnung. »Ähm, kein Problem«, antworte ich und mache eine wegwerfende Geste. »Schon als ich diese verfluchten Kronleuchter gesehen hab, war mir klar, dass das schiefgehen muss.«

Ihr entwischt ein missglücktes Kichern. »Hast du auch die Stoffhandtücher in der Toilette bemerkt?«

»Oh Mann, hör bloß auf. Noch nie hatte ich aufm Klo solche Minderwertigkeitskomplexe.«

Jetzt lacht sie richtig, obwohl sie es hinter ihren Händen zu verstecken versucht. Eine Haarsträhne rutscht dabei nach vorne und streicht über ihre Wange. Bevor ich weiß, was ich tue, greife ich danach – doch mein Arm erstarrt mitten in der Luft, als ein gewaltiges Knurren ertönt. Mein Mund klappt auf, und ich sehe Lea verblüfft an.

»Warst das etwa du?!«

Mit einem leicht beschämten Grinsen klopft sie sich auf den Bauch. »Das musste einfach mal gesagt werden.«

»Na und ob! Jetzt fällt mir ein, dass ich heute Abend noch nichts anderes als grausam überteuerten Wein in den Magen gekriegt habe. Los, komm mit!«

Bevor Lea etwas erwidern kann, scheuche ich sie vor mir her in die Küche und krame im Kühlschrank nach Eiern, Butter und Gemüse. »Wetten, dass ich daraus was Besseres mache, als man in diesem Nobelschuppen jemals auf einem Teller gefunden hat?«

Leas Blick flackert zu der Uhr über dem Herd hinüber. »Ich ... Nein, danke, für mich nicht. Es ist schon spät, und um diese Zeit esse ich nie was.«

Bei jeder anderen Frau hätte ich geglaubt, dass sie eine beknackte Diät macht, aber nicht bei Nash. Ich bin mir fast sicher, es hat mit irgendeinem Ritual zu tun. Oder vielleicht traut sie sich nicht, vor mir zu essen, weil es ihr peinlich wäre – so wie mit den Cornflakes. Aber darauf kann ich jetzt keine Rücksicht nehmen.

»Es gibt für alles ein erstes Mal, oder?« Ich trete ein kleines Stück zur Seite, damit sie nicht schon wieder auf die Uhr schielen kann. »Pass auf, ich mach dir einen Vorschlag. Du kriegst eins von meinen übertrieben geilen Omeletts, und dafür servierst du mir irgendwas, das ich noch nie abends gegessen habe. Deal?«

Immer noch zögernd späht sie an mir vorbei in den Kühlschrank. »Egal was?«

»Vollkommen egal.«

Damit habe ich anscheinend ihren Ehrgeiz geweckt. Während ich die Eier in eine Pfanne schlage und Paprika klein schneide, kramt sie zwischen unseren Vorräten herum und hält schließlich fragend ein Glas Rhabarberkompott hoch.

Ich schnaube verächtlich. »Ist alles schon mal da gewesen. Streng dich doch ein bisschen an!«

Schwungvoll wende ich das Omelett und würze es mit Pfeffer. Aus den Augenwinkeln sehe ich, dass Lea jetzt ein Paket Schinken entdeckt hat. Sie hantiert darüber mit einer Flasche Chilisoße, und wenig später erklingt das Zischen von Sprühsahne. Anschließend rollt sie das Ganze so sorgfältig zusammen, als würde sie tatsächlich ein Fünf-Sterne-Menü zubereiten. Grinsend schubse ich das Omelett von der Pfanne auf einen Teller und stelle es auf die Anrichte.

»Dein Essen ist fertig!«

Mit einem Klirren landet ein Löffel im Honigglas. »Okay, deines auch«, antwortet Lea und hält es mir hin. Ich spüre ihren Blick, als ich den Teller unter die Lupe nehme.

»Sieht klasse aus«, behaupte ich. »Frühlingsrollen à la Nash?«

»Für dich nur das Beste.« Sie schneidet mir eine Grimasse, bevor sie sich ihre Portion greift und im Stehen darin herumzustochern beginnt. Ich weiß nicht, was man an einem Omelett zählen kann, aber wahrscheinlich spielt sie gerade mit dem Gedanken, jeden Bissen durchzunummerieren. Um sie von dem Schwachsinn abzulenken – und weil ich wirklich hungrig bin –, schnappe ich mir die erste Rolle. Während ich das Teil an meinen Mund hebe, lässt mich Lea nicht aus den Augen. Anscheinend ohne es zu realisieren, schaufelt sie dabei das Omelett in sich hinein und stockt nur kurz, als ich mir die Rolle in den Mund werfe. Dann noch eine. Zugegeben, ich hatte schon was Besseres zwischen den Zähnen, aber wer Flockes Kochkünste erlebt hat, lässt sich von nichts mehr erschrecken. Ungerührt schiebe ich das letzte Stück nach. »Mmmh. Ein Gedicht.«

Lea beobachtet mich mit einer Mischung aus Faszination und Entsetzen. »Das«, verkündet sie schließlich, »ist echt abartig.«

»Das sind Kalorien, und da steh ich drauf«, gebe ich zurück. »Außerdem ist es sicher tausendmal besser als Rih de Woh.«

»Bitte, was?«

»Glaub mir, das willst du gar nicht wissen.«

Sie verzieht angewidert das Gesicht, aber ich kann sehen, dass dabei ein Muskel in ihrer Wange zuckt. »Du hast da noch was«, sagt sie bemüht ernsthaft und deutet auf meinen Mund.

Obwohl ich den kleinen Sahnerest längst selber gespürt habe, schüttle ich ungläubig den Kopf. »Alter, was für 'ne billige Anmache!«

»Nein, das ist …«

»Ich fass es nicht.« Mit verschränkten Armen lehne ich mich gegen den Kühlschrank, während sich Lea vor Verlegenheit windet. »Der Spruch hat doch schon sooo 'nen Bart!«

»Nein, ehrlich!«, beteuert sie. »An deinem Mundwinkel!«

»Da meinst du?« Ich wische mir absichtlich mit dem Handrücken über die falsche Seite.

Jetzt kauft sie mir den Scheiß nicht mehr ab, so viel ist klar. Genervt verdreht sie die Augen, und ich will das Theater schon sein lassen – da reckt sie sich blitzschnell zu mir hoch und presst ihre Lippen auf meine. Ganz kurz spüre ich ihre Zungenspitze im Mundwinkel wie einen Stromschlag. Ich löse meine Arme aus der Verschränkung und streife dabei unabsichtlich Leas Brust. Okay, vielleicht nicht ganz unabsichtlich. Verdammt, wann hat mich das letzte Mal ein A-Körbchen so dermaßen scharfgemacht? Mein Herz peilt einen neuen Rekord an, während ich mit einer Hand über Leas Rücken fahre. Als Reaktion darauf drängt sie sich so fest an mich, dass ihr unmöglich entgehen kann, wie sehr ich sie will. Wahrscheinlich unterbricht sie deshalb unseren Kuss und schlägt flüsternd vor: »Sollten wir nicht lieber von hier verschwinden? Sonst versucht sich Flocke noch als Spanner.«

»Ist alles schon mal da gewesen«, wiederhole ich meine Worte von vorhin und handle mir damit ein weiteres Augenrollen ein. Lea scheint zu befürchten, dass ich diese Anekdote jetzt vor ihr ausbreiten werde, aber darauf hatte ich noch nie weniger Lust. Stattdessen verstärke ich den Druck meiner Hand an ihrem Rücken, und wir machen uns auf den Weg zu meinem Zimmer.

Lea

Viel zu viele Gedanken …

… schießen mir durch den Kopf, während ich mich auf Jays Bett zurücklehne. Keiner von ihnen hat mit Zahlen zu tun. Stattdessen frage ich mich, welche Konsequenzen es für mein Zusammenwohnen mit den Jungs haben könnte, was da gerade passiert. Und welche Bedeutung hat es für Jay? Ich für meinen Teil hätte niemals mit so einer Entwicklung gerechnet: von einem Streit zu einer gemeinsamen Flucht vor der Polizei zu … dem hier. Allerdings muss ich mir eingestehen, dass ich in der vergangenen Stunde immer wieder die Gelegenheit gehabt hätte, auf die Bremse zu treten, und es nicht getan habe. Weil ich es nicht wollte, so einfach ist das.

Als ich zu dieser Erkenntnis gekommen bin, beschließe ich, meine Grübeleien in den hintersten Winkel meines Bewusstseins zu verbannen. Jay macht es mir auch wirklich schwer, mich zu konzentrieren. Sobald ich auf dem Bett liege, ist er über mir, drückt mich mit seinem ganzen Gewicht in die Matratze. Sein Kuss wird noch drängender, während er sich zwischen meine Beine schiebt. Gleichzeitig fasst er mit einer Hand nach unten, um mein Knie anzuwinkeln. Obwohl wir noch vollständig bekleidet sind, lässt mich diese Pose sofort kurzatmig werden.

Jays Hüften beginnen sich zu bewegen, und er öffnet fahrig sein Hemd. Dabei küsst er mich unablässig weiter, von meinem Mund bis hinunter zum Schlüsselbein. Zitternd biege ich den Rücken durch, als sich Jay gleich darauf meiner Bluse widmet. Innerhalb weniger Sekunden hat er die Knöpfe gelöst, die ich so gründlich gezählt und verschlossen habe – aber jetzt weiß ich nicht einmal mehr, wie viele es sind. Ich habe es tatsächlich vergessen.

Mit einem hörbaren Atemstoß zieht Jay die Bluse unter mir weg und wirft sie zusammen mit seinem Hemd vom Bett. Meine eigene Aufregung wird von jeder seiner Bewegungen gespiegelt. Gerade bei ihm hätte ich mehr Routine erwartet, vielleicht ein bisschen kühle Abgeklärtheit nach so viel Erfahrung, aber weit gefehlt. Das hektische Auf und Ab seines Brustkorbs ist echt, genauso wie sein jagender Puls. Ich kann das alles deutlich spüren, als sich Jay an meinen Oberkörper schmiegt, und seine Körperwärme durchfährt mich wie ein Fieberschauer. Wieder bewegt er die Hüften und drückt dabei keuchend das Gesicht gegen meinen Hals. Allmählich wandert seine rechte Hand von meinem Knie in Richtung des hochgerutschten Rocksaums. Ich bin nur noch ein Bündel aus Nervosität und quälender Ungeduld ... bis ich ihn auf einmal etwas murmeln höre.

»Hm?«, bringe ich mühsam heraus.

Mit dem Daumen zieht Jay träge Kreise auf meinem Oberschenkel, die ein Kribbeln durch meinen Körper jagen. Und dann wiederholt er rau: »Du brauchst keine Angst zu haben. Ich bin ganz vorsichtig.«

Die Welt, die sich gerade um mich aufgelöst hat, gewinnt

plötzlich wieder an Kontur. Ich muss schlucken, bevor ich überhaupt etwas erwidern kann. »Wie meinst du das?«, frage ich, während sich in meinem Inneren bereits sämtliche Schutzmauern aufbauen.

Jay stützt sich auf die Ellenbogen und schaut mit leicht verhangenem Blick auf mich herunter. Sein Gesicht ist nur wenige Zentimeter von meinem entfernt, und seine Narbe wirkt im Dämmerlicht der Nachttischlampe wie ein lang gezogener Schatten. »Ich meine, dass du dir keine Sorgen machen musst«, sagt er wieder in diesem verführerischen Tonfall, bei dem es mich eben noch heiß überlaufen hätte. »Du bist nicht meine erste Jungfrau.«

»Wieso glaubst du, dass ich Jungfrau bin?« Jetzt verwandelt sich mein nervöses Magendrücken in richtige Bauchschmerzen, doch Jay bemerkt nichts davon. Mit dem Anflug eines Grinsens stupst er sein Kinn gegen meine Wange.

»Komm schon. Ist doch kein Problem.«

»Natürlich wäre es kein Problem! Aber das ändert nichts an der Tatsache, dass ich keine Jungfrau mehr bin!«, gebe ich zurück und wäre dabei vor Scham gerne im Erdboden versunken. »Ich meine, ich bin neunzehn Jahre alt! Klar, es gibt auch genug unerfahrene Mädchen in diesem Alter, aber wie kannst du so selbstverständlich davon ausgehen, dass ich dazugehöre?«

Jetzt beginnt Jays aalglatte Fassade zu bröckeln. Er richtet sich ein wenig auf und fährt einmal durch seine Haare, die schon von meinen Fingern zerwühlt sind. »Ähm, na ja«, meint er gedehnt, »ich dachte einfach …«

»… dass eine wie ich noch keinen abgekriegt haben

kann?«, vollende ich den Satz. Es klingt scharf, das weiß ich, aber ich kann nichts dagegen tun. Meine Alarmglocken schrillen und machen es mir schwer, einen kühlen Kopf zu bewahren.

»Schwachsinn«, protestiert Jay lahm. »Also okay, du bist keine Jungfrau mehr. Ich hab's kapiert. Ist das denn schon lange her?«

Meine Unruhe ändert sich nicht, aber ich zwinge mich dazu, Jays Frage als Friedensangebot zu akzeptieren. Die Situation steht auf der Kippe, das spüre ich genau. »Geht so«, antworte ich knapp. »Als ich mit meinem Exfreund zusammengekommen bin, war ich sechzehn.«

Jay nickt mit bemühtem Interesse. »Aha. Und was hat er gehabt?«

»Wie bitte?«

»Du weißt schon … welche Störung?«

Das lässt mich zusammenzucken wie eine gut gezielte Ohrfeige. Abrupt fahre ich hoch und bringe Jay dazu, sich ebenfalls aufzusetzen. »Sag mal, geht's dir noch gut?«, fauche ich, die Stimme so gepresst, dass sie sich beinahe tonlos anhört. »Mein Exfreund hatte keine Störung. Kannst du mir erklären, wie du auf so eine Idee kommst?«

Inzwischen ist die Verwirrung aus Jays Gesicht verschwunden, und seine Augen ziehen sich zu stahlgrauen Schlitzen zusammen. »Jetzt geh mal wieder runter vom Gas. Ist ja irgendwie naheliegend, oder?«

»Weil ich selber gestört bin? Gleich und Gleich gesellt sich gern, hast du dir das so zusammengereimt?«

Ruckartig nimmt Jay die Hände von mir, als hätte er sich verbrannt. Sein Atem geht wieder schneller, doch diesmal hat es nichts mit Erregung zu tun. Offensichtlich habe ich mit meinem Vorwurf direkt ins Schwarze getroffen.

»Ja, ganz recht!«, fährt Jay mich an. »Genau das hab ich vermutet, und du kannst das gerne so scheiße hinstellen, wie du willst, aber die meisten Leute hätten das gedacht!«

»Wenn das stimmt, warum hast du mich dann um ein Date gebeten?« Die Frage rutscht mir gegen meinen Willen über die Lippen, sodass ich selbst erschrecke. Gleich darauf spült meine Wut jedoch alle Hemmungen fort. »Wieso machst du dir diese Mühe, wenn du mich für total *gestört* hältst? Oder kannst du darüber hinwegsehen, solange du nur jede Frau aus deiner Umgebung einmal ins Bett kriegst? Hast du es wirklich so nötig?«

Ich ringe nach Luft, um noch etwas zu sagen, aber die Härte in Jays Augen bringt mich zum Schweigen. Er lehnt sich ein wenig nach hinten, als würde er die physische Nähe zwischen uns nicht mehr ertragen, und schließlich sagt er langsam, fast bedächtig: »Ich hab's doch gleich gewusst – dieser ganze Abend war eine beschissene Idee.«

Sein Tonfall ist so eisig, dass die Temperatur im Zimmer zu fallen scheint. Ich lasse seine Worte stumm nachwirken, bis es mir endlich gelingt, mich aus meiner Erstarrung zu lösen. Dann raffe ich meine Bluse vom Boden auf, stolpere aus dem Raum und weiter in Richtung Küche. Die Tränen laufen mir über die Wangen, noch ehe ich den Herd erreicht habe.

Jay

Über einen Vollidioten mit meinem Namen

Es ist nicht so, als hätte ich eine miese Nacht gehabt. Schließlich sollte jeder mal verdammte fünf Stunden einfach nur daliegen und an die Decke starren, während die Sonne aufgeht und aus dem Zimmer nebenan spezielle Geräusche kommen. Geräusche, von denen ich nur hoffen kann, dass Flocke sie im Schlaf macht, weil er nämlich garantiert alleine dort drin ist.

Ja, ganz recht. Kill me now.

Die Sache mit Lea rotiert ununterbrochen durch meine Gedanken, bis ich am liebsten meinen Schädel gegen die Wand schmettern würde. Ich kann es immer noch kaum fassen, wie abartig schief das alles gelaufen ist. Wenn ich die Klappe gehalten oder wenigstens nicht so bescheuert reagiert hätte … Natürlich muss Lea jetzt glauben, dass ich die Verabredung mit ihr als beschissene Idee bezeichnet habe, weil ich sie für komplett verrückt halte. In Wirklichkeit habe ich damit Alex' Plan gemeint, aber das zu erzählen, hätte die Situation nur noch schlimmer gemacht. So oder so habe ich es gründlich verbockt. Mir ist eine Sicherung durchgebrannt, und das ist neu für mich. Normalerweise habe ich mich viel besser unter Kontrolle.

Erst im Morgengrauen penne ich weg, fahre aber wieder hoch, als ich draußen jemanden gehen höre. Obwohl ich geistig noch nicht ganz da bin, kostet mich der Weg von meinem Bett ins Wohnzimmer nur drei Sekunden. Allerdings treffe ich dort bloß auf Flocke, der gerade dabei ist, den Rest des Omeletts von gestern zu vernichten.

»Kein friffer Kaffee«, nuschelt er mir von der Couch entgegen und zeigt mit der Gabel zur Küche.

»Alter, wie wär's, wenn du dir dein Essen mal selber machen würdest«, schnauze ich ihn an. »Und wieso gibt es eigentlich keinen Kaffee? Hat Lea denn noch nicht gefrühstückt? Ist ja schon halb zehn vorbei.«

»Weiß ich nicht. Die war schon weg, als ich aufgestanden bin.« Flocke will sich den nächsten Happen in den Mund schaufeln, aber unter meinem Blick lässt er die Gabel sinken.

»Was soll das heißen, sie ist weg?« Noch während ich das frage, beginnt die Nervosität in mir hochzukriechen wie eine Säure. Ich spüre das Brennen von meinen Fäusten bis in meine Brust, als ich die Stille in der Wohnung realisiere. Als schließlich doch Schritte ertönen, zucke ich zusammen –, aber es ist nur Alex, der ins Wohnzimmer geschlendert kommt.

»Stimmt was nicht?«, fragt er und sieht mich prüfend an. Wie immer kapiert er als mein bester Kumpel gleich, dass ich neben der Spur laufe.

Ich reibe mir mit den Handballen über die Schläfen. »Ja ... keine Ahnung. Lea ist nicht da.«

»Aber sie wollte doch sonst nie raus«, meint Alex verwirrt, dann hellt sich sein Gesicht auf. »Hey! Bedeutet das etwa, dass unser Plan funktioniert hat? Ist sie wieder ausgezogen?«

»*Dein* Plan war ganz großer Mist, wenn du es genau wissen willst«, gebe ich zurück. »Wie gesagt – sie hat einfach keinen Bock mehr auf die Klinik oder ihr altes Zuhause.« Das ist derart untertrieben, dass man es schon fast als Lüge bezeichnen muss. In meiner Erinnerung sehe ich Lea, wie sie heulend vor dem Waschbecken steht und mir von ihrer Angst erzählt, ihren Bruder umzubringen … Doch diese Wahrheit kann ich nicht vor Alex und Flocke ausbreiten. Mir ist klar, was sie sonst über Lea denken würden, und zwar deshalb, weil diese Gedanken zumindest ein Stück weit auch meine eigenen waren. Lea hatte absolut recht, was meine Vorurteile anbelangt, und das ist ein beschissenes Gefühl.

»Dumm gelaufen. Aber einen Versuch war es wert«, meint Alex und zuckt mit den Achseln.

»Trotzdem würde ich jetzt gerne wissen, wo sie steckt!«, sage ich lauter als beabsichtigt. Ich beginne, vor der Couch auf und ab zu laufen, bis ein Kichern aus Flockes Richtung kommt.

»Wieso machst du dir denn so einen Kopf deswegen? War da vielleicht was zwischen euch …?«

»Du hast gleich was dazwischen«, knurre ich und hebe die Faust in Richtung seines dämlichen Grinsens. Er lässt beinahe den Teller fallen, während er bis an den Rand des Sofas rutscht.

»Okay, okay, schon gut«, ruft Alex und greift nach meiner Schulter. »Das war doch nur ein Witz!«

»Ja, Mann, was kann ich dafür, dass du heute den Humor von 'ner Kartoffel hast?«, protestiert Flocke, aber Alex würgt ihn gleich wieder ab.

»Du hast jetzt mal Sendepause. Und Jay, ernsthaft – warum bist du so mies drauf?«

Beide sehen mich an, und ich merke, wie sich meine Muskeln straffen. Ich könnte ihnen einfach erzählen, was gestern passiert ist. Bisher habe ich nie ein Geheimnis daraus gemacht, wenn ich was mit einer Frau hatte, warum also jetzt? Aber dann höre ich mich selber sagen: »Es ist nur ... diese Sache mit Mike. Das Warten auf seine Reaktion macht mich total fertig.«

Ich habe den Satz gerade beendet, als sich die Tür öffnet. Bei Leas Anblick durchströmt mich zuerst Erleichterung, doch das ist gleich wieder vorbei. Ihre dunklen Augen wirken schmaler als sonst, während sie auf uns zusteuert und etwas auf den Couchtisch legt – meine Kamera. Dann wendet sie sich ab und verschwindet in der Küche.

»Sieh mal einer an, wer uns doch noch mit seiner Gegenwart beehrt«, spottet Alex. »Wieso schleppt sie jetzt die Cam hierher?«

»Keine Ahnung«, sage ich ausdruckslos. »Ich geh noch mal 'ne Runde schlafen.« Ohne weitere Erklärungen mache ich mich auf den Weg zu meinem Bett, als würde mich das alles überhaupt nichts angehen. Dabei weiß ich ganz genau, was das zu bedeuten hat: Es ist eine Ausladung aus meinem Zimmer, von Lea an sich selbst. Damit hat sie mich endgültig von ihrem Tagesplan gestrichen.

Lea

5 Tage …

… vergehen, ohne dass ich ein Wort mit Jay wechsle. Er macht auch gar nicht den Versuch, etwas daran zu ändern. Meinen Blicken weicht er konsequent aus, und die Kamera lässt er dort, wo ich sie hingelegt habe. Nacht für Nacht thront sie mitten auf dem Couchtisch und erinnert mich ständig daran, dass Jays Zimmer nun für mich tabu ist. Unterm Strich habe ich also den Kontakt zu meiner Familie abgebrochen und wohne mit drei Typen zusammen, die mich mit ziemlicher Sicherheit alle dorthin wünschen, wo der Pfeffer wächst. Wieder versuche ich, mir zu sagen, dass es hier trotzdem besser ist als in der Klinik, aber im Laufe dieser Woche wird es immer schwerer, daran zu glauben.

Es überrascht mich selbst, wie sehr mich der Streit mit Jay aus der Bahn geworfen hat. Seit Jahren bin ich es gewohnt, mein Ding durchzuziehen, ohne mich um die Meinung der Leute zu scheren. Meine Panik war immer größer als mein Stolz, und ich konnte mich damit trösten, dass die anderen eben keine Ahnung haben. Die meisten Menschen sind fast schon erschreckend sorglos, was kümmert es mich also, wenn sie mich und meine Kontrollen als durchgeknallt empfinden?

Jay hat dieses Bild allerdings für mich verschoben. Es

ist mir nun nicht mehr egal. Nein, es trifft mich, dass er sogar dann auf mich herabschaut, wenn mich sein Körper unmissverständlich will. Mehr noch, dass er unseren Streit vor seinen Freunden geheim hält und irgendwelche Ausflüchte erfindet … weil er sich schämt. Von allen negativen Reaktionen – Spott, Befremdung, Mitleid – ist diese am allerschlimmsten.

Um Jay aus dem Weg zu gehen, verlasse ich jeden Morgen noch vor ihm das Apartment und setze mich im nahe gelegenen Park auf eine Bank. Dort bleibe ich bis zum Abend und zähle Kinderwagen, Tauben oder überfütterte kleine Hunde; und nicht mal aus Angst, sondern aus purer Langeweile. So ziellos habe ich mich nicht mehr gefühlt, seit vor anderthalb Jahren entschieden wurde, dass ich nicht länger zur Schule gehen kann. Damals hatte ich einmal zu oft die Karos in meinem Heft durchnummeriert, anstatt dem Unterricht zu folgen. Meine Eltern haben mir die besten Privatlehrer verschafft, die sie kriegen konnten, aber mir ist zu diesem Zeitpunkt trotzdem klar geworden, dass mein Leben auf eine Sackgasse zusteuert. Wo andere Leute in meinem Alter Zukunftsvisionen haben, sehe ich nur Ziffernkolonnen in einem kleinen roten Notizbuch.

Am Freitagnachmittag ergänze ich meine Sammlung um eine besonders glorreiche Zahl: Im Laufe der vergangenen neun Stunden wurde dieser Park von stolzen vierunddreißig Socken-in-Sandalen-Trägern durchquert. Das sind Forschungen, die die Welt verändern. Seufzend stehe ich von der Bank auf und schiebe das Notizbuch samt Kuli in meine Tasche. Die Sonne ist noch nicht untergegangen, aber für heute habe ich genug.

Um keine Aufmerksamkeit zu erregen, betrete ich das Apartment so leise wie möglich, aber es ist noch niemand zu Hause. Gerade als ich den Ersatzschlüssel zurücklege, den ich jeden Morgen stibitze, poltern zwei der Jungs in den Flur. Genau genommen sind sie zu viert: Alex, Flocke und zwei Kisten Bier.

Bei meinem Anblick fällt Alex' freudiger Gesichtsausdruck in sich zusammen. »Was hast du hier zu suchen?«, knurrt er. »Im Ernst, die Leute kommen doch gleich!«

Verwirrt erwidere ich seinen Blick. »Wer kommt?«

»Ähm, ja … *vielleicht* hab ich vergessen, ihr Bescheid zu geben«, schaltet sich Flocke ein. Zur Abwechslung hängt ihm sein roter Iro nicht in die Stirn, sondern steht steif gesprayt von seinem Kopf ab. »Also, Jay hat ja heute seinen letzten Arbeitstag in der Klap… in der Klinik. Deswegen wollen wir für ihn 'ne kleine Party schmeißen.«

»Und wo soll ich bitte schön hin?«, frage ich entgeistert.

»Oh, da wüsste ich schon was.« Die Gehässigkeit in Alex' Tonfall ist unverkennbar. »Aber von mir aus kannst du auch einfach in der Küche bleiben, die werden wir sowieso nicht brauchen.«

»Klar«, antworte ich und schaue vielsagend auf die Bierkästen. »Wer würde auf einer Party schon an Essen denken.« Gleich danach bereue ich meine spöttische Bemerkung, denn offenbar habe ich damit endgültig eine Grenze überschritten. Alex stellt seine Kiste langsam auf dem Boden ab, ohne mich aus den Augen zu lassen.

»Flocke, bring das schon mal ins Wohnzimmer«, kommandiert er.

Sein Kumpel streckt etwas hilflos die dünnen Arme aus,

traut sich aber nicht zu protestieren. »Ähm, null Problemo.« Mit einem schlecht unterdrückten Ächzen stapelt er die beiden Getränkekisten aufeinander und humpelt durch die Tür. Ich bleibe alleine vor Alex stehen, der mich betrachtet, als wäre ich ein besonders widerwärtiges Insekt. Zu meiner Überraschung brüllt er mich jedoch nicht an, sondern beginnt ganz leise zu sprechen.

»Pass auf, du hast Jay mit deiner Scheißaktion im Wexberger schon genug die Tour vermasselt. Als Ausgleich könntest du wenigstens versuchen, uns nicht auf die Nerven zu fallen, wenn du dich schon nicht ihm zuliebe verpissen willst.«

»Wem zuliebe?«, frage ich, obwohl sich mein Magen bereits zusammenzieht. »Meinst du Jay?«

»Natürlich Jay, wen denn sonst! Bist du echt so schwer von Begriff? Er wollte dich schon längst darum bitten, aber anscheinend kommt das einfach nicht bei dir an!«

Seine Worte treffen mich wie ein Schwall eiskalten Wassers. Auch wenn Jays Verhalten während der letzten Tage eine deutliche Botschaft vermittelt hat, ist es doch was anderes, sie so ungeschönt an den Kopf geknallt zu bekommen. Trotzdem hebe ich gezwungen herausfordernd das Kinn. »Und was genau macht dich zu seinem Fürsprecher?«

»Jay und ich sind ein Team, kapiert?!« Jetzt ist Alex' Zurückhaltung dahin, er schleudert mir den Satz entgegen, als könnte er ihn unmöglich bei sich behalten. »So war es schon, als wir noch zusammen in der betreuten WG gewohnt haben! Im Gegensatz zu dir hatten wir nämlich nicht einfach keinen Bock auf unsere Eltern und wollten bloß deswegen von daheim weg. Anders als du hatten wir keine Wahl! Also tu mir den Gefallen und bring hier nicht alles durcheinander, nur weil dir deine imaginären Freunde nicht mehr genügen!«

Sprachlos starre ich ihn an, völlig überrumpelt von diesem Gefühlsausbruch. Ich habe Alex bisher niemals aufgewühlt erlebt, nur missmutig oder gelangweilt, aber jetzt verfärbt sich die Haut über seinen hohen Wangenknochen vor Zorn. Erst nach mehreren Sekunden dämmert mir, dass es ihm nicht nur um die Sache im Wexberger geht. Nein, Alex, der Typ mit dem Modelgesicht und der aalglatten Fassade, scheint tatsächlich Angst davor zu haben, dass ich mich zwischen ihn und seine Kumpel dränge. Vielleicht ahnt er, was nach dem Abend im Restaurant passiert ist. Doch so, wie die Dinge zwischen Jay und mir stehen, ist nichts unbegründeter als Alex' Eifersucht.

Ich bin allerdings nicht lebensmüde genug, diesen Gedanken laut zu äußern. »Wenn Jay mich hier unbedingt raushaben will, soll er es mir selbst sagen«, antworte ich stattdessen, wobei ich mir wie ein streunender Köter vorkomme. »Heute Abend halte ich mich von euch fern, keine Sorge. Und jetzt solltest du vielleicht mal nach Flocke schauen, sonst hebt der sich noch einen Bruch.«

Damit kehre ich ihm den Rücken zu und verkrümle mich in die Küche.

Es dauert nicht lange, bis die Gäste eintreffen. Ich habe gerade die Besteckschublade und das Gewürzregal neu sortiert (nur noch zweihundertsiebzehn Pfefferkörner in der Mühle, sieh mal einer an), als Stimmen durch das Apartment fluten. Weibliche Stimmen, genauer gesagt. So sehr ich mich auch anstrenge, bis auf Alex und Flocke kann ich keine Jungs aus diesem Gekicher heraushören. Die Zähne fest zusammengebissen, stehe ich an der Tür und ringe mit mir selbst, bis ich schließlich doch die Klinke herunterdrücke. Sobald ich einen Blick ins Wohnzimmer geworfen habe, wird mir klar, dass ich mit meinem Verdacht absolut richtig lag: Die Gäste sind ohne Ausnahme Mädchen. In Miniröcken oder Schlauchkleidern drängen sie sich auf der Couch zusammen oder lehnen lässig an der Wand, nuckeln an Bierflaschen und machen zusammen einen Mordskrach. Angesichts dieses Östrogenpools fühlt sich Alex offenbar ganz in seinem Element, während Flocke etwas bedröppelt in die Runde grinst. Der allgemeine Lärmpegel steigert sich noch, als Jay den Raum betritt.

»Überraschung!«, kreischen ein paar Mädchen, als handle es sich bei dieser Busen-und-Bier-Fete um das heißeste Event des Jahres.

Merklich überrumpelt klopft Jay Alex' ausgestreckte Faust ab. »Was ist denn hier los?«, höre ich ihn undeutlich durch das Stimmengewirr. Er macht einen abgekämpften Eindruck – seine Haare sind zerzaust, und die Augenringe kann ich sogar von meinem Späherposten aus gut erkennen.

Alex legt ihm einen Arm um den Nacken. »Alter, du warst die ganze Woche so beschissen drauf, da dachten wir, das Ende deiner Sozialstunden sollte auf jeden Fall gefeiert werden!«

»Nie mehr putzen bei den Psychos!«, ruft eine Brünette dazwischen, und alle anderen brechen in Jubel und Gelächter aus.

Im selben Moment hebt Jay den Kopf. Sein Blick gleitet

einmal suchend durch den Raum, und ich bilde mir ein, Unsicherheit in seinem Gesicht zu lesen ... Dann aber drückt ihm eines der Mädchen eine Bierflasche in die Hand, und er dreht sich zur Seite. Während er sich vorbeugt, um direkt in ihr Ohr sprechen zu können, weiche ich hastig in die Küche zurück.

Die folgenden Stunden vergehen schleppend. Ich lehne an der Anrichte und löse ein Kreuzworträtsel in der Zeitung, wobei ich nicht über das Erbärmlichkeitsniveau meiner Situation nachzudenken versuche. Nicht, dass ich besonders partytauglich wäre – mein letztes rauschendes Fest hatte ich vermutlich an meinem achten Geburtstag –, aber hier zu versauern, während nebenan der Bär steppt, ist trotzdem kein Vergnügen.

Der Lärm scheint zu explodieren, als die Tür zur Küche aufgerissen wird. Erschrocken fahre ich herum und merke gleich darauf, wie lächerlich das ist: Vor mir steht ein Mädchen, das nicht nur im Gesicht, sondern auch von ihrer Körpergröße her an eine Puppe erinnert. Ihre seidigen schwarzen Haare sind auf einer Seite zu drei dünnen Zöpfen geflochten, und an der Spitze ihres linken Ohrs glitzert ein Piercing.

»Oh, hi, entschuldige die Störung«, sprudelt sie los, nachdem sie mich entdeckt hat. Die mandelförmigen Augen mustern mich kurz von oben bis unten, dann strahlt sie mich an. Und ich habe nicht den blassesten Schimmer, warum. »Ich bin Kristina, aber du kannst mich Kris nennen. Hast du zufällig Jay gesehen?«

Ich hasse mich dafür, dass mich schon allein die Erwähnung seines Namens zusammenzucken lässt. »Wieso?«

»Na ja, die Mädels wollen jetzt in einen Club gehen, und sie hätten Jay gerne dabei.« Kris wippt auf den Fußballen, während sie spricht. Es wirkt, als wäre ihr das eigene Mundwerk zu langsam, obwohl sie plappert wie aufgezogen. Sie stellt das Gezappel erst ein, als ich, ohne zu überlegen, nachhake: »Und du nicht?«

»Wie meinst du das?«, erkundigt sie sich und wickelt eines der dünnen Zöpfchen um ihren Zeigefinger.

»Na ja, du sagst, die Mädels hätten ihn gerne dabei. Ist das bei dir anders?«

Als sie kurz auflacht, erscheinen Grübchen in ihren Wangen. »Ach so, schon klar. Ich weiß, dass die Frauen hier unheimlich auf Brownie abfahren. Aber ich bin wegen Blondie hier. – Alex«, fügt sie nach meinem verwirrten Blick hinzu.

Mühsam verkneife ich mir einen abfälligen Kommentar. Dieses Mädchen ist niedlicher, als es legal sein dürfte, und ich kann nur hoffen, dass Alex zumindest ihr gegenüber nicht den Finsterling raushängen lässt. »Weißt du was, ich helfe dir beim Suchen«, verspreche ich ihr stattdessen. »Wenn ich Jay finde, geb ich ihm Bescheid, okay?«

»Super«, antwortet sie mit zwei ausgestreckten Daumen und ist auch schon wieder zur Tür hinaus. Ich muss erst ein paarmal tief durchatmen, ehe ich so weit bin, ihr zu folgen. Als ich mich endlich aus der Küche wage, ist von Kris keine Spur mehr zu sehen – die Kleine muss über einen Warp-Antrieb verfügen. Auch Alex kann ich zum Glück nirgendwo entdecken, dafür aber einen überforderten Flocke, der sich vergeblich bemüht, die gelangweilten Mädchen zu unterhalten. Und … kein Jay weit und breit.

Niemand schenkt mir Beachtung, während ich mir einen Weg in den Flur bahne. Dort schließe ich erst mal die Tür, um den Krach auszusperren. Der Unterschied ist beträchtlich: Jetzt ist es hier schon beinahe ruhig. Still genug jedenfalls, dass ich meine eigenen Atemzüge hören kann, die sich auf einmal beschleunigen. Ich hätte damit gerechnet, dass sich Jay zusammen mit den Schlauchkleid-Trägerinnen die Kante gibt, aber alles deutet darauf hin, dass er sich in sein Zimmer verdrückt hat. Die Tatsache, dass ihm nicht nach Feiern zumute ist, löst ein merkwürdiges Gefühl in mir aus. Unwillkürlich frage ich mich, ob Alex' Behauptung vielleicht doch gelogen war, und beschimpfe mich gleich darauf für meinen mangelnden Stolz. Ich sollte Jay vierteilen wollen für das, was er mir letzten Samstag an den Kopf geworfen hat, verflixt noch mal! Doch meinen Körperfunktionen ist Ehrgefühl anscheinend völlig fremd. Das jedenfalls signalisieren meine schwitzenden Handflächen und der dumpfe Herzschlag in meinen Ohren, als ich vor Jays Zimmertür stehen bleibe.

Vorsichtig lege ich meine Finger auf die Klinke, nur um sie gleich danach zurückzuziehen. *Oh bitte, lass mich das jetzt nicht zehnmal machen.* Wieder beuge ich mich vor – und höre im selben Moment Jays Stimme, die zu mir auf den Flur dringt.

Er ist nicht allein. Die Erkenntnis fährt als Schauer durch mich hindurch und lässt meine Hände feucht werden. Plötzlich wünsche ich mir, dass irgendjemand die Tür zum Wohnzimmer öffnet und der Lärm mich überflutet. Oder, dass ich wenigstens in der Lage wäre, mich ein paar Schritte zu entfernen. Aber meine Füße bleiben wie festgefroren am selben Platz, sodass ich jedes einzelne Wort verstehen kann.

»Nimm die Arme über den Kopf«, kommandiert Jay rau. Eine kurze Pause. Und dann – »Na, gefällt dir das?«, fragt ein Mädchen. Es klingt verführerisch, aber dabei auch ein wenig angestrengt. Übelkeit breitet sich in meinem Magen aus. Ich schlucke dagegen an, bis wieder Jay zu hören ist: »Mhh. Die Knie weiter auseinander, Babe.«

Ein unmissverständliches Schnaufen. »Ist es so gut?«

»Oh ja. Bleib so. Nicht bewegen …«

Als hätte dieser Befehl auf mich die gegenteilige Wirkung, kehrt plötzlich das Gefühl in meine Beine zurück. Mit weichen Knien taumle ich nach hinten, während das Hämmern in meinen Ohren zu einem Tosen anschwillt. Dann gelingt es mir endlich, den Blick von Jays Zimmertür loszureißen. Ich wirble herum und nehme den ersten Fluchtweg, den ich vor Augen habe: Wie gehetzt stürze ich ins Badezimmer, schließe hinter mir ab und plumpse auf den Fliesenboden. Mir ist so schlecht, dass kalter Schweiß aus meinen Poren dringt. Ich versuche, tief zu atmen, aber meine Kehle ist viel zu eng. Oh mein Gott, ich kann nicht glauben, wie unendlich dumm ich war. Jay, während einer Party alleine in seinem Zimmer? Das ist so grausam naiv, dass ich es eigentlich nicht anders verdient habe. Niemals hätte ich mit jemandem wie ihm ausgehen, ihn küssen, mit ihm ins Bett steigen dürfen. Ich habe mit dem Feuer gespielt, und jetzt kann ich nicht fassen, dass ich mich verbrannt habe – an einem Mann, der es mit einer anderen treibt, während ich im Nebenraum bin.

Ich habe keine Ahnung, wie lange es dauert, bis ich mich

wieder vom Boden hochrappeln kann. Obwohl mir die Tränen im Hals brennen, weine ich nicht. Mechanisch tappe ich zum Waschbecken und drehe das Wasser auf, halte die Hände unter den eisigen Strahl. Ich breche erst aus meiner Trance, als gegenüber eine Tür klappert und Schritte auf dem Flur zu hören sind. Sekunden später rüttelt jemand an der Klinke.

Reflexartig habe ich das Wasser gestoppt, starre dann aber bloß wie ein hypnotisiertes Kaninchen in den Spiegel. Im Moment würde ich mir lieber jeden Fingernagel einzeln ausreißen lassen, als zu öffnen! Wenn es sein muss, bleibe ich bis morgen früh hier. Ich werde mich einfach tot stellen, und wer weiß, vielleicht …

»Hey, brauchst du noch lange?«

Sofort richten sich die Härchen in meinem Nacken auf. Es ist gar nicht Jay, aber das macht es nicht gerade besser.

»Hallo?!«

Die hohe Stimme hat jetzt definitiv nichts Verführerisches mehr. Steifbeinig gehe ich zur Tür und reiße sie auf. Mein Blick fällt zuerst auf ein knallpinkes Partykleid, das an der Seite offen steht, dann wandert er nach oben.

Es ist die Brünette, die Jay bei seiner Ankunft lautstark gratuliert hat. *Nie mehr putzen bei den Psychos.* Auf einmal verschwindet die Taubheit aus meinem Körper und wird von einer glühend heißen Wut abgelöst, die mein Sichtfeld an den Rändern flimmern lässt.

Mit verschränkten Armen sieht mich das Mädchen an. »Bist du endlich fertig?«

»Ob ich …«, beginne ich, dann bricht es aus mir heraus: »Bist *du* fertig?!«

»Wie bitte?«, fragt sie irritiert.

»Du hast schon verstanden!« Mein Blick müsste sie eigentlich längst in ein Häufchen Asche verwandelt haben, aber sie zuckt nur mit den Schultern.

»Was auch immer das bedeuten soll«, sagt sie. »Und jetzt geh beiseite, ich will mal zum Spiegel!«

Ich rühre mich nicht von der Stelle. »Keine Sorge, den Stempel auf deiner Stirn sieht man kaum.«

Es ist nicht zu glauben, aber sie fasst sich tatsächlich an den Haaransatz. »Welchen Stempel denn?«, fragt sie gereizt.

Heute zum halben Preis ...?«

Das bringt ihre Kinnlade dazu, ein paar Zentimeter tiefer zu fallen. Der seitliche Reißverschluss ihres Kleides klafft auseinander, als sie sich zu mir vorbeugt. »Was hast du gerade zu mir gesagt?«, zischt sie mich an, und ihre Nasenflügel beben.

»Du hast schon verstanden!«, wiederhole ich wenig geistreich. Himmel, ich habe nicht die geringste Ahnung, was ich da treibe. Wie es aussieht, steuere ich auf den ersten Bitchfight meines Lebens zu, und das sollte mir eine Heidenangst einjagen. Stattdessen fühle ich jedoch nichts als bittere Genugtuung.

Inzwischen hat sich die Fassungslosigkeit der Brünetten vollends in Zorn verwandelt. Sie richtet sich kerzengerade auf, wobei sie mich dank ihrer High Heels um mehrere Zentimeter überragt, und antwortet schrill: »Ich lasse mich doch nicht von einer wie dir als Schlampe bezeichnen!«

»Tja, ist soeben passiert.«

Damit bringe ich das Fass zum Überlaufen. »Was fällt

dir eigentlich ein, du Opfer«, faucht sie. »Jetzt kriech wieder in dein Loch, damit ich vorbeikann!«

Sie macht einen Schritt nach vorne, und da ich immer noch nicht ausweiche, prallt ihre Schulter hart gegen meine. Ich bin schon nahe dran, meine letzten Hemmungen über Bord zu werfen, als uns eine Stimme herumfahren lässt: »Ist es zu spät für 'ne Wanne voll Schlamm?«

Jay steht in seiner Zimmertür, die Augen ungläubig geweitet. Heiße Röte steigt mir in die Wangen. Gerade ist über meinem Niveau eine Kellerwohnung frei geworden, und das nur, weil er sich irgendeine andere gekrallt hat? Meine Streitlust verfliegt ebenso rasch, wie sie gekommen ist, und zurück bleibt nichts als abgrundtiefe Scham.

Leider geht es der Brünetten in Pink ganz anders. »Diese Tussi bildet sich ein, hier Stress machen zu müssen!«, jammert sie. »Kannst du ihr bitte klarmachen, dass sie sich verziehen soll? Überhaupt wundere ich mich, was du für Leute kennst!«

Jay öffnet den Mund, um zu antworten, aber ich lasse ihn nicht zu Wort kommen. Auf einmal ist meine Übelkeit wieder da, losgetreten von diesem Thema, das ich so, so unendlich satt habe. Nachdem ich mich den ganzen Abend lang in der Küche verstecken musste wie die Irre aus *Jane Eyre* auf dem Dachboden, habe ich jetzt ganz bestimmt nicht vor, Jays Gesicht zu wahren.

»Ich verrate dir gerne, woher wir uns kennen«, sage ich mit einem Lächeln, das sich wie eine Grimasse anfühlt. »Ich bin eine von den Psychos, für die er in den vergangenen Wochen geputzt hat.«

Ebenso gut hätte ich ihr einen Faustschlag verpassen

können. Die Augen quellen ihr beinahe aus den Höhlen, ehe sie loskreischt: »Um Himmels willen, Jay! Wie kannst du nur ... *so jemanden* zu einer Party einladen? Ist dir klar, dass das ein Sicherheitsrisiko für uns alle bedeutet?!« Hektisch rüttelt sie am Reißverschluss ihres Kleides, bis er sich endlich zuziehen lässt. Dann wirft sie ihr dunkles Haar über die Schulter und funkelt Jay beinahe drohend an. »Du wirst sie jetzt dorthin schicken, wo sie hergekommen ist, oder ich bleibe keine Sekunde länger hier!«

Schnell richte ich meine Aufmerksamkeit auf den Boden vor meinen Füßen. Ich bin schwer in Versuchung, die Ritzen im Linoleum zu zählen, während ich auf Jays Reaktion warte. Noch lieber würde ich allerdings in diesen Ritzen verschwinden, um nicht mitanzuhören, wie er ihr die ganze Geschichte erzählt – dass er mich nicht loswerden kann, weil ich mich hier mittels Erpressung einquartiert habe. Dass es für mich keinen anderen Zufluchtsort gibt, einmal abgesehen von der Klapsmühle. Meine Kiefer pressen sich schmerzhaft aufeinander, bis ich Jays Stimme höre, freundlich wie im Gespräch mit einem kleinen Kind: »Schade. Fall nicht über dein Ego, wenn du gehst.«

Als Nächstes streift mich ein kühler Luftzug. Ich reiße den Blick hoch und sehe, wie die Brünette an uns vorbei ins Wohnzimmer rauscht, wahrscheinlich auf der Suche nach ihren Freundinnen. Jay steht immer noch in lockerer Haltung an derselben Stelle, eine Hand in der Tasche seiner Jeans vergraben.

»Bist du jetzt stolz auf dich?«, frage ich ihn eisig. »Ist ja wirklich eine tolle Leistung von dir, sie rauszuwerfen, nachdem du dich mit ihr vergnügt hast!«

Das macht seine Lässigkeit mit einem Schlag zunichte. Er legt den Kopf zur Seite, als hätte er sich verhört. »Ich hab mich mit ihr …?«, fängt er an, dann packt er mich unvermittelt am Arm. Die Berührung lässt Hitze wie eine Stichflamme zu meiner Schulter hochschießen. »Komm mal mit.«

Ohne auf meinen Protest zu achten, schleift er mich in sein Zimmer und wirft die Tür hinter uns zu. Dann greift er nach etwas auf seinem Schreibtisch.

»Es ist ja vielleicht noch okay, dass ich während einer Party für lau arbeite«, redet er halb abgewandt vor sich hin, während ich ihn verständnislos beobachte. »Und ich will mich auch gar nicht beschweren, dass ich es für ein Mädchen tue, das eine Model-Sedcard ungefähr so nötig hat wie Flocke einen Waffenschein. Aber dass ich nach meiner guten Tat für diesen Tag auch noch als Arsch dastehe, finde ich jetzt doch einen Tick ungerecht.«

Kaum hat er das letzte Wort ausgesprochen, wirbelt er zu mir herum. Die Kamera schwingt an dem Gurt um sein Handgelenk, und mit ihr scheint sich das ganze Zimmer vor meinen Augen zu bewegen.

»Du hast Fotos von ihr gemacht?«, frage ich schwach.

»Falls man das überhaupt so nennen kann! Ernsthaft, wenn ich mich mit dämlich posierenden Weibern in Unterwäsche auseinandersetzen möchte, gucke ich einfach öfter ProSieben.« Er streckt den Arm aus, um mir das Display der Kamera vor die Nase zu halten. »So was von talentfrei, schau dir das an!«

»Oh nein, vielen Dank.« Ich weiche zurück, und erst in diesem Moment wird mir so richtig bewusst, was das eigentlich bedeutet. »Also hast du sie gar nicht …«

Jay erwidert meinen Blick, ohne zu blinzeln.

»Na ja, sie … ihr …«, ich beginne zu schwitzen, »also, eine private Führung …«

»Wenn du wissen willst, ob ich sie flachgelegt habe, dann nein.« Immer noch wirkt Jay vollkommen ungerührt, aber ich bilde mir ein, dass sich seine Brauen ein klein wenig zusammenziehen, während er die Kamera weglegt.

»Ah. Ach so.« Wenn es sein muss, bin auch ich die Beiläufigkeit in Person. Zumindest so lange, bis die nächste Frage aus mir herausplatzt: »War sie nicht dein Typ?«

»Oh doch, die war schon scharf.«

»Und wieso hast du dann nicht …?«

»Weil ich nicht wollte.« Jetzt beugt sich Jay ein bisschen zu mir, fast unmerklich, doch ich spüre den Unterschied sofort. Es ist, als hätte er allein dadurch eine Verbindung zwischen uns hergestellt, die wie ein Knistern in der Luft hängt. Ich verlagere mein Gewicht von einem Bein auf das andere, während mich das Silber in seinen Augen festhält.

»Aber warum nicht?«, bringe ich heiser hervor.

Sekundenlang bleibt er mir die Antwort schuldig. Die Stille legt sich um uns wie kalter Rauch, und ich habe schon das Gefühl, keine Luft mehr zu bekommen, da wandern Jays Mundwinkel um einige Millimeter nach oben. »War keine Jungfrau mehr.«

Habe ich vorhin gedacht, dass ich ihn vierteilen sollte? Vergessen wir das wieder. Achteln wäre eine gute Idee.

Als Jay meinen mordlustigen Gesichtsausdruck bemerkt, hebt er abwehrend die Hände. »Zu früh?«

»Du bist so ein …« Mein Mund klappt zweimal auf und zu, und mir fällt nichts Besseres ein als: »Blödmann!«

Jay zögert kurz, dann scheinen sich seine Schultern zu straffen. »Ich weiß«, sagt er schnell. Seine spielerische Art ist verflogen, so plötzlich, dass ich den Stimmungsumschwung zuerst gar nicht erkenne. »Hey, wegen dieser einen Nacht … Mir ist klar, dass ich mich wie ein Vollidiot benommen habe. Ich hatte dich bei mir im Bett, und deswegen war mein Hirn mit Blut unterversorgt, also … Ich weiß, das ist keine Entschuldigung.«

»Ist es nicht«, bestätige ich.

»Na ja, aber ich hoffe, du nimmst sie trotzdem an.« Er reibt sich mit einer Hand den Nacken, und ich bin überrascht, Verlegenheit in seinem Gesicht zu sehen. Das ist ungefähr die letzte Emotion, die ich bei Jay *Bad-Boy-Klischee* Levin erwartet hätte. »Außerdem solltest du mich vielleicht nicht mehr so hinstellen, als würde ich alles vögeln, was bei drei nicht auf dem Baum ist«, fügt er hinzu.

Ich ziehe eine Augenbraue hoch. »Ach nein?«

»Nope. Manchmal zähle ich auch bis vier.«

Gerade will ich ihm seinen lahmen Witz mit gleicher Münze zurückzahlen, als mir einfällt, was ich in der Nacht vor einer Woche zu ihm gesagt habe, bevor unser Streit eskaliert ist: dass er nur deshalb über meine Störung hinwegsieht, um mich für eine schnelle Nummer ins Bett zu kriegen. Niemals hätte ich gedacht, ihn mit so einer Bemerkung treffen zu können. Während mein Verstand noch dabei ist, diese Erkenntnis zu verarbeiten, schlägt mein Herz bereits heftiger. Ein Prickeln erwacht in meinen Handflächen und wandert von dort weiter über meine Haut. Fast ohne es zu merken, halte ich den Atem an, als Jay einen Schritt auf mich zu macht.

»Nash, hör mal ...«, beginnt er – da fliegt die Tür auf, und Kris stürzt mit wehenden Haaren herein.

»Hey, ihr zwei!«, ruft sie, völlig unempfindlich für die Stimmung zwischen uns. »Ist euch klar, dass soeben alle Mädels abgehauen sind, angeführt von einer geifernden Hyäne in Pink?«

Es entsteht eine kleine Pause, während sie auf unsere Antwort wartet. Erst jetzt fällt mir auf, wie still es in der Wohnung geworden ist.

Als keine Reaktion folgt, redet Kris einfach weiter: »Wir wollen dann auch noch in einen Club fahren, aber mir wurde versprochen, dass es auf dieser Party Spiele gibt, und da besteh ich drauf! Seht mal, was ich gefunden habe.« Sie zieht die Hände hinter dem Rücken hervor und präsentiert uns eine ramponierte Schachtel. Mein Blick ist merkwürdig verschwommen, und so fällt es mir schwer, die Aufschrift zu entziffern. Aber das brauche ich auch gar nicht, denn schon verkündet Kris in aller Feierlichkeit: »Activity. Ein echter Party-Klassiker! Na, was ist – habt ihr Lust?«

Jay

Über ein Spiel mit gewissen Extras

Die Grimasse, die ich nach Kris' Vorschlag schneide, sagt wahrscheinlich mehr als tausend Worte. Nicht jugendfreie Worte, wohlgemerkt. Aber davon lässt sie sich kein bisschen beeindrucken.

»Ach, habt euch nicht so«, sagt sie vergnügt und hopst einfach los, damit wir ihr ins Wohnzimmer folgen. Ich fühle Lea dabei ständig neben mir, obwohl ich sie überhaupt nicht berühre. »Das macht doch Spaß!«

»Spaß? Das ist ein Spiel für Kinder und gelangweilte Rentner«, protestiert Alex. Er sitzt wie festgebunden auf der Couch und fragt sich wohl gerade, warum er nicht schon längst einen Abgang gemacht hat. Als ich mich mit Lea zu ihm setze, dreht er sogar den Kopf weg. Davon lässt sich Kris allerdings nicht die Bohne beeindrucken. Ihre Grübchen werden nur noch tiefer, während sie meinem Kumpel gegenüber auf einem Polsterstuhl Platz nimmt. »Oh, ich wüsste da eine Version, die deutlich spannender ist.«

»Und die wäre?«

Jetzt reicht ihr Grinsen schon von einem Ohr zum anderen. »Striptivity«, antwortet sie in einem Tonfall, als würde es sich dabei um die Lösung all unserer Probleme handeln.

»So dauert es auch nicht lange – schließlich hat keiner von euch Jungs mehr als fünf Klamotten an, stimmt's?«

Mit angehaltenem Atem warte ich auf Leas Ablehnung. Darauf wird sie sich nicht einlassen, und somit bin ich aus dem Schneider. Doch dann bemerke ich den Blick ihrer dunklen Augen – ein bisschen nach innen gerichtet, sehr konzentriert –, und mir dämmert, dass ich falsch gewettet habe. Sie zählt. Ich kann es ihr ganz genau ansehen, aber es ist kein irres Zählen, sondern das Einzige, was in dieser Situation Sinn macht. Schließlich hellt sich ihre Miene auf. Sie streicht über ihren Sweater, wahrscheinlich Kleidungsstück Nummer sechs oder sieben, und verkündet: »Ich bin dabei.«

Flocke heult auf wie ein geprügelter Hund. »Oh Maaaann! Ich bin total schlecht in so was!«

»Mach dir keine Sorgen, ihr könnt gern zu dritt antreten«, sagt Kris und zwinkert Alex zu. »Wir beide gegen den Rest, hm?«

Normalerweise müsste Alex einen sarkastischen Spruch raushauen. Er ist nun wirklich nicht der Typ, der sich zu irgendeinem Schwachsinn verdonnern lässt – aber jetzt zuckt er bloß mit den Achseln. »Von mir aus«, brummt er, und ich traue meinen Ohren nicht. Alex, Sonnyboy von außen und stahlhart von innen, wurde von einem 1,60 Meter kleinen Mädel bezwungen? Jetzt steht die Welt nicht mehr lange.

Vor Ungeduld zappelnd platziert Kris einen Stapel Spielkarten, Papier und Stifte auf dem Couchtisch und plappert los: »Okay, jede Gruppe muss abwechselnd einen Begriff erklären, zeichnen oder pantomimisch darstellen. Auf welches Feld wir kommen, entscheiden wir mit einem Würfel. Wenn die Aufgabe nicht innerhalb einer Minute erfüllt wird, müssen alle Spieler des Teams je ein Kleidungsstück ausziehen, ansonsten trifft es ihre Gegner. Alles klar so weit?«

»Und wir spielen bis zum bitteren Ende?«, hake ich nach. »Flockes nackte Tatsachen und so?«

Kris überlegt einen Moment, dann zählt sie sorgfältig einige Karten ab. »Sieben Begriffe«, bestimmt sie und schielt dann kurz zu Alex, als würde sie irgendeinen Insider mit ihm teilen. »Sieben ist meine Glückszahl.«

»Das wird sich noch zeigen.« Ich schnappe mir die erste Karte vom Stapel und lasse sie verdeckt zu Lea hinüberschlittern. »Ladies first …?«

Sie stoppt die Karte direkt vor der Tischkante, ohne mich anzusehen. Hastig liest sie den Begriff und rollt dann den Würfel, der unsere Figur auf das Zeichnen-Feld befördert. Ich weiß nicht, warum sie meinem Blick ausweicht, aber es beschäftigt mich echt mehr als dieses Spiel. Vielleicht hab ich mich getäuscht, und die Sache zwischen uns ist immer noch nicht geklärt? Schließlich hatten wir fast keine Gelegenheit, uns auszusprechen. In Gedanken verfluche ich die abartig gut gelaunte Kris und ihr beknacktes Striptivity – bis Lea plötzlich ganz nahe an mich heranrückt. Unter dem Tisch kann ich ihr Knie an meinem spüren, während sie ein Blatt Papier so hinlegt, dass Flocke und ich gute Sicht darauf haben. Dabei schaut sie mich von unten herauf an.

»Mach mir keine Schande«, murmelt sie – unhörbar für die anderen, weil Kris gerade lautstark den Countdown zählt. Ihr Blick wandert einmal an meinem T-Shirt und meinen Jeans abwärts und wieder zu meinem Gesicht. »… oder vielleicht doch«, fügt sie mit einem winzigen Lächeln hinzu, dann ertönt Kris' Ausruf: »Los geht's!«

Schon huscht Leas Hand mit dem Bleistift über das Papier. Sie zeichnet gut, aber mit so dünnen, feinen Strichen, dass ich mich anstrengen muss, um etwas zu erkennen. Das könnte allerdings auch daran liegen, dass sie immer noch ihr Knie gegen meines presst. Es ist ausgeschlossen, dass sie das nicht absichtlich macht. Für einen Moment spiele ich mit dem Gedanken, unter dem Tisch nach ihrem Bein zu greifen und mal auszuprobieren, ob ich sie dadurch aus dem Konzept bringen kann … aber dann reiße ich mich am Riemen. Die Zeit ist fast abgelaufen, und ich bin niemand, der freiwillig eine Niederlage einsteckt. In den letzten zehn Sekunden schaffe ich es, den gesuchten Begriff – Schnitzeljagd – zu erraten, und Flocke drängt uns mit seinen übertriebenen High Fives auseinander.

Damit hat das Spiel erst richtig begonnen. Als Nächstes ist Kris an der Reihe, und ich muss zugeben, dass sie und Alex ein wirklich starkes Team sind. Nach der vierten Runde sitzen wir bereits alle ohne Socken da. Ein perfekter Gleichstand, alles noch offen … wenn da nicht Faktor X wäre.

Flocke.

»Was zum Henker soll das sein?!«, frage ich, als er seit mittlerweile dreißig Sekunden an demselben Bild herumkritzelt. Gerade lässt er der entstandenen Figur Geschwüre aus dem Hals wachsen, die man mit einer Menge Fantasie für Flügel halten könnte.

»Engel«, rät Lea tapfer weiter. »Ein gefallener Engel vielleicht? ... Hm, eine Fee?«

Flocke scheint vor Anstrengung beinahe zu ersticken, während er einen gigantischen Pfeil zum Knie dieser Feenmutation zeichnet. Dann stochert er dort so lange mit dem Bleistift herum, bis die Mine abbricht.

Ich stemme beide Fäuste auf die Tischplatte und beuge mich drohend vor. »Invaliden-Schutzengel ... Venus Divine ... Prinzessin Lillifee!«, schnauze ich Flocke an. »Bund für Elfenrechte! Ich schwöre, ich reiß dir den Arsch auf ...«

»Und Schluss!«, trompetet Kris dazwischen. »Was wär's gewesen?«

Trübsinnig lässt Flocke den Stift davonrollen. »Elfenbein.«

Ich springe ihm fast an die Gurgel, während die anderen losprusten. »Und wieso! Malst du! Dann keinen! Verfickten Elefanten?!«

Lea lacht so heftig, dass sie sich an meinem Arm festhalten muss, um nicht vornüberzukippen. Immer wieder ringt sie nach Luft, bis es endlich aus ihr herausplatzt: »Prinzessin Lillifee? Jay, im Ernst?«

»Hab ich mal in 'ner Werbung gesehn«, versuche ich, mich zu rechtfertigen, dann muss ich selbst grinsen. Mit einer schnellen Bewegung zerre ich mir das T-Shirt über den Kopf und schleudere es Flocke ins Gesicht. »Herzlichen Dank auch, du Vogel.«

Neben mir fängt Lea an zu husten. Um ehrlich zu sein, komme ich fast um vor Schadenfreude, während ich ihr auf den Rücken klopfe. »Alles klar bei dir?«, frage ich scheinheilig. Ihre Wangen haben inzwischen einen dunklen Rotton angenommen.

»Mhm, sicher … Ich hab mich nur verschluckt … vor Lachen.« Dabei hat sie schon längst mit dem Kichern aufgehört. Ich spüre, wie sie auf der Couch herumrutscht, dann schlüpft sie umständlich aus ihrem Sweatshirt. Ihr nackter Arm streift meinen, als sie den Sweater auf ihrem Schoß zusammenfaltet. Ich erlaube mir nur einen ganz kurzen Seitenblick auf ihr weißes Tanktop – hier wird schließlich noch gespielt.

Flocke hat nun auch sein T-Shirt abgelegt und sieht aus, als würde er frieren. Kein Wunder, er besteht ja nur aus Haut und Knochen. »Das können wir immer noch ausgleichen, Mann«, murmelt er kleinlaut.

»Na und ob«, sagt Lea mit der Zuversicht eines Cheerleaders, ehe sie den Timer startet.

Sie hat die Rechnung allerdings ohne Alex und Kris gemacht. Bestimmt war unsere letzte Niederlage ein Motivationsschub für die beiden, denn auch in der nächsten Runde hauen sie uns gnadenlos in die Pfanne. Kris ist mit Erklären an der Reihe, und meine Güte, kann dieses Mädchen quasseln. Währenddessen hängt Alex wie gebannt an ihren Lippen (etwas, das er wohl am liebsten wortwörtlich tun würde), sodass es nicht lange dauert, bis er den richtigen Begriff erraten hat.

Im selben Moment, in dem Kris einen Jubelschrei ausstößt, schaue ich wieder zu Lea. Sie hat das Gesicht in den Händen vergraben, und ich wüsste zu gerne, ob ihre Verzweiflung echt oder nur gespielt ist. Allmählich kommen mir Zweifel, ob das Ganze so eine gute Idee war. Ich selbst habe zwar kein Problem damit, vor anderen Leuten in Boxershorts rumzusitzen, aber wie ist das bei einem Mädchen, das sich sogar vorm Autofahren fürchtet? Das an manchen Tagen zu viel Angst hat, um durch eine Tür zu gehen?

Ich warte darauf, dass sie den Kopf hebt, damit ich ihren Gesichtsausdruck lesen kann, doch da reißt Kris anscheinend der Geduldsfaden.

»Ausziehn, ausziehn!«, krakeelt sie in meine Richtung und trommelt mit ihren kleinen Fäusten auf den Tisch. Okay, zumindest das kann sie haben. Ohne Vorwarnung stemme ich mich vom Sofa hoch, und Kris' Kommandos werden von einem Pfeifen abgelöst, als ich meinen Gürtel öffne. Dabei schaue ich absichtlich nicht mehr zu Lea, aber ich kann spüren, dass sie jetzt mich beobachtet. Beiläufig lasse ich meine Jeans zu Boden rutschen und hebe sie dann hoch, um sie in Kris' Schoß zu werfen.

»Einer für das Team?«, schlage ich vor.

Völlig ungeniert checkt sie mich von oben bis unten ab, dann schüttelt sie den Kopf. »Das könnte euch so passen! Wettschulden sind Ehrenschulden, Mister ... und dein Team ist lang nicht so ehrlos, wie du glaubst. – You go, girl!«, ruft sie begeistert an mir vorbei.

Ich fahre herum, und mein Blick fällt auf Lea, die inzwischen still und heimlich ihre Wettschulden eingelöst hat. Allerdings ist sie dabei nicht ihr Tanktop losgeworden, sondern genau wie ich ihre Jeans. Darunter trägt sie schwarze Panties, die nur ein wenig freizügiger sind als ein Minirock – kein Grund also, um wie ein Idiot dazustehen und zu glotzen. Absolut kein Grund, okay?

Mühsam richte ich meine Aufmerksamkeit auf Flocke, der es die ganze Zeit über nicht geschafft hat, seine Hose auszuziehen. Geschlagene zehn Sekunden fummelt er noch an dem Knopf herum, dann stupst ihn Kris aufmunternd in die Seite. »Na mach schon. Wir wollen alle sehen, ob du ein Boxers-, Briefs- oder Tanga-Typ bist!«

»Da gibt's nicht viel zu sehen«, nuschelt Flocke und löst den Knopf. Ich schaffe es gerade noch, seine Hand zu packen, ehe er am Reißverschluss zieht.

»Alter, beantworte mir eine Frage. Hast du überhaupt was drunter an?«

Wir alle johlen oder stöhnen auf, als er den Kopf schüttelt. Leas Zeigefinger schießt nach oben. »Formeller Protest!«

»Stattgegeben«, sagt Kris kichernd.

»Ich beantrage die Akzeptanz von Armbändern als Kleidungsstück!«

Kris beäugt das angegraute Festival-Band um Flockes Handgelenk. »Okay, von mir aus.«

»Nein, Mann! Das hab ich vom letzten Nova Rock«, jammert Flocke los.

»Und es fängt schon an zu schimmeln, also weg damit«, kommandiere ich. »Außerdem willst du doch nicht, dass wir alle erblinden, oder?«

Grummelnd hält Flocke den Arm nach vorne, sodass Kris das Band mit einer Küchenschere entfernen kann. »Aber in der nächsten Runde wird euch das nicht mehr retten. Außer, ihr wollt mir noch irgendwas anderes abschneiden!«

»Keine Sorge, nur Sachen, die du ohnehin nicht benutzt«, sagt Alex trocken und richtet dann seine Augen demonstrativ auf Flockes Schritt.

»Diese Diskussion erübrigt sich, weil wir in der nächsten Runde sowieso gewinnen werden. Oder, Nash?«, frage ich eindringlich.

Die Antwort ist ein Lächeln, sonst nichts. Es ist schon seltsam, wie mich dieser einfache Gesichtsausdruck gleichzeitig in Hochstimmung versetzt und verdammt nervös macht. Lea heckt irgendwas aus, das sehe ich schon allein daran, wie sie die letzte Karte abhebt. Quälend lange studiert sie den Begriff, bis Kris mit ihrem Handy wedelt.

»Fertig?«

Lea klatscht die Karte verkehrtherum auf die Tischplatte. »Oh ja.«

Sofort startet Kris den Timer. Flocke und ich gaffen Lea an, als wäre sie die letzte Cola in der Wüste. Sie lässt sich noch ein paar Sekunden Zeit, bevor sie endlich zu gestikulieren beginnt. Ihre Hände zeichnen ein Rechteck in die Luft und machen darüber eine reißende Bewegung. Okay, irgendwas mit 'ner Tüte. Sie fasst hinein und drückt dann Daumen und Zeigefinger ein paarmal zusammen, um anzudeuten, dass dieses Ding elastisch ist.

Neben mir brabbelt Flocke ohne Punkt und Komma vor sich hin, als wollte er ihr was aus dem Wörterbuch vorbeten. Seine Tipps reichen von Büroklammern über Apfelkuchen bis hin zu Pinguinen, und zusammen mit dem Gelächter der anderen macht er es mir echt schwer, mich zu konzentrieren.

Schließlich verschwinden Leas Fingerkuppen ganz kurz in ihrem Mund, und gleich danach leckt sie sich über die

Lippen. Ich lasse die angehaltene Atemluft mit einem Stoß entweichen. »Gummibären?«

Lea tippt sich mit einem breiten Lächeln auf die Nase. Und dann, als ich schon glaube, den Ball versenkt zu haben, setzt sie zur nächsten Pantomime an, die mir den Unterkiefer bis zu den Knien sacken lässt.

Ich kann nicht glauben, dass sie diese Bewegung macht. Ich kann nicht glauben, dass sie diese Bewegung macht und ich augenblicklich angeturnt bin! Schlimm genug, dass ich bald total entblättert dastehen werde, aber dann auch noch mit einer Semi-Latte – ich bin so was von geliefert.

»Sex«, platzt es aus Flocke heraus. »Ähm ... es treiben ... Liebe machen ...«

Sie breitet die Arme aus.

»Okay. Das ist ein echt langer ...« Flocke gibt ein Schnaufen von sich, als ihn meine Faust an der Schulter trifft. »Alter!«

»Ein Kondom«, sage ich schnell, um den Idioten endlich zum Schweigen zu bringen. »Gummi?«

Lea hopst auf und ab und kreuzt dabei die Zeigefinger zu einem X.

»Ah! Wenn die Männer bei 'nem teuflischen Dreier die Schwerter kreuzen ...«, beginnt Flocke und fängt sich den nächsten Knuff ein.

»Ohne Gummi«, rate ich mit wachsender Panik weiter. Es sind nur noch fünfzehn Sekunden übrig, und ich sehe mich schon vor versammelter Mannschaft blankziehen. Und das mit Unterstützung von Flocke, was die Sache noch einen Tick schauriger macht. »Nash, ich flehe dich an! Kein Gummi ... kein ... also nur Bären?!«

Ihr Quieken zerfetzt mir fast das Trommelfell und ist so niedlich, dass ich sie beinahe nicht mehr abmurksen will. Allerdings nur beinahe, denn anscheinend hab ich das richtige Wort immer noch nicht erraten. Wieder breitet sie die Arme aus, deutet zwischendurch zur Zimmerdecke, und wir haben nur noch fünf Sekunden, fünf lächerliche Sekunden, bis mir Alex wortwörtlich die Hosen ausgezogen hat – und dann …

»Der große Bär! Verfluchter Mist, SAG, DASS ES DER GROSSE BÄR IST!«

Alle Luft wird aus meinen Lungen gepresst, als Lea gegen meinen Brustkorb kracht. Reflexartig schlinge ich meine Arme um ihre Taille, halte sie fest, und ihre ausgestreckten Hände formen das Victoryzeichen.

»Yaaaaaay«, jubelt Flocke, dann beginnt er tatsächlich *We are the Champions* zu grölen.

»Klar, vor allem du«, höre ich Alex ätzen, aber den Rest kriege ich gar nicht mehr mit. Während die Stoppuhr piept, spüre ich Leas ausgelassenes Lachen, ihre riesigen Augen schleudern Blitze zu mir hoch, und ich kann einfach nicht anders. In diesem Moment ist es mir scheißegal, wer dabei zusieht und was auch immer denken könnte – ich beuge mich zu ihr hinunter und küsse sie mit allem, was ich zu geben habe.

Lea

99 Schmetterlinge ...

... wirbeln durch meinen Bauch, begleitet vom Flattern meines Herzens. Es kann keine gerade Zahl sein, unmöglich – dieses Gefühl ist zu wild, zu unberechenbar und erinnert zu sehr an Panik, um vollkommen zu sein. Es ist besser.

Jay lässt sich Zeit mit seinem Kuss. Eine Hand liegt an meiner Taille, die andere in meinem Nacken, während er seine Lippen auf meine drückt. Als er schließlich seine Umarmung lockert, tut er es nur, um mit dem Daumen meinen Mund zu öffnen und den Kuss so zu vertiefen. Ganz verschwommen höre ich Kris' Kichern, irgendwas von Flocke und dann noch einmal Kris, als sie die beiden Jungs zum Aufbruch treibt – aber nichts von alledem dringt wirklich zu mir durch. Erst das Krachen der Wohnungstür bringt mich zur Besinnung, zumindest so weit, dass ich mich ein paar Zentimeter von Jay lösen kann. Bei meinem schnellen Blick in die Runde tanzen Sterne vor meinen Augen.

»Sie sind weg«, flüstere ich benommen.

Jay streicht über meine Wange. »Das will ich ihnen auch geraten haben«, gibt er zurück. »So kann ich ungestört das hier machen ...«

Er beugt sich langsam zu mir vor, und ich rechne damit, dass er mich gleich wieder küssen wird. Abwartend senke ich die Lider – und werde nach oben gerissen. Die Welt kippt aus den Angeln, als Jay mich über seine Schulter wirft, sodass mein Kopf über dem Boden baumelt. Sein Oberarm drückt gegen meinen Bauch und zwingt mich zu einem lang gezogenen Stöhnen.

»Oh mein Gott, Jay!«

»Spar dir das für nachher auf«, sagt er doch wahrhaftig und legt die Hände an meine nackten Beine. Sein tiefes Lachen vibriert durch meinen Körper. »Großer Bär, also echt mal, Nash!«

»Okay, tut mir leid!«, schnaufe ich, aber das scheint ihn vollkommen kaltzulassen. Sein Griff verschiebt sich bloß ein Stückchen nach oben. »Und jetzt?«, frage ich. »Soll ich vielleicht kreischen und zappeln und dich als Höhlenmenschen beschimpfen?«

»So steht's im Drehbuch. Aber mir hätte klar sein müssen, dass du mal wieder anders – ach du Schande!«, keucht Jay, als ich ihn unschuldig in die Seite beiße. »Bist du noch ganz bei Trost?«

»Nein! Weißt du doch!« Und ich beiße ihn ein zweites Mal.

Jay stößt einen Fluch zwischen den zusammengebissenen Zähnen hervor. In meiner Position habe ich perfekte Sicht auf seinen muskulösen Rücken, und so entgeht mir nicht, dass sich dort eine Gänsehaut gebildet hat. Der Anblick weckt ein heftiges Ziehen in meinem Inneren, und es wird dadurch nicht gerade besser, dass Jays Hände nun endgültig den Bereich der Schicklichkeit verlassen haben.

Seine Finger graben sich in die Rückseite meiner Panties, bis ich leise aufschreie.

»Du hast dich mit dem Falschen angelegt, Weib«, knurrt er, als wolle er sich der Rolle als Höhlenmensch würdig erweisen. Ich winde mich versuchshalber, doch er hält mich wie ein Schraubstock. Seine Muskelstränge beginnen, sich auf faszinierende Weise vor meinen Augen zu bewegen, sobald er aus dem Wohnzimmer marschiert. Jeder seiner Schritte ist fest und sicher, als würde die zusätzliche Last gar keine Rolle spielen. Er öffnet seine Zimmertür mit dem Ellenbogen und trägt mich bis zum Rand des Bettes. Reichlich unsanft lässt er mich auf die Matratze plumpsen. Ich japse erneut nach Luft, aber noch ehe ich mich beklagen kann, bringt mich Jay mit einem Kuss zum Schweigen. Danach streifen seine Lippen über meinen Hals, und seine Zunge trifft auf die empfindliche Stelle direkt unter meinem Ohr. Himmel, ich bin jetzt schon dabei, die Kontrolle zu verlieren. Ich muss wenigstens *versuchen*, meine Sinne beisammenzuhalten. Sonst merkt Jay doch gleich, dass ich lange nicht so erfahren bin, wie ich behauptet habe.

»Hey«, flüstere ich und starre angestrengt in das gedimmte Licht der Deckenlampe, »kann ich dich mal was fragen?«

Jay, der gerade über meine bloßen Oberschenkel streicht, stoppt mitten in der Bewegung. »Warte«, murmelt er und richtet sich ein wenig auf. »Okay, schieß los«, sagt er dann mit erzwungener Konzentration, als würde ihm eine schwierige Rechenaufgabe bevorstehen. Ich muss mich sehr zusammenreißen, um nicht die kleine Falte auf seiner Stirn zu küssen.

»Du hast mich ja letztens gefragt, ob ich noch Jungfrau bin ...«, setze ich umständlich an, und Jay lässt ächzend den Kopf nach vorne kippen.

»Jaah, ich erinnere mich dunkel.«

Ich verpasse ihm einen leichten Schlag gegen die Schulter. »Hör zu! Ich würde gerne wissen, was das denn für einen Unterschied gemacht hätte ...?«

Jay reibt sein Kinn an meiner Halsbeuge. »Hmm«, macht er, und es klingt wie ein Schnurren. »Ich hätte versucht, mich zurückzuhalten, so gut es eben geht. Du solltest ja nicht erschrecken.«

»Wovor denn, bitte schön?«, frage ich stirnrunzelnd.

»Vor meinen sexy Superkräften natürlich.«

Jetzt ist es endgültig um meine Selbstbeherrschung geschehen. Ein Kichern blubbert aus meinem Bauch nach oben und schlüpft ungefragt über meine Lippen.

Jay hebt wieder den Kopf, und seine Augen blitzen in einem satten Silberton. »Du lachst«, stellt er mit tiefer Stimme fest, »... noch.« Und dann macht er eine schnelle Bewegung, die seine Hüften direkt zwischen meine Beine befördert. Als ich den Druck dort unten spüre, ziehe ich scharf die Luft ein.

Jays Grinsen selbstgefällig zu nennen, wäre noch untertrieben.

»Aber zum Glück ist es jetzt nicht notwendig, dass ich mich zurückhalte«, fährt er gedämpft fort. »Weil du ja über das alles längst Bescheid weißt.«

Ich schlucke mühsam, und mein Mund fühlt sich auf einmal ganz trocken an. »So kann man es nun auch wieder nicht sagen«, widerspreche ich. »Ja, ich hatte einen

Freund, als ich sechzehn war, und ja, wir haben ein paarmal miteinander geschlafen. Aber dann wurde mir bewusst, dass er ein ziemlicher Blödmann war, und nach der Geburt meines kleinen Bruders hatte ich endgültig keinen Nerv mehr für ihn.« Ich erwähne nicht, dass er vor allem keinen Nerv mehr für mich hatte. Das ist nichts, worüber ich mich jetzt unterhalten möchte. »Jedenfalls habe ich damals von seinen sexy Superkräften nicht sonderlich viel mitbekommen, um ehrlich zu sein«, füge ich hinzu.

Jay zieht eine Augenbraue hoch. »Okay …«, sagt er gedehnt. »Umso besser.« Schwungvoll dreht er mich zur Seite, sodass er meine Wirbelsäule erreichen kann – und bevor ich überhaupt begreife, was er da macht, hat er den Verschluss meines BHs geöffnet.

Mit einer Hand.

Durch den Stoff meines Tanktops.

Als hätte er meinem Herzen damit mehr Raum gegeben, hämmert es in fieberhafter Geschwindigkeit gegen meinen Brustkorb. Ich spüre es bis in meinen Magen, und auch ein ganzes Stück tiefer. Meine Beine beginnen zu zittern.

»I…ich schätze, dafür musstest du eine Weile trainieren?«

Immer noch erkenne ich ein spitzbübisches Funkeln in Jays Augen, aber auch er muss jetzt schlucken, bevor er mir antworten kann. »Und ob«, bestätigt er in einem nur scheinbar beiläufigen Tonfall. »An einem verregneten Wochenende hatte ich sonst nichts zu tun, und Flocke war so nett, das Versuchsobjekt zu spielen.«

Abermals entschlüpft mir ein Lachen, das direkt in ein Seufzen übergeht. Jay malt eine unsichtbare Spur auf meine Rippen, dicht am Bügel meines BHs entlang. Fast möchte ich protestieren, als er die Hand wieder wegnimmt, aber gleich darauf spüre ich seine Finger am Saum meines Shirts. Sie schieben den Stoff nach oben, während Jay mit den Lippen über meine Wange streicht.

»Haben wir jetzt alles geklärt?«, flüstert er an meiner Haut.

Ich bringe ein Nicken zustande, und Jay macht sich mit deutlich mehr Nachdruck daran, mich aus meinem Tanktop zu befreien. Seine Daumen gleiten über eine Rippe nach der anderen, bis sie meinen BH erreicht haben. Wie in Trance hebe ich die Arme, und Jay streift mir beide Kleidungsstücke ab. Als er sie zur Seite wirft, verkrampfe ich unter dem kühlen Lufthauch unwillkürlich die Schultern.

Ich weiß genau, dass ich zu dünn bin. In meinem Leben habe ich entschieden mehr Zeit damit verbracht, Nahrungsmittel zu zählen, als sie tatsächlich zu essen. Die Auswirkung lässt sich durch meine weiten Sweater ganz gut kaschieren; aber jetzt, da sich Jay über meinen nackten Oberkörper beugt, werden mir meine fehlenden Kurven nur allzu bewusst. Gerade im Liegen muss der Anblick jämmerlich sein. Nervosität steigt in mir hoch und weckt Erinnerungen an all die Male, als ich unter den Blicken meiner Eltern das Chaos auf meinem Teller zu bändigen versucht habe. Daran, wie meine Mutter mir schließlich einen von Tommys Plastiktellern mit Trennwänden gegeben hat, sodass ich Erbsen und Reiskörner leichter sortieren konnte. Auch jetzt fühle ich die Zahlen am Rand meines Bewusstseins lauern. Ich will mich aufsetzen, nach passenden Gegenständen Ausschau halten … Aber als ich den Kopf zur Seite drehe, legt Jay seine raue Handfläche an mein Gesicht und wendet meinen Blick nach oben. »Hier geblieben«, murmelt er fast unhörbar. Plötzlich ist da wieder dieses Ziehen in meinem Inneren, als ich das Verlangen in seinen Augen lese. Jay hat gerade alles andere als meine Zählerei im Sinn, so viel steht fest. Sekundenlang sieht er mich einfach nur an, ehe er sich zu mir herunterneigt. Sein Mund gleitet über meine Kehle, mein Schlüsselbein abwärts und zurück. Dabei ruht seine Hand ständig auf meiner linken Brust, wie um meinen Herzschlag festzuhalten. Die Wärme seiner Zunge und das leichte Kratzen seines Dreitagebarts jagen ein Prickeln über meine Haut. Allmählich lösen sich die störenden Bilder in mir auf, werden von goldener Hitze davongetragen. Aus einem Impuls heraus beuge ich mich vor, um Jays Hals zu küssen. Ich fühle das wilde Ticken seiner Schlagader, bis ihn ein Schaudern durchläuft. Beinahe grob fasst er mir in den Nacken, als wollte er mich an der Bewegung hindern, und zieht mich dann nur noch näher an sich heran. Seine Stirn presst sich gegen meine.

»Du machst mich wahnsinnig, Lea«, flüstert er, und die Art, wie er meinen Namen ausspricht, geht mir durch und durch. »Weißt du das eigentlich?«

Meine Antwort kommt ganz von allein, ohne einen letzten Rest von Unsicherheit oder Zögern: »Dann sind wir schon zwei.«

Jay

Über Lea

Ich werde wach, weil irgendwas nicht stimmt. Zuerst hänge ich noch halb im Schlaf fest, schaffe es nicht mal, die Augen zu öffnen, sondern versuche, mich nur innerlich zu orientieren. Dann strecke ich einen Arm zur Seite, und schlagartig wird mir klar, was nicht in Ordnung ist.

Lea fehlt.

Mit einem Ruck setze ich mich auf und spähe ins finstere Zimmer. Ich erinnere mich gar nicht daran, dass wir das Licht ausgemacht haben. Vergeblich drücke ich auf den Schalter der Nachttischlampe, und es dauert eine Ewigkeit, bis ich kapiere, dass der Stecker gezogen wurde. Ich taste fluchend nach dem Kabel und muss blinzeln, als die Lampe endlich aufflammt. Mein Blick wandert zur Tür, die einen Spaltbreit geöffnet ist. Dort steht Lea, wieder in Top und Panties, und versucht gerade, sich auf den Flur zu schleichen.

»Warte mal«, sage ich, und meine Stimme klingt kratzig. »Wo willst du denn hin?«

Lea fährt herum. In ihren Augen ist etwas, das mir nicht gefällt – als hätte ich sie bei einer verbotenen Sache ertappt. Sie hat auch die Schultern so hochgezogen, wie sie es immer tut, wenn sie niemanden an sich heranlassen will. Trotzdem lächelt sie jetzt, als wäre alles okay.

»Schlaf weiter«, wispert sie und schiebt sich noch ein Stück durch den Türspalt.

»Mach ich sofort, wenn du deinen Hintern wieder hier rüberbewegst.« Ich klopfe mit der flachen Hand auf die Matratze.

»Wieso denn?« Sie gibt ein leises Lachen von sich, aber es wirkt dermaßen gefakt, dass ich es im Dunkeln nicht mal als ihres erkennen würde. »Ich hätte dich echt nicht für den Kuschel-Typen gehalten. Wie heißt es noch mal über Männer und die Löffelchen-Stellung? Ein Arm schläft ein, sie haben das Gesicht voller Haare und einen nervigen Ständer?«

»Trifft alles zu«, bestätige ich. »Und genau darauf hab ich jetzt Bock.«

Erneut nicke ich zur anderen Bettseite hinüber, aber verflucht, Lea bleibt an der Tür stehen wie festgefroren.

»Jay, sei mir nicht böse – ich gehe doch lieber auf die Couch. Dort kann ich einfach besser schlafen.«

»Ein Scheiß.« Jetzt werde ich allmählich nervös, ohne genau zu wissen, wieso. »Nenn mir einen richtigen Grund, warum du dich mitten in der Nacht verpissen willst, oder ich befördere dich eigenhändig ins Bett zurück.«

Leas künstliches Lächeln verschwindet so schnell, wie es gekommen ist. Auf einmal wird ihr Gesicht ganz hart. »Hörst du dich eigentlich selber reden?«, faucht sie. »Diese Macho-Tour zieht vielleicht bei den Frauen, die du bisher abgeschleppt hast, aber bei mir kannst du dir so was sparen! Ich werde ja wohl dorthin gehen dürfen, wo ich will, ohne mich vor dir rechtfertigen zu müssen!«

Ihre Augen haben sich zu schmalen Schlitzen zusammengezogen, aus denen sie mich wütend anfunkelt. Ich habe keine Ahnung, wer das ist. Auf jeden Fall ist es nicht dasselbe Mädchen, das sich noch vor wenigen Stunden unter mir verloren hat – das ich im Arm gehalten habe, während ich eingeschlafen bin.

»Spinnst du jetzt komplett? Wieso tickst du so aus, nur weil ich dir eine Frage gestellt habe? Eine ganz normale Frage, die jeder normale M…«

Ich stocke mitten im Wort, als ihr ungewohnt harter Gesichtsausdruck aufbricht. Endlich kann ich erkennen, was dahinter lauert: Angst.

Mit einem Satz bin ich aus dem Bett, und in der nächsten Sekunde stehe ich auch schon direkt vor Lea. Immer noch habe ich keinen Fetzen Stoff am Körper, aber das ist mir so was von egal. Ich schließe die Finger um ihre schmalen Schultern, halte sie ganz fest.

»Hey«, sage ich so leise, dass ich mich durch das Hämmern in meinen Ohren selbst kaum verstehe. »Was hast du denn?«

Jetzt verschwindet das letzte bisschen Aggressivität aus ihrem Blick. Stattdessen beginnen ihre Augen zu glänzen, und ihre Wangen werden dunkelrot. Es sieht aus, als hätte sie Fieber. Vor lauter Ungeduld schüttle ich sie leicht und fühle dabei überhaupt keinen Widerstand. »Los, rede mit mir!«

»Ich h…hab nicht … ich hab vergessen, den Herd zu kontrollieren, okay?«

Nachdem ich mit sonst was Furchtbarem gerechnet habe, klingt der Satz beinahe lächerlich. Dass sie wegen so einem Schwachsinn Panik schiebt, macht die Sache allerdings nur noch schlimmer. *Den Herd kontrolliert* – wusste ich eigentlich davon? Klar, das mit der Kamera hab ich mir zusammengereimt, und mir ist auch aufgefallen, wie viel Zeit Lea abends in der Küche verbringt. Anscheinend war ich zu blöd, um zu kapieren, dass ein Zwang dahintersteckt.

Ich warte einen Moment, bis ich mir sicher bin, ganz ruhig sprechen zu können. Während dieser Stille zucken Leas Schultern, als würde sie schluchzen, aber es ist kein Ton zu hören. Scheiße, ich muss das irgendwie stoppen, muss diese Situation in den Griff kriegen.

Langsam schiebe ich meine Finger weiter nach oben, bis sie direkt an Leas Halsansatz liegen. Jetzt kann sie meinem Blick nicht mehr ausweichen. »Pass auf – wir haben den Herd heute gar nicht benutzt«, sage ich. »Weißt du noch? Die Jungs und ich waren den ganzen Tag in der Arbeit, und während der Party warst du die Einzige in der Küche. Es ist alles in Ordnung damit, bestimmt.«

Ich kann nicht erkennen, ob sie mir glaubt. Ihre Haltung ist immer noch abwehrend, doch zumindest sieht sie nicht mehr so aus, als müsste sie jeden Augenblick weinen.

»Glaubst du, das weiß ich nicht?«, antwortet sie heiser. »Mir ist schon klar, dass die Wahrscheinlichkeit sehr, sehr gering ist. Aber – es könnte auch jemand aus Versehen gegen einen der Schalter gestoßen sein. Oder der Herd ist defekt. Wenn dann irgendwas auf die heiße Platte fällt …« Mein Gesichtsausdruck lässt sie abbrechen. »Auch nicht wahrscheinlich, ich weiß«, räumt sie ein, und es klingt trotzig. »Aber ich kann ja wenigstens mal nachsehen. Schadet doch niemandem, oder?«

»Du meinst, es schadet niemandem, wenn du jetzt mitten in der Nacht in die Küche schleichst? Und zwar, um etwas zu überprüfen, das wir den ganzen Tag nicht angerührt haben?« Mit einer Hand lasse ich sie los und fahre mir durch die Haare. »Hör zu, du bleibst jetzt erst mal bei mir, und wenn du Lust hast, kannst du die Kontrolle später immer noch durchführen. Einverstanden?« Ich lüge, ohne auch nur zu blinzeln. In Wirklichkeit habe ich absolut nicht vor, Lea das durchziehen zu lassen, aber ich weiß nicht, wie ich sie sonst ins Zimmer zurücklocken soll.

Eine Weile nagt sie bloß an ihrer Unterlippe herum. »Später?«, wiederholt sie dann zögernd.

»Klar. Und jetzt lass uns bitte wieder ins Bett gehen, es wird allmählich kalt, und wie dir vielleicht aufgefallen ist, bin ich nackt.«

Das scheint sie kurzfristig auf andere Gedanken zu bringen. Ihr Lächeln ist zwar so winzig, dass es fast nicht gilt, aber es ist da. »Ja, das hab ich bemerkt. Also, dass dir kalt ist.«

Ich greife nach ihrer Hand und drücke sie absichtlich ein klein wenig zu fest. »Dann komm.«

Gemeinsam kehren wir zum Bett zurück, und ich fische im Gehen meine Shorts vom Boden auf. Während ich sie überziehe, rollt sich Lea schon auf der Matratze zusammen, den Kopf fast ganz unter der Decke. Es sieht aus, als wolle sie sich verstecken. Ich krieche zu ihr und lege mich wieder hinter sie, einen Arm um ihre Taille, aber diesmal schmiegt sie sich nicht an meine Brust. Minutenlang liegt sie still da, und ich glaube schon, dass sie eingeschlafen ist, als ich ein Beben auf meiner bloßen Haut spüre. Meine Lider fliegen hoch, und ich schaue auf Leas Schultern direkt vor meinem Gesicht. Sie zittern so heftig, dass die Decke leise raschelt.

Das Mädchen, mit dem ich im Bett liege, krepiert gerade fast vor Angst.

Oh Mann, ist das beschissen. Ich versuche, ihr Zittern durch meine Umarmung zu bremsen, aber das hilft weniger als gar nichts, und schließlich halte ich es nicht mehr aus.

»Nash, kann ich dich mal was fragen?«, murmle ich an ihrem Nacken.

»Mhm.«

Ich drücke meinen Mund kurz auf ihren obersten Halswirbel, aber sie reagiert nicht darauf. »Dieses … was du gerade hast …«, beginne ich, »also, wie ist das eigentlich?«

Sie bleibt so lange stumm, dass ich gar nicht mehr mit einer Antwort rechne. Dann dreht sie sich endlich in meinen Armen um und schaut mich direkt an.

»Ich weiß nicht, ob ich das erklären kann. Es ist … ein bisschen so, wie wenn man todmüde im Bett liegt und dringend mal muss.« Sie lacht verlegen, doch ihre Augen bleiben dabei ganz starr. »Das ist ein schlechter Vergleich, aber, na ja, du liegst da und versuchst, an etwas anderes zu denken. Das Gefühl irgendwie zu ignorieren. Trotzdem kommt es immer zurück, egal wie oft du es wegschiebst, und es wird mit jedem Mal schlimmer. Nur, dass es nicht so was Harmloses ist wie ein Druck auf der Blase, sondern eher eine … böse Vorahnung. Der Gedanke daran, was alles Schreckliches passieren könnte, und das Gefühl, dass es auch passieren wird.«

Wieder zwingt sie sich zu einem schwachen Lächeln. Ich glaube, aus Scham würde sie das alles gern herunterspielen, aber sie liegt so dicht neben mir, dass ich ihre Angst spüren kann – das ununterbrochene Zittern und den kalten Schweiß auf ihrer Haut.

»Und wenn du etwas zählst oder kontrollierst, geht dieses Gefühl weg?«, hake ich nach. Es kommt mir fies vor, sie so auszufragen, aber ich will das wirklich verstehen.

Sie macht eine komische Bewegung, irgendwas zwischen Nicken und Kopfschütteln. »Nach ein paar Wiederholungen wird es besser. Das reicht mir dann fürs Erste.«

»Also checkst du jede Nacht, ob der Herd aus ist? Was haben denn deine Eltern dazu gesagt?«

Bei der Erwähnung ihrer Familie spannt sie sich in meinen Armen noch ein bisschen mehr an. »Bevor ich in die Klinik musste, haben sie es lange Zeit akzeptiert. Sie sind dann immer früh ins Bett gegangen, um mich nicht zu stören und es dadurch schlimmer zu machen. Sicher ist es ihnen nicht leichtgefallen, so auf mich Rücksicht zu nehmen, aber sie haben es zumindest versucht.«

Das sarkastische Schnauben entwischt mir, bevor ich mich zusammenreißen kann. »Sorry, aber – das ist doch keine Rücksichtnahme. Das ist totaler Bullshit.«

Meine Arme schnellen auseinander, als Lea von der Matratze hochfährt. »Wie bitte?«, fragt sie scharf. Von einer Sekunde auf die andere wirkt sie nicht mehr zerbrechlich, sondern extrem angepisst, und vielleicht ist das gerade gut. So kann ich sie ein bisschen härter anfassen.

Ich setze mich ebenfalls auf und halte ihrem wütenden Blick stand. »Na hör mal. Wenn ich meiner Tochter eine

Sache verbieten würde – mal abgesehen davon, sich mit irgendeinem Stecher einzulassen, bevor sie einundzwanzig ist –, dann ja wohl, dass sie die ganze Nacht stundenlang in der Küche steht und nicht vom gottverdammten Herd loskommt!«

»Hast du mir nicht zugehört?«, schleudert mir Lea entgegen. »Ich fühle mich besser, wenn ich das mache! Und ich bin auch gerne bereit, einen gewissen Preis zu bezahlen, wenn dafür nicht das ganze Haus in Flammen aufgeht!«

Vermutlich sollte ich jetzt schleunigst die Klappe halten. Ich weiß das, aber ich kann mich trotzdem nicht beherrschen. »Wenn du ehrlich bist, geht es dir überhaupt nicht um die Sicherheit vom Haus oder von sonst irgendwas, sondern nur um deine eigene Sicherheit, Nash!«

»Was willst du damit sagen?«

»Ganz einfach, dass du nicht so sehr Angst vor einer Katastrophe hast wie vor deinen Gedanken an eine Katastrophe! Du kannst ja nicht mal hier liegen und an den Herd denken, ohne durchzudrehen, und das ist echt abgefuckt!«

Ich erwische sie gerade noch an der Hüfte, als sie aus dem Bett springen will. Sie windet sich, aber weil sie mir keine verpasst oder sonst irgendwie Ernst macht, halte ich sie weiterhin fest, obwohl mein Magen einen Salto nach dem anderen schlägt.

»Lass mich los«, keucht sie mit zusammengebissenen Zähnen.

Ich schüttle nur den Kopf, und verdammt, jetzt fange ich ebenfalls an zu zittern. Diese Situation ist so unglaublich, unglaublich mies – aber mein Griff bleibt trotz allem unverändert.

»Du bist so ein Arschloch, Jay! Nimm deine Hände weg, oder ...«

Als ich mich nicht von der Stelle rühre, wird Lea plötzlich ganz schlaff unter mir. Sie gibt keinen Ton von sich, und deshalb erkenne ich erst, dass sie weint, als Tränen seitwärts in ihre Haare rollen. Eine nach der anderen, es hört gar nicht mehr auf.

»Das sind nicht nur Gedanken«, stößt sie hervor. Ihr Atem flattert, als würde sie keine Luft kriegen.

Ich starre sie an. »Was?«

»Du verstehst das nicht. Auf dich wirkt das alles nur wie Hirngespinste, aber – jedenfalls war es sehr real, als ich beinahe meinen kleinen Bruder umgebracht hätte.«

Scheiße, da ist er wieder. Dieser Satz, der mich schon letzte Woche im Restaurant eiskalt erwischt hat und den ich für eine Übertreibung oder Wahnvorstellung gehalten habe. Vielleicht hab ich damit falsch gelegen. Vielleicht war ich der größte Idiot auf diesem Planeten, weil ich nicht längst nachgefragt habe, was sie damit meint.

Vorsichtig nehme ich meine Hände von ihrer Taille, aber sie macht jetzt keine Anstalten mehr, davonzulaufen. Ich streiche ihr die wirren Haare aus dem Gesicht, und meine Finger werden nass.

»Erzählst du's mir?«, flüstere ich.

Lea schluckt mehrmals, dann nickt sie kurz. Sie rutscht nach oben, bis sie sich gegen die Wand lehnen kann, und ich setze mich schweigend daneben. Als hätten wir uns abgesprochen, sieht keiner den anderen an. Stattdessen schauen wir nur auf unsere Knie, während Lea zu reden beginnt.

»Das Ganze ist jetzt zwei Jahre her«, sagt sie, ohne einen besonderen Ausdruck in der Stimme. »Tommy war erst ein Jahr alt. Ich war siebzehn, und ich hätte ihn am liebsten den ganzen Tag mit mir herumgeschleppt. Ich war ja auch alt genug, um seine Mutter zu sein. Meine Eltern hatten so einen Nachzügler nicht geplant und waren beruflich beide sehr eingespannt, also hab ich mich oft um ihn gekümmert. Du kannst dir nicht vorstellen, wie süß er war. Immer am Spielen und Erforschen, vor ihm war gar nichts sicher. Einmal hab ich ihn alleine im Flur herumlaufen lassen, während ich im Wohnzimmer telefoniert habe. Irgendein dummes Gespräch mit meinem Exfreund, das mir wichtiger war, als auf meinen Bruder achtzugeben. Als ich mit dem Telefonieren fertig war und ihn gesucht habe, war die Küchentür weit geöffnet. Tommy stand auf einem Stuhl, den er an den Herd geschoben hatte, um mir beim Kochen zu helfen …«

Lea stockt. Die Stille tut schon fast weh, aber ich sage nichts, sondern warte einfach nur ab. Als sie schließlich weiterredet, klingt es längst nicht mehr so neutral.

»Ich hatte vor meinem Telefonat einen Topf mit Wasser auf die Herdplatte gestellt. Tommy hielt den Henkel schon in der Hand. Natürlich war ich gleich bei ihm, hab ihn gepackt und nach hinten gerissen. Ich h…hab nicht nachgedacht, es war ein Reflex. Wenn ich nicht hereingekommen wäre, hätte er den Griff vielleicht einfach wieder losgelassen, und nichts wäre passiert. Aber so hat er den Topf zum Kippen gebracht.«

Sie wendet sich zu mir, und ich sehe direkt in ihre riesigen dunklen Augen. Eine ihrer Schultern hebt und senkt sich leicht. »Er hatte Verbrühungen zweiten bis dritten Grades. Fünfzehn Prozent seiner Haut, fast der ganze Oberkörper. Ich bin nicht sicher, ob es auch noch schlimmer hätte ausgehen können, aber es hätte so viel *besser* ausgehen können, wenn ich nicht gewesen wäre.« Angestrengt ringt sie nach Luft und richtet ihren Blick dann wieder auf ihre Knie. Sie sitzt längst nicht mehr so kerzengerade da, sondern ist während ihrer Erzählung immer mehr in sich zusammengesunken. Auch ihre Stimme wirkt ganz klein, als sie sagt: »Gezählt habe ich schon vorher. Wer weiß, woher das kommt, vielleicht ist es einfach angeboren. Aber nach dieser Sache mit Tommy kamen die Steckdosen dazu, und der Herd, als könnte ich auf diese Weise die Zeit zurückdrehen und das alles ungeschehen machen. Und ich habe ihn seitdem nie mehr angefasst.«

»Deinen Bruder?«, frage ich. Meine Zunge fühlt sich merkwürdig taub an. »Du hast deinen Bruder seit zwei Jahren nicht mehr berührt?«

Sie schluckt und schluckt, als wollte sie gegen einen Kloß in ihrem Hals ankämpfen, der sie am Reden hindert. Dann schüttelt sie den Kopf.

Lea

Ich weiß nicht, wie viel Zeit …

… vergeht, während Jay mich schweigend ansieht. Seine nächste Bewegung trifft mich vollkommen unvorbereitet: Ohne ein einziges Wort beugt er sich zu mir und schlingt die Arme um mich. Mein Ohr wird gegen seinen Brustkorb gepresst, ich höre das dumpfe Pochen darin und spüre es sogar auf meiner Wange.

Instinktiv werde ich stocksteif in seiner Umarmung. Es ist so eigenartig, dass er mir gar keine Fragen stellt. Darauf bin ich nicht vorbereitet, sodass es sich im ersten Moment beinahe falsch anfühlt. Obwohl ich mich verhalte wie ein lebloser Klotz, drückt mich Jay weiterhin fest an sich. Seine Wärme und der bittersüße Duft seiner Haut hüllen mich ein, und dann, ganz langsam, beginnt sich etwas in mir zu verändern. Es ist, als würden meine quälenden Gedanken zu einem Echo in meinem Hinterkopf verblassen, bis mir endlich klar wird: Ich habe Jay von dem Schlimmsten erzählt, das ich jemals getan habe. Ich habe meine Schuld und meine Verrücktheit vor ihm ausgebreitet, und nichts ist passiert. Oder, um genau zu sein, alles.

Behutsam mache ich mich von ihm los. »Willst du ihn sehen?«, frage ich, und meine Stimme ist viel fester als noch vor ein paar Minuten.

Jay fragt nicht, wen ich meine. Er nickt.

Ich rutsche aus dem Bett und tappe auf bloßen Füßen zum Schreibtisch hinüber. Der Computer ist nur im Standby-Modus und erwacht zum Leben, als ich eine Taste drücke. Während ich meinen E-Mail-Account aufrufe, höre ich, wie Jay hinter mich tritt. Hastig scrolle ich durch die Nachrichten, suche eine bestimmte heraus, die ich mir vor ein paar Wochen zur Datensicherung von meinem Handy aus geschickt habe. Plötzlich fühle ich mich seltsam aufgekratzt. Als ich den Anhang öffne, verkrampft sich meine Hand um die Maus. Ein schwarzer Kasten füllt den Bildschirm, ein Rädchen zeigt den Ladevorgang an, und dann erscheint das Foto im Rahmen. Von einem Ohr zum anderen grinst mir Tommy entgegen, in Badeshorts und mit einem halb geschmolzenen Eis am Stiel, das ihm bereits als grünliche Soße über die Finger rinnt.

Ich spüre, wie Jay sich über meine Schulter in Richtung Bildschirm neigt. Dann streckt er unvermittelt den Arm aus. »Hey!«, sagt er und tippt auf Tommys knallbunte Sonnenkappe. »Teenage Mutant Ninja Turtles! Echt cool.«

Es dauert eine Weile, bis seine Worte richtig bei mir angekommen sind. »Ist das dein Ernst?«

»Na klar! Genau so eine hatte ich auch, als ich klein war. Wusste gar nicht, dass die Kids das heutzutage noch kennen. Dein Bruder hat Geschmack!«

»Du musst das nicht tun.« Mein Finger zuckt über der Maus, und in der nächsten Sekunde ist das Foto verschwunden. Jetzt beginnt meine freudige Aufregung wieder abzuebben, und ich bin mir gar nicht mehr so sicher, ob das hier eine gute Idee war.

Jay zieht seinen Arm zurück. »Was denn?«, fragt er, und es ertönt ein klatschendes Geräusch, als er die flache Hand auf seinen Oberschenkel fallen lässt. »Schön, dein Bruder hat Narben auf der Brust. Sie sind da, und sie sind echt groß, und ich habe nicht die geringste Lust, hier den Captain Obvious zu spielen. Okay?«

Inzwischen habe ich den Bildschirm ausgeschaltet, doch ich wende meinen Blick trotzdem nicht davon ab. »Ich weiß nicht, auf welche Weise das okay sein soll. Vielleicht ist es ihm jetzt noch nicht bewusst, und er merkt gar nicht, dass die Leute ihn deswegen komisch anstarren. Aber ganz ehrlich – wie soll das werden, wenn er älter ist? Wenn er das erste Mal etwas mit einem Mädchen anfangen will, was dann?«

Ich begreife erst, was ich da gesagt habe, als es bereits zu spät ist. Das Blut schießt mir in den Kopf und bringt meine Wangen zum Glühen. Oh Gott, ich bin so was von bescheuert.

Hinter mir bleibt es einen Moment lang ganz still, und ich wünsche mir nichts sehnlicher, als in die Schwärze des Bildschirms zu kriechen. Verzweifelt zerbreche ich mir den Kopf über irgendeinen raffinierten Themenwechsel, bis der Drehstuhl unter mir herumschwingt. Als er gestoppt wird, kann ich mich gerade noch am Rand der Sitzfläche festhalten, um nicht die Balance zu verlieren. Gleich nach diesem Manöver geht Jay vor mir in die Hocke, sodass ich direkt in seine silbernen Augen schaue. Entgegen meiner Befürchtungen sieht er allerdings nicht wütend oder verletzt aus, sondern sehr … jayhaft.

»Was soll denn das heißen, hm?«, fragt er, und seine

Stimme ist ein winziges bisschen dunkler als gewöhnlich. »Findest du mich vielleicht nicht scharf, Nash?«

Ich rechne fest damit, dass mein Schädel demnächst explodiert wie eine Weintraube in der Mikrowelle. So viel Blut in einem Körperteil kann nicht gesund sein. »Bei dir ist das doch was anderes«, stammle ich. »Deine Narbe ist längst nicht so groß!«

»Ja, aber ich hab sie im Gesicht und nicht mal an so einer hippen Stelle wie *der Junge, der überlebt hat*«, sagt er feixend. Jetzt besteht kein Zweifel mehr, dass er sich an meinem Unbehagen weidet. Ich beginne, mit einem Bein zu wippen, und prompt legt Jay seine warme Hand darauf. Mein Gezappel erstirbt auf der Stelle.

»Du hast meine Frage noch nicht beantwortet«, erinnert er mich, und sein Daumen fährt langsam hin und her. »Findest du mich scharf?«

Nervös verknote ich meine Finger. Jay quasi auf den Knien vor mir zu sehen, bringt mein Hirn gefühlsmäßig zum Schmelzen. »Weißt du doch«, antworte ich nuschelnd.

Im nächsten Moment bleibt mir die Luft weg, weil Jay sich vorbeugt und einen federleichten Kuss auf meinem nackten Knie platziert. »Nein, keine Ahnung«, behauptet er unerbittlich. Der nächste Kuss trifft die Innenseite meines Oberschenkels. »Sag doch einfach – Ja oder Nein?« Noch ein Kuss, noch ein Stückchen weiter innen. Meine Arme überziehen sich mit Gänsehaut.

»Ja«, hauche ich, und es klingt zugleich wie eine Bestätigung dessen, was er gerade mit mir anstellt. »Ich finde dich verdammt scharf, zufrieden?«

Jays Augen blitzen, als er den ungewohnten Fluch aus meinem Mund hört. »Vollkommen«, antwortet er in bemühter Ernsthaftigkeit. »Und siehst du, dein kleiner Bruder wird den Mädels irgendwann genauso den Kopf verdrehen wie ich dir.«

Es kostet mich große Mühe, einen spöttischen Tonfall anzuschlagen. »Bleibt nur zu hoffen, dass er dann weniger eingebildet sein wird als du.«

»Das ist keine Kunst.« Jetzt umfasst Jay meine Knie und drückt sie weiter auseinander. Es geht so schnell, dass ich mich unmöglich gegen diese kompromittierende Pose wehren kann – und das will ich auch gar nicht. Jay hat mich tatsächlich dazu gebracht, meine Scham und meine Verletzlichkeit hinter mir zu lassen. Seine Lippen wandern meinen Oberschenkel entlang, bis sie den Saum meiner Panties erreicht haben. Ein letztes Mal küsst er mich ganz knapp davor, dann nimmt er den Stoff zwischen die Zähne. Als er daran zieht, schicke ich ein stummes Dankgebet an wen auch immer, der das Material meiner Unterwäsche so dehnbar gemacht hat. Jay hilft mit den Fingern nach und rollt das knappe Hosenbein bis zu meiner Hüfte hoch. Dann schiebt er den Stoff zur Seite.

Alles in mir krampft sich zusammen, als ich seine Zunge spüre. *Das* hat mein Exfreund nie mit mir gemacht, und das Gefühl ist so ungewohnt, so intensiv und verboten gut, dass mir die Luft wegbleibt. Mein Blick flackert nach unten, fällt auf Jays zerwühlte Haare und seine breiten Schultern zwischen meinen Knien. Das Tempo meines Herzschlags scheint sich noch zu verdreifachen. Ohne darüber nachzudenken, öffne ich die Beine weiter, verschaffe

Jay besseren Zugang, und er nutzt ihn sofort. Seine Zunge fährt quälend langsam auf und ab. Jedes Mal, wenn er dabei einen bestimmten Punkt streift, erschauere ich unter ihm, aber davon lässt er sich kein bisschen beirren. Unverändert bewegt er sich weiter, und in meinen Händen beginnt es schon zu pochen, so fest klammere ich mich an den Stuhl.

»Jay«, flüstere ich und rufe damit schließlich doch eine Reaktion bei ihm hervor – allerdings nur die, dass er den Druck seiner Zunge verstärkt. Oh Gott …

Mühsam löse ich meine Finger vom Rand der Sitzfläche, fasse nach unten, vergrabe sie in Jays Haaren. Er stöhnt leise, und das Echo setzt sich von meiner Mitte durch meinen ganzen Körper fort. Jetzt schaffe ich es nicht mehr, die Augen offen zu halten. Mit zusammengepressten Lidern lehne ich mich zurück, während Jay seine Konzentration endlich auf diese eine Stelle richtet. Mit jedem Kreisen seiner Zungenspitze spannen sich meine Muskeln stärker an, und ich kann nicht – ich kann nicht mehr klar denken, bin nur noch Gefühl. Meine Beine beginnen, unkontrolliert zu zucken, und der Höhepunkt trifft mich mit solcher Wucht, dass ich nicht einmal mehr einen Ton herausbringe. Stumm werfe ich den Kopf in den Nacken, lasse mich fallen, mitten hinein in dieses Beben.

Es vergeht einige Zeit, bis ich wieder an die Oberfläche meines Bewusstseins gelange. Nach der Schwere meiner Beine zu urteilen, könnte ich gerade ebenso gut einen Marathon beendet haben. Jay küsst mich noch einmal, dann schiebt er sorgfältig meine Panties an Ort und Stelle. Als er zu mir hochschaut, wirkt sein Blick ein wenig entrückt, so als würde er sich nur schwer wieder in der Realität zurechtfinden. Da geht es ihm definitiv wie mir.

Trotzdem wäre er wohl nicht Jay, wenn sich nicht schon kurz darauf ein Grinsen in seinem Gesicht ausbreiten würde. »Glaub mir, Nash, das könnte ich die ganze Nacht machen«, sagt er, und seine Worte rieseln wie ein Sommerregen über mich hinweg. »Aber du siehst aus, als könntest du ein bisschen Schlaf brauchen.«

Das ist wohl die Untertreibung des Jahrhunderts. Genau genommen fühle ich mich wie ein menschgewordener Wackelpudding und bin außerstande, mich zu regen. Jay wartet meine Antwort gar nicht ab, sondern schiebt beim Aufstehen einen Arm unter meine Kniekehlen und hebt mich wie selbstverständlich hoch.

»Du trägst mich jetzt schon zum zweiten Mal in einer Nacht«, murmle ich schläfrig. »Das ist nicht normal.«

»Wehr dich doch«, gibt Jay zurück und lacht leise, als mein Kopf stattdessen gegen seine Brust kippt. Diesmal lädt er mich deutlich sanfter auf dem Bett ab als noch vor ein paar Stunden. Ich spüre, wie er sich neben mich legt und die Decke über uns zieht … dann verschwimmt alles in dunkler Wärme, und ich merke nichts mehr.

Morgenlicht dringt durch meine Lider und lässt mich blinzeln. Die Strahlen sind so hell, dass ich zuerst nichts als dieses goldene Leuchten wahrnehme. Nur langsam schälen sich Konturen heraus, und ich erkenne die funkelnden Rechtecke an der gegenüberliegenden Wand.

Jays Fotos. Jays Zimmer. Mein Blick gleitet über die leere Betthälfte neben mir, bis hin zum Digitalwecker auf dem Nachttisch. Hastig setze ich mich auf, sodass die Decke von meinem Oberkörper rutscht.

Morgenlicht ist gut – in Wirklichkeit ist es bereits nach Mittag. Ein unbehagliches Gefühl breitet sich in meiner Magengegend aus und vertreibt den letzten Rest von Schläfrigkeit. Wieso hat mich Jay nicht geweckt? Hat er sich aus dem Zimmer geschlichen, so wie ich es in der Nacht versucht habe?

Mit wachsender Nervosität fasse ich nach oben, um mir das wirre Haar zurückzustreichen – und fühle Papier zwischen meinen Fingern. Von meiner Stirn löst sich ein Post-it, das mit einer krakeligen Bleistiftskizze bedeckt ist: eine angedeutete Küche mit Kühlschrank und Herd, dazwischen ein Strichmännchen und eine überdimensionale Pfanne. Um mögliche Zweifel auszuräumen, hat Jay sowohl das Männchen als auch die Pfanne mit einer Beschriftung versehen – »Moi« steht bei dem einen Pfeil und »Supergeiles Frühstück« beim anderen.

Ich lege mir eine Hand auf den Mund, um ein Kichern zurückzuhalten. Die Erinnerung an unser gestriges Activity-Spiel steigt lebhaft in mir auf, und zugleich verwandelt sich meine Unsicherheit in eine kribbelige Hochstimmung.

Ich habe die ganze Nacht mit Jay verbracht. Ich habe nicht den Herd kontrolliert, zum ersten Mal seit fast zwei Jahren. Ich habe in den vergangenen zwölf Stunden nicht das kleinste bisschen gezählt. Wenn ich genauer darüber nachdenke, haben Zahlen schon seit Längerem keinen Platz mehr in meinem Kopf, wenn ich in Jays Nähe bin.

Dieser Gedanke lässt mich aus dem Bett schnellen, als hätte er eine versteckte Energie in mir freigesetzt. Auf bloßen Füßen sprinte ich ins Badezimmer, wo ich gestern vor der Party zum Glück meine Reisetasche deponiert habe. Ich dusche und putze mir die Zähne, ohne die Zeit zu beachten, und meine innere Rebellion reicht sogar so weit, dass ich auf die hundert Bürstenstriche verzichte. Stattdessen fahre ich mir einfach mit den Fingern durch die Haare, nachdem ich in frische Klamotten geschlüpft bin. Dann mache ich mich auf den Weg in die Küche.

Schon im Wohnzimmer weht mir ein derart himmlischer Duft entgegen, dass mir das Wasser im Mund zusammenläuft. Ich höre das Schlagen von Metall gegen Plastik, das Brutzeln und Zischen von heißem Fett. Mit knurrendem Magen schiebe ich mich durch die halb geöffnete Tür und entdecke Jay, der das Post-it-Bild in die Realität umsetzt: Er steht am Herd, ein Geschirrtuch in der hinteren Tasche seiner Jeans, und löffelt Teig in eine Pfanne. So versunken ist er in seine Tätigkeit, dass er mich erst bemerkt, als ich die Tür hinter mir schließe.

»Du machst Pfannkuchen für mich?«, frage ich einigermaßen fassungslos.

»Was heißt da für *dich*?«, protestiert Jay, aber ich kann das unterdrückte Lachen in seiner Stimme hören. »Ich bin doch selber am Verhungern!«

Grinsend stelle ich mich neben ihn und stoße mit meiner Schulter gegen seine. »Du verwöhnst Frauen bei Nacht und kochst für sie bei Tag. Bist du irgendeine Art von Superheld?«

»Klar. Nenn mich *The Incredible Pancake*«, sagt er trocken. »Sirup oder Zimt und Zucker?«

»Beides.«

»Das wollte ich hören.« Jay verteilt mehr Pfannkuchen auf zwei Tellern, als gewöhnliche Menschen jemals essen könnten. Dann wirft er mir von der Seite einen Blick zu. »Und was die Mehrzahl bei *Frauen* betrifft …«

Er zögert kurz, und mein Herz macht einen sehr ungeschickten, aber eindrucksvollen Hüpfer. Gleich danach hüpft es noch einmal, diesmal allerdings vor Schreck – die Küchentür öffnet sich krachend, und Flocke steht auf der Schwelle.

»Essen!«, ruft er, als hätte er die letzten drei Tage in einem Kerker verbracht. Dann zucken seine Augen von den Tellern zu Jay und mir, und sie weiten sich beträchtlich. »Ihr!«

Jay zeigt mit ähnlich verblüfftem Gesichtsausdruck nach links. »Ein Schrank!«

Der Irokesenschopf schaukelt hin und her, als Flocke ein paarmal den Kopf schüttelt. »Nein, Mann, ich meine … ihr zwei … gestern Abend … nach dem Spiel …«

»Ich wusste, dass das irgendwann passieren würde«, sagt Jay mit einem bedauernden Unterton, während er Sirup aus dem Regal holt. »Flocke hat die Fähigkeit verloren, in ganzen Sätzen zu sprechen.«

»Seit wann läuft das zwischen euch?«, platzt es endlich aus dem armen Flocke heraus. Die Frage ist eindeutig an uns beide gerichtet, aber ich hüte mich davor, sie zu beantworten. Mir ist sehr wohl bewusst, dass ich bereits Gefühle für Jay entwickelt habe, als er mich noch für eine absolute Plage hielt. Wahrscheinlich sagt er jetzt »Seit einer Woche«, also seit unserem Kuss im Restaurant. Vielleicht aber auch: »Seit gestern.«

Als das Schweigen bereits mehrere Sekunden dauert, spähe ich verunsichert zu ihm hinüber – und erkenne, dass er mich direkt ansieht.

»Eine ganze Weile«, sagt er dann, mehr nicht. Aber diese drei kleinen Worte reichen schon aus, um ein Flattern in meinem Inneren hervorzurufen. Meine Wangen werden ganz warm, während ich Jays Blick festhalte.

»Oookay«, sagt Flocke gedehnt und scheint dabei angestrengt zu überlegen. »Ähm, cool. Heißt das, du machst jetzt jeden Tag Frühstück?«

Kurz entschlossen schnappe ich mir meinen Teller und halte ihn Flocke hin. »Hier, das schaffe ich sowieso nicht alleine. Du kannst dir gern die Hälfte nehmen.«

Es ist, als hätte ich einem Hund eine Handvoll Leckerlis angeboten – von einem Moment auf den anderen habe ich einen neuen Freund gewonnen.

»Boah, danke! Die Hälfte?«, fragt Flocke strahlend und schaufelt mindestens zwei Drittel der Pfannkuchen von meinem Teller auf einen anderen. »So, ja? Vielleicht noch einer …?«

Er jault kurz auf, als ihn ein Kochlöffel am Handgelenk trifft. »Du kannst noch welche von meinen haben. Es ist unfassbar, wie viel du frisst«, stellt Jay kopfschüttelnd fest. »Wo steckst du das nur alles hin?«

»Bin grade dabei, Mufkeln aufpfubauen«, erklärt Flocke mampfend und ist nicht einmal gekränkt, als Jay ihn unverhohlen auslacht.

Keiner von uns bemerkt, wie Alex in die Küche kommt. Als wir uns nach einem leisen Geräusch umdrehen, steht er bereits mitten im Raum, die Arme vor der Brust verschränkt. Seine blauen Augen hat er starr auf Jay gerichtet, ohne Flocke und mich zu beachten.

»Ich störe dieses Kaffeekränzchen ja nur ungern«, sagt er so kalt, dass die ausgelassene Stimmung sofort kippt. »Aber eben hat Mike angerufen. Er will dich im Wexberger sprechen, und zwar sofort.«

Jay

Über eine Entscheidung (und Alex' PMS)

Der Himmel hat sich schon verfärbt, als wir aus dem Wexberger treten. Mit diesem kitschigen Rosa-Lila-Mix sieht er genau so aus, wie ich ihn nie im Leben fotografieren würde. Dafür passt er aber perfekt zu dem unwirklichen Gefühl, das sich gerade in mir breitmacht.

»Du willst das also echt durchziehen«, holt mich Alex' Stimme wieder in diese Dimension zurück. »Trotz allem?«

Ich rolle die Augen, während Flocke seinen Autoschlüssel hervorkramt. »Nee, weißt du, ich hab Mike das nur zum Spaß erzählt.«

»Und wie geht es weiter?« Alex lehnt sich gegen den verbeulten Kotflügel. »Zuerst kommst du wahrscheinlich noch über die Runden, aber wenn nächsten Monat die Miete fällig wird …«

»Entspann dich mal, okay? Jetzt, wo ich mit den Sozialstunden fertig bin, kann ich mir doch wieder einen Job suchen. Wer weiß, vielleicht kriege ich ja was mit dem Fotografieren auf die Reihe.« Allmählich beginnt mir Alex mit seiner Schwarzseherei auf den Senkel zu gehen. Ich will gerade nicht über die Zukunft nachdenken, schon gar nicht über morgen, sondern diesen Adrenalinkick genießen, den mir die letzten Stunden verschafft haben.

Alex starrt noch einen Moment lang stirnrunzelnd vor sich hin, dann seufzt er. »Na ja, mal abwarten. Hast du Lust, was trinken zu gehen?«

»Passe.«

»Wieso? Ich dachte, du hast jetzt jede Menge Zeit.« Seine Augen wirken ein bisschen schmaler als sonst, doch das könnte ich mir auch nur einbilden.

»Nicht heute Abend, sorry. Ich mach wahrscheinlich was mit Nash.«

Gleich darauf wird mir klar, dass ich mir seinen veränderten Gesichtsausdruck nicht nur eingebildet habe. Alex schaut mich an, als wollte er mir die Lunge mit einer Heugabel punktieren. »Was mit Nash, aber sicher«, wiederholt er.

Ich habe meinen Spitznamen für Lea benutzt, ohne darüber nachzudenken – der ist längst keine Beleidigung mehr, sondern kommt ganz automatisch. Aus Alex' Mund klingt es allerdings so, dass ich das Wort am liebsten wieder zurückholen würde.

»Ich habe ja geglaubt, dass du gestern schon mit ihr fertig geworden bist«, redet Alex weiter. »Aber bitte, vögelt euch ruhig den Verstand raus. Obwohl ... die Gefahr besteht bei ihr ja eh nicht.« Damit stößt er sich vom Kotflügel ab und marschiert in Richtung Bushaltestelle davon.

Ich pfeife leise durch die Zähne. »Und der Preis für das größte Arschloch des Tages geht an ...«

»Ach, lass gut sein«, murmelt Flocke. »Du weißt doch, wie er ist.«

»Ganz recht, und deswegen frage ich mich, welchen Vollpfosten wir gerade vor uns hatten.« Ich wende mich um und werfe Flocke einen prüfenden Blick zu. »Oder ist mir da was entgangen?«

Flocke sieht aus, als hätte ich ihn bei irgendeiner Schweinerei ertappt. Was, nebenbei bemerkt, nicht das erste Mal wäre. »Nö, Mann«, sagt er und befingert so hektisch den Autoschlüssel, dass er ihm fast runterfällt. »Nur ... Alex hat wahrscheinlich keinen Bock drauf, dass sich jetzt alles zwischen euch verändert. Ich meine, du ... in unserer WG ... bist ja so was wie unser Klebstoff.«

»Ich rieche gut und mache süchtig?«

»Du hältst uns zusammen! Schau mal, das mit Mike war euer gemeinsames Ding. Jetzt gibt es auch noch diese Sache mit Lea, und ... na ja, es ist in kurzer Zeit ziemlich viel passiert. Warte einfach 'n bisschen, Alex wird schon damit klarkommen.«

Das bringt mich für einen Moment aus dem Konzept. »Und du musst nicht damit klarkommen, oder was?«, frage ich schließlich gedehnt.

»Nö, das brauch ich gar nicht. Ich vertraue auf dein ... dein Urteilungsvermögen.«

»Auf mein was?«

Mit einem gequälten Gesichtsausdruck dreht Flocke den Kopf weg. »Zwing mich nicht, das noch mal zu sagen, Alter.«

»Keine Sorge. War schon beim ersten Mal nicht schön.« Eine Weile schaue ich ihn nur an, dann hebe ich die Hand und lasse sie auf seine Schulter fallen. »Bist einer von den Guten, Flöckchen, weißt du das?«

Verlegen grinsend zuckt er mit den Achseln. »Kann schon sein«, nuschelt er.

Ich lege den Kopf schief. »Aber wir müssen uns jetzt nicht küssen, oder?«

»Nur, wenn du das gern möchtest.«

»Später vielleicht. In deinen feuchten Träumen.«

»Ja, heb dir das Beste für Miss Black Panties auf.«

Es gelingt ihm, zur Seite auszuweichen, als ich mit einem Fausthieb auf seine Nierengegend ziele. Und das, obwohl er dabei kichert wie eine Hyäne auf Crack. Der Junge kennt mich einfach zu gut.

Immer noch lachend reißt er die Fahrertür auf und setzt sich hinters Steuer, um mich zu Hause abzusetzen. Ich weiß, dass er sich anschließend auf die Suche nach Alex machen wird, auch wenn er so tut, als wäre die Sache bereits gegessen. Heute Abend ist dann wohl *er* unser Klebstoff, und das ist nur halb so verrückt, wie es klingt. Allerdings scheint er sich dessen überhaupt nicht bewusst zu sein. Während der Fahrt schwallt er mich mit Geschichten über ein Mädchen zu, das er gestern beinahe klargemacht hätte, bis mein Hirn völlig auf Durchzug schaltet. Das Einzige, worauf ich mich konzentrieren kann, ist der Gedanke an Leas Reaktion, wenn sie meine Neuigkeit erfährt.

Ich hebe den Kopf und schaue durch die Windschutzscheibe in den bunten Himmel. Wahrscheinlich ist mir bei Flockes Dauerbeschallung eine Sicherung durchgebrannt, aber auf einmal finde ich den Anblick gar nicht mehr so schlimm.

Lea

300 Kalorien …

… stürzen mir entgegen, als ich die Tür öffne. Mindestens. Ich kann gerade noch die Arme ausstrecken, um einen der gigantischen Pizzakartons abzufangen, mit denen sich Jay in den Flur schiebt.

»Was«, keuche ich überrumpelt und habe Mühe, den Karton waagerecht zu halten, »was ist denn passiert?« In den vergangenen Stunden habe ich so sehr auf glühenden Kohlen gesessen, dass es mich nicht wundern würde, wenn mein Hosenboden durchgebrannt wäre. Ständig musste ich daran denken, wie ich Jay besinnungslos im Wexberger gefunden habe. Ihn jetzt grinsend hinter einem Pizzakarton auftauchen zu sehen, wirft mich vollends aus der Bahn.

»Was glaubst du denn?«, fragt er bestens gelaunt und tritt sich die Schuhe von den Füßen.

»Du bist einer Fee begegnet, und die hat Alex und Flocke in überlebensgroße Pizzen verwandelt?«

»Wenn du denkst, dass du mir so den Appetit verderben kannst, hast du dich geschnitten.« Schwungvoll nimmt er mir den Karton wieder ab und trägt ihn zusammen mit dem anderen in sein Zimmer. Nachdem er seine Fracht auf dem Schreibtisch platziert hat, dreht er sich zu mir um.

»Die beiden sind was trinken gegangen, also können wir in Ruhe ein bisschen feiern.«

»Und was genau?« Ich schaue in seine vergnügt blitzenden Augen, aber es gelingt mir trotzdem nicht, das Misstrauen in meiner Stimme zu zügeln. »Jay, was war bei Mike los?«

Er macht eine lässige Handbewegung. »Wir haben uns gepflegt unterhalten«, behauptet er. »Es ist alles okay, ehrlich. Aber kann ich dir das nach dem Essen genauer erzählen? Ich bin echt am Verhungern.«

»Meinetwegen.« Ich atme schnell aus und bemühe mich, Jays Lächeln zu erwidern. Was auch immer er mit Mike besprochen hat, es ist jedenfalls nicht schlimm genug, um ihm die Lust auf Kalorien zu rauben. Ich setze mich auf sein Bett und sehe zu, wie er den Computer hochfährt. Dann kramt er aus den Schubladen seines Schreibtisches einen Stapel DVDs hervor, die er wie einen Kartenfächer hochhält.

»Irgendwelche Vorlieben?«

Filmeabend und Pizza mit Jay. Nach der emotionalen Achterbahn der letzten Tage ist das so gewöhnlich, so … gemütlich, dass mich ein warmes Gefühl durchströmt. Wieder lächle ich, und diesmal ist es nicht gespielt. »Du hast nichts mit Meg Ryan, nehme ich an?«

»McWer?« Jay blickt ein wenig ratlos auf seine DVD-Auswahl hinunter, die von einem rauchigen Blau, Schwarz und Rot dominiert wird. Jungs-Filme, eindeutig. Spontan sortiere ich alles aus, was nach Autos oder Zombies oder Auto fahrenden Zombies aussieht, bis mein Blick an einer der Hüllen hängen bleibt.

»*The Avengers …?*«

»Großartige Wahl!«, lobt Jay, ohne mich ausreden zu lassen. Meine Mundwinkel zucken, als er sich beinahe vor Eifer überschlägt, die DVD ins Laufwerk einzulegen. Dann wirft er sich neben mich aufs Bett, sodass der Lattenrost ächzt.

Comiczeichnungen beginnen über den Bildschirm zu flimmern und werden allmählich von dem Schriftzug *Marvel* abgelöst. In diesem Augenblick streckt sich Jay unvermittelt nach der Maus, die er auf dem Bettrand abgelegt hat, und stoppt den Film. Er wendet sich zu mir, das Gesicht vollkommen ernst.

»Lea.«

»Jay?« Ich habe Mühe, mein Kichern zu unterdrücken.

»Dieser Film«, verkündet Jay salbungsvoll, »bedeutet Menschen mit Y-Chromosom viel. Sehr viel. Bist du sicher, dass du mit der Verantwortung umgehen kannst?«

»Jawohl«, bestätige ich ebenso feierlich. »Und jetzt lass den Schwachsinn und klick wieder auf Play.«

Er kommt meiner Aufforderung nach, allerdings mit einem merklichen Zögern. Zufrieden genehmige ich mir ein Stück Pizza, während ich schweigend die ersten actionreichen Szenen verfolge … doch das halte ich nicht lange durch.

»Warum machen denn alle so viel Tamtam um diesen blauen Würfel?«, platzt es schließlich aus mir heraus, und ich spüre zu meiner heimlichen Belustigung, dass sich Jays Muskeln straffen.

»Du meinst den Tesseract.«

»Ja, aber was ist das genau?«

Er rutscht ein bisschen auf seinem Platz hin und her. »Das ist – nicht so wichtig.«

»Du weißt es selbst nicht, oder?«

»Hier, nimm noch Pizza!« Er drückt mir das Stück auf ähnliche Weise in die Hand, wie man einem quengelnden Kleinkind einen Schnuller in den Mund stopfen würde. Beinahe tut er mir leid, und ich reiße mich während der folgenden Minuten zusammen. Aber dann kann ich einfach nicht anders.

»Dieser Loki«, flüstere ich anerkennend. »Das ist vielleicht ein Sahneschnittchen.«

Jays Kopf schnellt zu mir herum. »Wie bitte?!«

»Achte doch mal auf seine samtweiche Stimme«, rede ich unbeirrt weiter. »Oder diese traurigen blauen Augen …«

»Oh mein Gott, Nash!«, fällt mir Jay mit wachsender Verzweiflung ins Wort. »Du kannst das unmöglich ernst meinen. Loki ist doch der Bösewicht! Denk nur daran, wie er Hawk-Eye manipuliert hat!«

»Ist das dieser Legolas mit den kurzen Haaren?«

»Er plant die Zerstörung der gesamten Erde!«

»Solange er dabei dieses Lächeln auf den Lippen hat …«

»Und wenn hier irgendjemand heiß ist, dann ja wohl Iron Man, also … also …« Jay schnappt sich wieder die Maus, und das Bild gefriert mitten in einem Schwenk über Scarlett Johanssons eindrucksvolle Kurven. »Also, ich glaube, wir können diesen Film nicht zu Ende gucken«, vollendet er mit Grabesstimme den Satz. »Zu viel Konfliktpotenzial.«

Unschuldig blinzle ich ihn an. »Schade. Wir waren noch gar nicht bei der Szene, wo der rote Roboter …«

»Iron Man!«

»… der Bruder von Gale, der böse Shrek und all die anderen über große Entfernung hinweg ganz ohne technische Hilfsmittel miteinander plaudern.«

»Arrrrgh!« Jay krümmt sich, als würde ich ihm körperliche Schmerzen zufügen, doch dann stockt er. »Warte – was?«

»Sie haben keine Headsets! Okay, Iron Man hat J.A.R.V.I.S., aber was ist mit den anderen? Hat der Hulk etwa so große Ohren, damit er besser hören kann?«

Zum zweiten Mal an diesem Abend protestiert der Lattenrost mit einem Knarren, als sich Jay über mich rollt. Seine Ellenbogen bohren sich zu beiden Seiten meines Kopfes in die Matratze, und er zieht die Augenbrauen düster zusammen.

»Du hast den Film schon gesehen, oder?«, knurrt er mich an.

Ich schenke ihm ein breites Grinsen. »Drei Mal, um genau zu sein.«

Sein Kuss trifft mich so unerwartet, dass ich nach Luft schnappe. Während der ersten Sekunden schmecke ich noch einen Hauch von Tomaten und Peperoni, dann aber bleibt nichts anderes zurück als Jay. Seine Süße und sein frischer Duft, der mich wie eine Decke einhüllt. Viel zu früh beginnt er, sich wieder von mir zu lösen, indem er sich ein wenig aufrichtet. Ich fühle schon Bedauern darüber, dass es nun zu Ende ist – da saugt Jay meine Unterlippe zwischen seine Zähne und beißt einmal kurz zu. Ein Hitzestoß fährt von meinem Mund bis in meine Brust, und ich habe keine Ahnung, ob ich mich beschweren soll … oder vielleicht nach mehr verlangen.

»Das war für den roten Roboter«, murmelt Jay.

Es dauert eine Weile, bis sich meine Gehirnwindungen wieder halbwegs organisiert haben. »Mmh. Okay, tut mir leid«, räume ich ein, die Stimme noch etwas gepresst. »Das heißt aber nicht, dass ich den Film für besonders wertvoll halte. Und diese Headset-Geschichte geht mir wirklich auf die Nerven. Es ist nur so, dass ich auch mit fragwürdigen Sachen meinen Spaß haben kann.«

»Wenn das jetzt eine Anspielung auf meine Wenigkeit war, kriegst du demnächst den Hintern versohlt, Nash.« Als Kontrast zu seinen Worten streicht Jay eine Haarsträhne aus meinem Gesicht. »Hätte ich mal lieber einen Horrorfilm ausgesucht, dann wärst du jetzt nicht so frech.«

»Nur zu deiner Information, ich habe absolut kein Problem mit Horrorfilmen«, behaupte ich.

Jay sieht mich stirnrunzelnd an. Vermutlich ist es schwer zu glauben, dass sich jemand nicht vor dem Anblick blutigen Gemetzels fürchtet, dafür aber bei einer ungeraden Zahl von Büchern in einem Regal fast eine Panikattacke bekommt. Einen Moment lang rechne ich damit, dass er mich genau darauf ansprechen wird, aber zum Glück ist meine Sorge unbegründet. Stattdessen taucht wieder dieses unternehmungslustige Funkeln in seinen Augen auf.

»Ach ja?«, fragt er lauernd. »Das heißt, du fürchtest dich auch nicht, wenn ich dir jetzt eine gruselige Geschichte erzähle?«

Ich schiebe das Kinn vor. »Kein bisschen.«

»Schön, dann wollen wir das mal ausprobieren.« Immer noch ruht sein Blick prüfend auf mir, und ich versuche, völlig entspannt auszusehen, als er beginnt: »Stell dir vor, du hast dich in einem Wald verirrt. Der Akku von deinem Handy ist leer, und es wird schon finster. Dann fängt es auch noch an zu regnen. Als du in der Dunkelheit den Eingang zu einer Art Höhle ertastest, kriechst du hinein, um dort zu übernachten.« Jay hat die Stimme gesenkt, und das leise Kratzen darin jagt mir einen Schauer über den Rücken. »Du bist müde und setzt dich auf einen Felsbrocken. Zufällig findest du in deiner Tasche ein Feuerzeug. Du machst es an, und im flackernden Licht erkennst du, dass es gar kein Felsen ist, auf den du dich gesetzt hast, sondern ein Sarg. Und er steht offen.« Erst jetzt merke ich, dass ich die Luft anhalte. Jay beugt sich noch ein wenig zu mir vor. »Du blickst direkt in das Gesicht des Toten«, raunt er, und als er weiterspricht, senkt sich seine Stimme nach und nach bis zu einem Flüstern. »Seine Haut ist sehr blass im Licht der Flamme. Ein Schatten tanzt über seinen Mund. Es sieht so aus, als würden sich seine Lippen bewegen. Ganz langsam öffnen sie sich … immer weiter … und er sagt …

… HAB ICH DICH AM WICKEL!« Jay packt mich im Nacken, und ich kreische los, als hätte mein letztes Stündlein geschlagen. Mein Quieken dauert an, bis Jay sich von mir herunter auf die Matratze wälzt. Er lacht so sehr, dass es ihn am ganzen Körper schüttelt. Schließlich verwandeln sich meine Schreie ebenfalls in hysterisches Gekicher. Ich hebe kraftlos die Hand, um Jay in die Seite zu knuffen.

»Du bist so ein unglaublicher Torfkopf, Jay Levin! Ich hätte mir vor Schreck beinahe in die Hosen gemacht!«

»Ach, stell dich doch nicht so an«, gibt er zurück, noch völlig außer Atem. »Meine Mom hat mir das immer wieder erzählt, seit ich ungefähr sieben war. Als Ausweichmanöver, wenn ich sie wegen 'ner zweiten Gutenachtgeschichte genervt hab.« Abermals beginnt er zu lachen und merkt dabei gar nicht, dass meine Belustigung inzwischen abgeflaut ist. Zwar zeigen meine Mundwinkel noch nach oben, aber ich bin mit den Gedanken bereits ganz woanders. Insgeheim versuche ich mir vorzustellen, wie die Frau auf der Hollywoodschaukel mit einem kleinen Jay herumalbert. Ich bin mir nicht so sicher, ob diese Geschichte für einen Siebenjährigen geeignet ist, doch für ihn scheint es eine positive Erinnerung zu sein. Schweigend beobachte ich ihn, wie er sich die Lachtränen aus den Augen wischt, und dann rutscht mir die Frage einfach so über die Lippen: »Hast du wirklich vor, deine Mutter nie mehr wiederzusehen?«

Von einer Sekunde auf die andere ist seine aufgekratzte Fröhlichkeit verschwunden, und Verwirrung macht sich in seinem Gesicht breit. Dann wird sein Blick beinahe ausdruckslos.

»Wieso willst du das jetzt wissen?«, fragt er gedehnt.

Möglichst beiläufig zucke ich mit den Achseln. »Nur so. Es klingt für mich halt nicht danach, als wäre euer Konflikt unmöglich aus der Welt zu schaffen. Ich verstehe schon, dass die Sache mit deinem Vater …«

»Tust du nicht.« Jay sagt es scharf, es ist wie das Klatschen einer Ohrfeige. »Sorry, Nash, aber das verstehst du überhaupt nicht.«

»Dann erklär es mir doch!«

Mit eckigen Bewegungen steht Jay vom Bett auf und holt die DVD aus dem Laufwerk seines Computers. Er sieht mich nicht an, während er die Scheibe in ihre Hülle steckt. »Keine Lust«, murmelt er dabei.

»Wahrscheinlich genauso viel, wie ich gestern Lust hatte, dir von Tommy zu erzählen.« Ich merke erst, wie kindisch sich das anhört, nachdem ich es ausgesprochen habe. Fast, als wollte ich seine Lebensgeschichte mit meiner aufwiegen. Prompt lacht Jay wieder, aber diesmal klingt es ganz anders als noch vor einer Minute.

»Was soll das werden?«, fragt er mich spöttisch. »Du hast mir deins gezeigt, also zeig ich dir jetzt meins?«

»Du hast es erfasst. Genau so läuft das.« Mit plötzlichem Trotz funkle ich ihn an, bis er sich seufzend gegen die Kante seines Schreibtisches lehnt.

»Und was genau möchtest du gern hören?«, fragt er. »Dass meine Mutter sich entschieden hat – gegen mich und für meinen Alten, der sie immer behandelt hat wie den letzten Dreck? An dem Tag, an dem er mir das Gesicht mit seiner Gürtelschnalle abschälen wollte, habe ich sie praktisch angefleht, mit mir zusammen abzuhauen. Ich hätte für sie sorgen können. Aber sie hat mich bloß angeglotzt und geheult, und damit, tut mir leid, hat sie nun mal ihre Wahl getroffen.«

Eine Stimme in meinem Inneren rät mir, das Thema lieber fallen zu lassen, doch ich bohre trotzdem weiter. »Sie kann dir nicht so egal sein, wie du tust«, sage ich leise. »Immerhin schickst du ihr regelmäßig Geld, oder?«

»Weil sie das unselbstständigste Wesen auf diesem Planeten ist!«, braust er auf. »Aber damit ist jetzt sowieso Schluss, wenn ich bei Mike aussteige!«

In den folgenden Sekunden ist das leise Summen des

Laptops das Einzige, was die Stille durchbricht. Ich lausche Jays Worten nach, um ganz sicher sein zu können, ehe ich frage: »Du wirst aussteigen? Ein für alle Mal?«

Jay macht eine flüchtige Handbewegung, wie um diese Neuigkeit herunterzuspielen. »Ja, das hab ich heute mit ihm geklärt. Ab morgen bin ich dann komplett aus der Sache raus.« Er redet hastig, als würden ihm die Worte gegen seinen Willen entschlüpfen. Ganz offensichtlich hat er sich diese Verkündigung anders vorgestellt – und ebenso meine Reaktion. Ich kämpfe gegen das Misstrauen an, das zuerst nur als dünnes Rinnsal durch meinen Körper sickert, mir dann aber entgleitet und ungehemmt über mich hinwegflutet.

»Ab morgen?«, wiederhole ich hölzern. Während ich es ausspreche, bemerke ich, dass Jay leicht zusammenzuckt. Falls er überhaupt vorhatte, mir davon zu erzählen, dann jedenfalls nicht jetzt, nicht so. »Was soll denn das bedeuten?«

»Nash, hör zu …«, setzt Jay an, und ich wappne mich gegen irgendwelche Ausflüchte oder die Behauptung, dass das nicht mein Problem sei. Dann aber gibt er sich offenbar einen Ruck. »Man kann bei Mike nicht einfach aussteigen, wann es einem passt, verstehst du? Erst muss er sich davon überzeugen, dass man loyal bleibt, ansonsten wäre das Risiko für ihn zu groß. Ich könnte ihn ja verpfeifen. Also muss man einen allerletzten, wichtigen Auftrag ausführen, sozusagen als Vertrauensbeweis.«

Inzwischen bereue ich das Pizza-Gelage von vorhin. Mein Magen ballt sich zusammen, bis Übelkeit in mir hochsteigt. Als ich schlucke, habe ich einen bitteren Geschmack im Mund. »Kannst du mir auch verraten, was das für ein Auftrag sein soll?«

Ich frage das, obwohl ich es eigentlich überhaupt nicht wissen will. Am liebsten würde ich dieses ganze Gespräch stoppen, die Zeit zurückdrehen, bis das hier wieder ein gewöhnlicher DVD-Abend ist. Ich spiele sogar mit dem Gedanken, einfach aufzustehen und den Raum zu verlassen, als könnte ich mich auf diese Weise der Situation entziehen. Stattdessen bleibe ich jedoch stocksteif auf der Bettkante sitzen, gelähmt wie in einem Albtraum.

Jay kann mir meine Gefühle bestimmt vom Gesicht ablesen. Auch für ihn gibt es jetzt kein Zurück mehr, und seine Miene wirkt gequält, als er antwortet: »Ich soll zusammen mit einigen von Mikes Subdealern nach Bayern fahren, wo sein wichtigster Händler sitzt. Zuletzt hat der Typ total minderwertige Ware geschickt – verschnittenes, unsauberes Zeug. Mike will, dass wir Ersatz dafür holen.«

»Und wenn sich dieser Mann querstellt?« Ich sehe Jay direkt in die Augen, deren Silber sich verfinstert hat. Im Halbdunkel des Zimmers kann ich seine Pupillen kaum noch erkennen.

»Das hoffe ich nicht.«

Ohne es zu bemerken, habe ich begonnen, den Kopf zu schütteln. Plötzlich ist der Drang zu zählen wieder da, schlimmer als während der vergangenen Tage. Ich muss meine gesamte Konzentration aufbringen, um nicht erneut die glänzenden Vierecke an der Fotowand durchzunummerieren. »Du weißt, dass das kompletter Irrsinn ist, oder«, bringe ich schließlich heraus.

»Ich glaube nicht, dass …«

»Nein!«, fahre ich dazwischen, und auf einmal ist meine Stimme fest. »Von all meinen Verrücktheiten reicht keine an diese Aktion heran! Du bist gerade einer Gefängnisstrafe entgangen und willst jetzt im großen Stil Drogen schmuggeln? Den Streit zweier Dealer austragen? Wie kann man nur so idiotisch sein?«

Ich spucke ihm die Fragen vor die Füße wie etwas, das mir den Mund verätzt hat. Dabei wird die warnende Stimme in meinem Inneren ständig lauter. Es ist eine Sache, ihm spaßeshalber Schimpfwörter an den Kopf zu werfen, aber niemand würde es wagen, Jonathan Levin im Ernst als Idioten zu bezeichnen. Trotzdem rudere ich nicht zurück, weiche nicht einmal seinem eisigen Blick aus. Dafür bin ich viel zu wütend.

»Es mag dir ja nicht aufgefallen sein, aber das ist keine Entscheidung, die ich zum Vergnügen getroffen habe«, sagt Jay schneidend. »Oder weil ich so ein Idiot bin. Das sind nun mal die Regeln, und ich habe keine andere Wahl.«

»Die hat man immer!«, entgegne ich, doch das entlockt Jay bloß ein abfälliges Schnauben.

»Schon klar, dass du das denkst. Gehört wohl zu den motivierenden Sätzen, die man in der Klinik eingetrichtert kriegt, was? Aber stell dir vor, manchmal sind die Dinge ein bisschen komplizierter. Mike ist nicht einfach nur der miese Typ, als den du ihn siehst. Er hat meiner Familie geholfen, als wir echt am Ende waren, okay? Wenn er meinem Vater damals nicht das Geld gegeben hätte …«

»Oh ja, er ist ein richtiger Wohltäter – leiht einem Mann Geld und macht dann den Sohn zum Kriminellen. Und dafür darf er jetzt von dir verlangen, was er will?« Meine

Fingernägel bohren sich in meine Haut, so krampfhaft habe ich die Fäuste geballt. Ich hoffe verzweifelt, dass ich Jay aus der Reserve locken konnte – doch dann verschränkt er abweisend die Arme vor der Brust.

»Das verstehst du nicht«, sagt er zum zweiten Mal an diesem Abend, und das ist der Moment, in dem ich explodiere.

»Ganz genau, ich verstehe es kein bisschen!«, schreie ich ihn an, obwohl ich nie laut streite, schon seit Jahren nicht. »Du denkst, dass du einem Drogenboss mehr Loyalität schuldest als deiner Mutter?!«

Mit einem Stöhnen lässt Jay den Kopf nach hinten fallen. »Sind wir wieder bei dem Thema angelangt! Und das kommt ausgerechnet von dir, die ihren Eltern verheimlicht, wo sie steckt!«

»Ja, weil ich Angst habe! Ich habe solche Angst, dass ich mir deshalb mein Leben komplett versaue, wie du selbst gesagt hast. Und wahrscheinlich ging es deiner Mutter genauso – aus Angst macht man eben manchmal Dinge, die man später bereut. Aber du bist derart stur und von dir selbst eingenommen, dass du lieber einem Mistkerl wie Mike folgst, anstatt deinen eigenen Kopf zu benutzen!«

Als ich abbreche, trommelt mein Herz wie nach einem Vierhundert-Meter-Sprint. Ich fühle das Blut in meinen Schläfen pulsieren. Im Gegensatz zu mir wirkt Jay keine Spur aufgebracht, sondern er beobachtet mich aus schmalen Augen, wie um mich neu einzuschätzen. Als er endlich antwortet, klingt seine Stimme so hart, dass es mich trotz meiner Erregung kalt überläuft.

»Na klasse, Nash. Fassen wir das doch mal zusammen:

Du hältst mich für einen Idioten, einen Kriminellen und ein arrogantes Arschloch. Wenn ich so unter deiner Würde bin, warum verpisst du dich dann nicht einfach?«

Damit scheint ein Gitter zwischen uns herunterzufallen. Jay ist nur einen Schritt von mir entfernt – so nahe, dass ich seine Atemzüge wahrnehmen kann und das leichte Zucken an seinem Kinn –, aber trotzdem ist er für mich unerreichbar. Wahrscheinlich befindet er sich gedanklich bereits auf dem Weg nach Deutschland, um sich aus voller Überzeugung sein eigenes Grab zu schaufeln. Und es gibt nichts, was ich dagegen tun könnte.

Mechanisch tragen mich meine Beine aus dem Raum, und ich werfe die Tür hinter mir zu.

Jay

Über alles, was ich gern tun würde

Meinen Computer aus dem Fenster werfen – *Avengers*-DVD gleich hinterher.

Bei Mike vorbeifahren und sein Inneres nach außen stülpen, weil er mich in diese beschissene Situation gebracht hat.

Meinen Schädel durch die nächste Wand schmettern, bis ich Flocke persönlich Gute Nacht sagen kann.

Doch mehr als alles, alles andere will ich Lea hinterherrennen, sie anschreien, küssen, ganz egal, solange ich diese Stille nicht länger ertragen muss. Seit ich allein bin, versuche ich, ganz flach zu atmen, damit mir kein Geräusch aus der restlichen Wohnung entgeht. Leider funktionieren die Mauern gerade dann als Schalldämmer, wenn ich es überhaupt nicht gebrauchen kann. Ich habe keine Ahnung, ob Lea sich zum Schlafen auf die Couch gelegt hat oder ob sie vielleicht wieder am Herd steht, um ihr verfluchtes Ritual durchzuführen. Das wäre ganz bestimmt das Letzte, womit ich heute Abend gerechnet hätte. Ich könnte mir selbst in den Hintern treten dafür, dass ich ihr von diesem Auftrag erzählt habe, anstatt ihr nur die gute Nachricht zu verraten. Aber warum musste sie sich auch so in diese Geschichte reinsteigern? Nichts von dem, was morgen passieren soll, hat irgendwas mit ihr zu tun. Es wäre so viel einfacher für uns beide, wenn sie mich in Ruhe lassen würde, anstatt ständig alles auf den Kopf zu stellen!

Dann wird mir allerdings klar, dass ich es besser hätte wissen müssen. Lea ist niemand, der einen in Ruhe lässt. Mein Leben lang hatte ich mit 'nem Haufen Leuten zu tun, bei denen ich von Glück reden konnte, wenn sie mich ignoriert haben – und dann ist da Lea. Zerrt an mir, treibt mich an, reizt mich bis zur Weißglut. Ich wünschte, sie würde dabei nicht ihre Zeit vergeuden. Das wünsche ich mir für sie, weil sie eindeutig was Besseres verdient hat, aber vor allem auch für mich selbst. Trotzdem ändert das nichts daran, in welcher Welt ich lebe. In wenigen Stunden geht die Sonne auf, dann wird Mike auf mich warten.

Ich lasse mich rückwärts auf mein Bett fallen und lege mir einen Arm quer über die Augen. Der Druck bringt Funken hinter meinen Lidern zum Tanzen, erst rot, später violett.

In wenigen Stunden geht die Sonne auf. Und ich weiß genau, was ich zu tun habe.

1 plötzlicher Knall …

… reißt meinen Schlaf in Fetzen. Ich fahre so schnell von der Couch hoch, dass mir sekundenlang schwarz vor Augen wird. Nur allmählich weicht die Dunkelheit einem fahlen Grau, und ich erkenne, dass es bereits früher Morgen ist. Nachdem ich eine gefühlte Ewigkeit gegen Horrorvisionen angekämpft habe, die sich als Zahlen ihren Weg nach draußen bahnen wollten, bin ich also doch eingeschlafen. Ein Fehler, der mein Herz dazu bringt, sich zusammenzukrampfen.

Ich springe von der Couch und verfluche meine Beine dafür, dass sie mir so kurz nach dem Aufwachen noch nicht richtig gehorchen wollen. Anstatt auf den Flur zu stürmen, gelingt mir nur ein benommenes Taumeln, und ich muss mich an der Wand abstützen. Obwohl mein T-Shirt verschwitzt an mir haftet, ist mir eiskalt. Was war das für ein Geräusch, das mich geweckt hat? Nur das Schlagen von Jays Tür? Von der Tür zum Bad? Oder habe ich wirklich die letzte Gelegenheit verpasst …

Ohne zu klopfen, stürze ich in Jays Zimmer, und der Anblick des leeren Bettes lässt meinen Magen nach unten sacken. Mit zitternden Knien haste ich zur Wohnungstür und reiße sie auf.

»Jay!«, rufe ich ins Treppenhaus, oder ich würde es gerne rufen, doch ich bringe nicht mehr als ein heiseres Flüstern zustande. Dabei ist mir bewusst, dass es keinen Zweck hat. Jay ist schon längst fort.

Lautlos schließe ich die Tür wieder und lehne mich dagegen. Das Zittern in meinen Knien breitet sich aus, bis ich das Gefühl habe, nicht mehr aufrecht stehen zu können. Ich starre auf den Fußboden, aber diesmal bemerke ich die Ritzen darin kaum. Stattdessen sehe ich die vielen Stunden vor mir, die ich jetzt wartend verbringen muss, während Jay wer weiß was passiert. Das hier wird schiefgehen, da bin ich mir sicher. Es fühlt sich beinahe so an wie meine üblichen dunklen Vorahnungen, aber diesmal bilde ich mir nicht ein, die Situation mit irgendeinem Ritual retten zu können. Ich habe keine Kontrolle über das, was Jay tun wird. Und ich glaube, ihm selbst geht es nicht anders.

Endlich schaffe ich es, mich wieder von der Tür zu lösen. Schwerfällig gehe ich durch den Flur, vorbei an Alex' und Flockes Zimmern. Ich belege die beiden Jungs mit einem stummen Fluch, weil sie doch wissen müssen, worauf sich ihr Freund heute einlässt – wie können sie nur so ruhig schlafen, obwohl sich Jay gerade seine Zukunft verbaut?

Wie ferngesteuert setze ich meinen Weg bis zum Badezimmer fort, wo mich mein bleiches Spiegelbild empfängt. Ich versuche mich an meinem Hundert-Bürstenstriche-Ritual, aber es hilft so wenig gegen meine Panik, als ob ich einen Hausbrand mit einem einzigen Eimer Wasser löschen wollte. Schließlich streiche ich meine Haare zurück, putze mir die Zähne und schrubbe mein Gesicht, als könnte ich dadurch die Ringe unter meinen Augen beseitigen.

Du willst bereit sein, sagt ein boshaftes Stimmchen in meinem Kopf. Wenn ein Anruf von einer Polizeistation kommt, weil Jay festgenommen wurde. Oder eine Nachricht aus dem Krankenhaus …

Der letzte Gedanke wird von einem dumpfen Hämmern unterbrochen. Noch einmal schießen mir meine Befürchtungen durch den Sinn, alle auf einmal, dann lösen sie sich in weißem Rauschen auf. Mit großen Schritten durchquere ich den Flur, strecke schon im Laufen die Hände nach vorne. Schlitternd bremse ich ab und klammere mich an die Türklinke, um nicht das Gleichgewicht zu verlieren. Abermals klopft jemand von der anderen Seite gegen das Holz. Ich reiße die Wohnungstür auf –

– und zwei Arme schlingen sich um meine Taille, ein fremder Herzschlag trommelt gegen meine Brust. Längst ist das weiße Rauschen zu einem Tosen angeschwollen. Ich kann mich selbst kaum verstehen, spüre nur die Bewegung meiner Lippen, während ich immer wieder stammle: »Oh mein Gott, Jay. Ist alles in Ordnung?«

Er antwortet nicht, sicher minutenlang. Stattdessen drückt er mich noch fester an sich, bis es beinahe wehtut. Seine Stirn lehnt an meinem Hals, und plötzlich durchzuckt mich die Befürchtung, dass er weint. Dann aber beendet er die Umarmung abrupt und schaut auf mich herunter. Ein Blick in sein Gesicht reicht aus, um meine Sorgen fortzuwischen. Noch nie habe ich seine Augen so gesehen, voll ungläubiger, fieberhafter Begeisterung, als sein Mund ein breites Lächeln formt.

»Los, komm mit«, sagt er und hat mich auch schon an der Hand gepackt, um mich aus der Wohnung zu ziehen.

»Ähm, wie bitte? Erklär mir doch erst mal, was überhaupt los ist!«

»Ich hab es mir überlegt«, stößt Jay hervor. »Die Sache wird heute ohne mich steigen. Ich bin endgültig fertig damit.« Er macht erneut Anstalten, mich über die Schwelle zu zerren, aber ich stemme instinktiv die Fersen gegen den Boden.

»Und was ist mit Mike?«, frage ich fassungslos.

»Kann mich mal kreuzweise«, gibt er zurück. Unvermittelt legt er die Hände an meine Wangen und gibt mir einen schnellen Kuss auf den Mund. Die Erleichterung strömt in Wogen über mich hinweg, raubt mir den Atem, lässt mich schwindelig werden.

Wieder greift Jay nach meinem Arm. »Komm mit, ich will dir was zeigen!«

»Draußen?«, keuche ich und finde langsam in die Realität zurück. »Ich bin doch noch gar nicht angezogen!«

Jay lässt die Augen über mein weites Schlafshirt und die Shorts gleiten. »Du siehst super aus«, sagt er im Brustton der Überzeugung. Dann lässt er es aber wenigstens zu, dass ich in meine ausgetretenen Chucks schlüpfe. Während ich fahrig die Schuhbänder verknote, macht er ein paar Schritte in die Wohnung hinein und taucht einen Moment später mit seiner Kamera wieder auf.

»Bereit?«, fragt er mich, und da fasse ich den Entschluss, keine Fragen mehr zu stellen.

Sobald ich nicke, schließt sich Jays Hand warm und fest um meine, als würde sie genau dort hingehören. Ohne ein weiteres Wort zieht er mich in den goldenen Sommermorgen hinaus.

Wir fahren zum Westbahnhof und von dort fast eine Stunde mit dem Zug, ohne dass mir Jay verrät, wo es hingehen soll. Er spricht überhaupt wenig. Dafür hält er die ganze Zeit meine Hand, reicht sogar dem Schaffner unsere Tickets mit links, um mich nicht loslassen zu müssen. Wenn er mich ansieht, flimmert es in seinen Augen wie Quecksilber.

Schließlich haben wir unser Ziel erreicht, eine sehr ländliche Gegend. Direkt neben dem Bahnsteig breiten sich Felder aus. Jay führt mich erst über den Asphalt, dessen Hitze ich durch meine Schuhsohlen zu spüren glaube, und dann über sonnenverbranntes Gras. Inzwischen ist die Temperatur schon so hoch geklettert, dass ich dankbar für meine nackten Beine und das lockere T-Shirt bin. Es ist ohnehin niemand in Sichtweite, der meinen Out-of-Bed-Look missbilligen könnte. Anstatt auf die nahe gelegene Kleinstadt zuzusteuern, lotst mich Jay nämlich in die entgegengesetzte Richtung, vorbei an den zum Teil schon abgeernteten Feldern. Es ist nicht einmal ein richtiger Weg, über den wir laufen, sondern eine Reifenspur, die links und rechts neben einem Grashügel verläuft. Nach wenigen Minuten sind meine Chucks mit Staub bedeckt.

»Da wären wir«, sagt Jay endlich und nimmt zum ersten Mal seine Hand aus meiner, um eine pompöse Geste zu machen.

»Am absoluten Arsch der Welt?«, frage ich. »Oh, da wollte ich schon immer mal hin.«

Jay pustet sich eine Locke aus der Stirn, und es sieht so mädchenhaft arrogant aus, dass ich lachen muss. »Von wegen Arsch der Welt. Was ist denn bitte schön das da?« Er deutet auf einen verwitterten Steinkreis am Wegrand, der halb mit bräunlichem Efeu überwuchert ist. Ich recke den Hals, um hineinzuspähen.

»Das ist ein ausgetrockneter Brunnen.«

»Und hier, Lea Moll«, sagt Jay feierlich, »irrst du dich. In Wahrheit ist das nämlich ein bodenloses Loch.«

»Mhm, klar. Das heißt, wenn ich dort einen Stein reinwerfe, kommt er in Neuseeland wieder raus?«

»Also, jetzt redest du echt Blödsinn. Wenn ich *bodenlos* sage, dann heißt das natürlich, dass das Loch unendlich ist«, erklärt Jay bitterernst. »Alles klar? Da kommt gar nichts wieder raus. Und du sollst auch keinen Stein runterwerfen, sondern das.« Mit einer ähnlichen Geste wie ein Zauberer, der eine Münze hinter einem Ohr auftauchen lässt, zieht Jay einen kleinen roten Gegenstand aus seiner Hosentasche. Vor Überraschung brauche ich mehrere Sekunden, bis ich erkannt habe, was es ist.

»Mein Notizbuch«, sage ich verwirrt. »Wo hast du das her?«

»Ich hab es zusammen mit meiner Kamera aus der Wohnung geholt«, erklärt Jay, ohne auch nur eine Spur von schlechtem Gewissen. »Wir brauchen es für die Aktion, die ich mit dir vorhabe.«

Jetzt zögert er einen Moment, und das genügt, um Argwohn in mir aufsteigen zu lassen. Das Buch sieht zwischen seinen Fingern geradezu winzig aus – kaum zu glauben, dass ich es schon seit zwei Jahren mit Strichlisten und Zahlen vollkritzle. Um meine Beunruhigung zu überspielen, hebe ich eine Augenbraue und erkundige mich: »Wir müssen dafür aber nicht unsere Klamotten ausziehen, oder?«

»Mir gefällt die Richtung«, sagt Jay, »aber nein. Ich schlage dir einen Deal vor, bei dem du allerdings kein kostbares Schmuckstück loswerden sollst. Nur das hier.« Er greift nach meiner Hand und hält sie so, dass die Fläche nach oben zeigt. Dann legt er das Notizbuch hinein.

Ich fröstle trotz der warmen Sonnenstrahlen, und beim Schlucken kratzt es in meiner Kehle. »Du möchtest, dass ich das Buch in den Brunnen werfe?«, frage ich, obwohl absolut klar ist, worauf Jay hinauswill. Unmöglich, dieses Sinnbild falsch zu verstehen. Nachdem ich mich jetzt fast zwei Tage lang erfolgreich gegen das Zählen und Kontrollieren gewehrt habe, empfinde ich aber auf einmal keinen Triumph mehr, sondern einfach nur Angst.

Jay macht keine Anstalten, mich zu überreden. Schweigend wartet er so lange ab, bis ich schließlich auf die niedrige Mauer zugehe. Dort versuche ich noch einen letzten Protest: »Eigentlich hat es gar keinen Zweck, es loszuwerden, weil ich den Inhalt größtenteils auswendig weiß.«

Das scheint ihn nun doch zu verunsichern. Er reibt sich einmal über das Kinn, bevor er nachhakt: »Ähm … du erinnerst dich also noch daran, wie oft ich in der Nacht mit dieser Blondine gestöhnt habe …?«

»Dreizehnmal weniger als in der Nacht mit mir.«

Vielleicht spielt das grelle Sonnenlicht meinen Augen einen Streich, doch es kommt mir so vor, als hätte sein Gesicht leicht die Farbe gewechselt. »Das hast du auch mitgezählt?«, fragt er und schaut mich groß an. Aber da gebe ich den Kampf gegen die Spannung in meinen Mundwinkeln auf. Grinsend schüttle ich den Kopf.

»War nur eine grobe Schätzung.«

»Also gut, Nash«, sagt er locker, doch seine Erleichterung ist nicht zu übersehen. »Dann war's das jetzt mit den Zahlen. Dein Leben soll nicht mehr gezählt werden, sondern geschätzt. Und ich schätze, es könnte ziemlich gut werden – wenn du dich traust.«

Er tritt hinter mich, so nahe, dass ich ihn an meinem Rücken spüren kann. »Also bodenlos, hm?«, murmle ich, während ich die Hand langsam über die Öffnung strecke.

»Na ja, als Kind hab ich mal ein paar Wodkaflaschen von meinem Alten da reingeschmissen. Die waren dann nicht mehr zu sehen, und das hat mir als Beweis genügt.«

»Als Kind?«, frage ich ungläubig, und dann fällt es mir wie Schuppen von den Augen. Natürlich hat mich Jay nicht nur deshalb mit der Bahn hierhergebracht, weil er mir einen wasserlosen Brunnen zeigen wollte. Sobald mir das klar geworden ist, wirble ich herum, sodass ich mir das rechte Knie am Steinrand aufkratze. »Sag mal, sind wir … sind wir etwa in deiner alten Wohngegend?«

Jay verzieht den Mund zu einem Lächeln, aber es gerät schief, unvollständig. »Das wäre dann mein Part unseres Tauschgeschäfts. Deine Angst gegen meine. Du hast zwar gesagt, dass ich zu sehr von mir selbst eingenommen bin, um den Kontakt zu meiner Mutter wieder aufzunehmen, aber …«

»Oh Gott, bitte vergiss das einfach«, unterbreche ich ihn und hefte den Blick verlegen auf den Brunnen. Meine Wangen werden heiß. »Keine Ahnung, was ich mir dabei gedacht habe, so was zu dir zu sagen. Tut mir wirklich leid.«

»Muss es nicht«, sagt er schnell. Er klingt merkwürdig, anders als sonst. Fast, als wäre er nicht ganz da, und gleichzeitig könnte er mir kaum näher sein. Was auch immer das ist, es bringt mein Herz zum Stolpern. Ich würde ihn jetzt zu gerne anschauen, doch er legt beide Hände auf meine Taille und hält mich so in meiner Position fest.

»Das klingt sicher total bescheuert, ich weiß«, fährt er fort. »Aber es ist so, dass … es ist so, dass du mich rettest, Nash. Und ich meine nicht nur die Sache im Wexberger, sondern jeden verdammten Tag. Das hatte ich vorher noch nie, und irgendwie macht es mir auch eine Scheißangst, aber … ich hoffe einfach nur, dass du nicht damit aufhörst. Okay?«

Sein Griff lockert sich, und jetzt schaffe ich es doch, mich in seinen Armen zu drehen. Ein beinahe erschrockener Ausdruck huscht über sein Gesicht, als ich mich zu seiner rechten Wange hochrecke. Dann schließt er die Augen. Seine Lider zucken ganz leicht, während ich seine Narbe küsse. Immer noch reicht mein Arm über den Brunnenrand, und ich öffne die Faust. Lasse zwei Jahre aus Zahlen ins Bodenlose fallen.

Jay

Über knock knock knockin' on the wrong door

»Und jetzt?«, fragt Lea, nachdem sie ihre leere Hand vom Brunnen weggezogen hat. Es klingt so locker, als wäre gerade überhaupt nichts Besonderes passiert. Dabei bilde ich mir ein, ihre Lippen immer noch auf meiner Narbe zu spüren – und das ist echt seltsam, denn an dieser Stelle ist meine Haut normalerweise so gut wie taub.

»Jetzt werde ich meinen Teil unseres Deals erfüllen, ist doch klar«, sage ich.

»Okay, dann warte ich einfach hier …« Sie macht Anstalten, sich auf den Brunnenrand zu setzen, aber ich erwische sie am Handgelenk und halte sie fest.

»Spinn nicht rum, Nash. Du kommst natürlich mit, was denkst du denn?«

»I…ich soll dabei sein, wenn du deine Mutter besuchst?«, stammelt sie und sieht mich an wie jemanden, der sie zu einem spontanen Kurztrip in die Antarktis eingeladen hat.

»Du glaubst doch wohl nicht, dass ich das alleine mache!«

»Aber …« Mit einem verzweifelten Seufzen schaut sie an sich hinunter. »Ich sehe aus wie der letzte Penner!«

Augenrollend umschlinge ich ihre Taille und ziehe sie

zu mir heran. Ein bisschen unsanft, aber ich glaube, das ist jetzt genau das Richtige. »Was an dem Satz *Du siehst super aus* hast du nicht verstanden?«

Anstelle einer Antwort windet sie sich nur in meinem Arm und folgt mir dann sehr widerwillig in Richtung der Häuser. Erst als wir die Ortstafel erreicht haben, gibt sie ihre Gegenwehr auf, grummelt aber noch leise vor sich hin.

Es ist gut, dass Lea wegen der Sache so ein Theater macht. Auf diese Weise kann ich mich ganz auf sie konzentrieren und werde davon abgelenkt, wie nervös ich selber bin. Allerdings hält dieser Effekt nur so lange an, bis wir an den ersten Einheimischen vorbeikommen. Wie jeden Sonntagvormittag setzen sie gerade ihre Gärten unter Wasser und feuern dabei vielsagende Blicke auf uns ab. Die Palette reicht von Erstaunen und Sensationsgier bis zu eindeutiger Ablehnung. Hier kann man unmöglich etwas vor den anderen geheim halten, auch wenn jeder gut darin ist, so zu tun, als wüsste er von nichts. In Wahrheit sind die meisten von denen schon mal frühmorgens auf meinen Alten gestoßen, wenn er hackedicht irgendwo im Rinnstein lag. Und wer mit mir zu tun hatte, wusste ganz genau, dass ich niemals so oft die Treppe runtergefallen bin wie behauptet. Bestimmt hat sich jeder das Maul darüber zerrissen, dass der Sohn vom alten Levin nach Wien abgehauen ist, nachdem er einmal zu oft Prügel kassiert hat.

Auch Lea entgeht das Starren der Leute nicht. Nach einer Weile hört sie auf zu meckern und läuft schweigend neben mir her. Natürlich hat sie keinen Schimmer, welches der einstöckigen Gebäude mein altes Zuhause ist, und ich überlege kurz, sie einfach daran vorbeizuführen. Trotzdem stoppen meine Beine ganz automatisch, sobald wir das hölzerne Gartentor erreicht haben. Der Plattenweg dahinter ist viel gepflegter als früher, und zu meiner Überraschung hat irgendwer im Vorgarten ein Blumenbeet angelegt. Sogar die Tür ist neu gestrichen, in einem hellen Blau, das schon fast einladend wirkt. Aber egal, wie die Fassade aussieht – dort drinnen erwartet mich die Treppe, unter der ich mich immer versteckt habe, wenn mein Alter nach Hause gekommen ist. Und der Fleck auf dem Teppichboden, wo er mal nach 'nem Gelage mit billigem Rotwein hingereiht hat. Fuck, ich will das alles nicht sehen. Was war das nur für eine bescheuerte Idee, hierher zurückzukommen?

Das Stupsen von Leas Ellenbogen reißt mich aus meinen Gedanken. »Kneifen gilt nicht«, flüstert sie mir zu. Ich beiße die Zähne aufeinander, bis es wehtut. Okay, dann bringe ich das mal hinter mich.

Mit großen Schritten durchquere ich den Vorgarten, und Lea bleibt dicht an meiner Seite. Nach dem Klopfen dauert es nur wenige Sekunden, bis uns schwungvoll geöffnet wird. Völlig verdattert schaue ich in das fette Gesicht von Semmel-Paul, dem Bäcker hier im Ort. Bei meinem Anblick werden seine wässrigen Augen schmal.

»Zu wem wollen Sie denn?«, fragt er steif, aber mit diesem Schwachsinn ist er bei mir an der falschen Adresse.

»Alter, du kennst mich seit meiner Geburt«, knurre ich. »Du weißt genau, zu wem ich will.«

Semmel-Paul reibt sich das Dreifachkinn, als müsste er angestrengt nachdenken. Etwas, worin er ganz bestimmt nicht viel Übung hat. »Deine Mutter wohnt hier nicht mehr, Junge«, sagt er schließlich, und jetzt bin ich wohl derjenige, der dämlich aus der Wäsche guckt.

»Hä? Was soll denn das heißen, sie wohnt hier nicht mehr?«

»Ganz einfach, dass das jetzt mein Haus ist, kapiert? Hab es damals noch deinem Vater abgekauft. Gott hab ihn selig.« Mit diesem beschissen heuchlerischen Spruch macht er sich daran, mir die Tür vor der Nase zuzuknallen, aber ich stelle meinen Fuß in den Spalt.

»Willst du mich verarschen? Stimmt, mein Vater hatte kein Problem damit, unter freiem Himmel zu pennen … aber das heißt noch lange nicht, dass er sein Zuhause verkauft hätte!«

»Versuch's mal bei deiner Cousine«, nuschelt Paul, dann lehnt er sich von innen gegen die Klinke. Ich muss meinen Fuß zurückziehen, wenn ich nicht will, dass er zu Mus zerquetscht wird – peng, schon ist die Tür zu. Kopfschüttelnd schaue ich in das verdammte neue Blau und komme mir vor wie ein Idiot.

»Tja, ich hätte seine frühere Bude wohl doch nicht so oft mit Eiern bombardieren sollen«, sage ich zu Lea. Anscheinend klingt es weit weniger cool als beabsichtigt, denn sie schiebt sich etwas näher an mich heran. Ihre Hüfte drückt gegen meine.

»Ich bin sicher, es ist alles okay«, antwortet sie leise.

»Klar, wieso auch nicht?« Diesmal treffe ich den richtigen Tonfall, obwohl mir gerade ziemlich schlecht ist, um ehrlich zu sein. Das miese Gefühl in meinem Magen wird sogar noch schlimmer, als wir die restlichen Häuser passiert haben und am Ortsrand angekommen sind. Dabei war das vermutlich der einzige Platz, an dem es mir damals immer gut ging – das Haus, in dem zuerst die Schwester meiner Mom gewohnt hat, und das seit deren frühem Tod meiner Cousine Theresa und ihrem Mann Daniel gehört. Hoffentlich können mir die beiden erklären, was zum Teufel eigentlich los ist.

Zu meiner Erleichterung hat sich hier in den vergangenen Jahren fast nichts verändert, nur die berühmte Hollywoodschaukel sieht ein bisschen verwittert aus. Ich steige die Verandastufen hinauf, wie ich es schon Tausende Male getan habe, und drücke auf den Klingelknopf. Unwillkürlich wähle ich dabei das Signal, das ich vor Ewigkeiten mit Theresa vereinbart habe: kurz – kurz – lang. Aus dem Augenwinkel kann ich sehen, dass Lea lächelt. Nachdem der lange Ton verklungen ist, warte ich fünf Sekunden und strecke dann den Arm aus, um erneut zu klingeln. Ehe mein Finger allerdings den Knopf erreicht, schwingt die Tür auf und gibt den Blick auf den kleinen Vorraum frei.

Meine Hand gefriert mitten in der Luft. Dort, zwischen der Wand mit Theresas Wachstumsstrichen und dem Kleiderständer, dem ich beim Spielen mal einen Arm abgebrochen habe, steht meine Mutter.

Lea

Ungefähr 20 Sekunden ...

... verstreichen, während sich Jay und die blonde Frau nicht von der Stelle rühren. Ich weiß sofort, wer sie ist, obwohl sie ihrem Sohn kein bisschen ähnelt. Außerdem hatte ich sie mir älter vorgestellt und irgendwie verhärmter. In Wirklichkeit sieht sie sehr hübsch aus mit ihrem Puppengesicht und den runden blauen Augen, und sie ist bestimmt noch nicht einmal vierzig.

»Jonathan?«, fragt sie heiser, und Jay, sensibel wie immer, findet natürlich genau die richtigen Worte.

»Ja, hi«, sagt er knapp.

Ich hatte wahrhaftig nicht vor, mich einzumischen, aber keiner von beiden scheint zu wissen, wie er mit der Situation umgehen soll. Also räuspere ich mich und trete einen Schritt nach vorne.

»Guten Tag, Frau Levin, mein Name ist Lea. Entschuldigen Sie, dass wir Sie so überfallen. Es ist alles in Ordnung, Jay wollte Sie bloß besuchen. Dürfen wir reinkommen?«

Es hört sich schrecklich gestelzt an, und weil ich mich nicht getraut habe, mir selbst ein Etikett zu verpassen, muss ihr meine Anwesenheit immer noch ein Rätsel sein. Doch sie fragt nicht nach. Stattdessen reißt sie die Tür auf, als würde sie eine ganze Schulklasse ins Haus lassen wollen, während sie vor sich hin stammelt: »Oh ja, natürlich, kommt rein. Es ist nicht aufgeräumt, na ja, nicht so ganz, aber … trotzdem, kommt rein. Bitte.«

Beim Rückwärtsgehen stolpert sie beinahe über ein Paar Schuhe und flüchtet sich in ein verlegenes Lachen. Jay hingegen verzieht keine Miene. Sein Gesicht ist vollkommen verschlossen, als er neben mir das kleine Wohnzimmer betritt. Mit einer flatternden Bewegung bietet uns Frau Levin die Couch an, sie selbst nimmt in einem geblümten Sessel Platz.

»Also«, beginnt sie stockend, weil Jay immer noch keinen Ton von sich gibt, »warum bist du eigentlich hier?«

»Dasselbe könnte ich dich fragen«, entgegnet er schroff. Seine Augen hält er dabei stur auf ihre Hände gerichtet, die sie unbehaglich zwischen den Knien zusammenpresst. »Was ist das für ein Bullshit, dass der Alte unser Haus verkauft haben soll?«

»Nicht fluchen, Jonathan«, flüstert seine Mutter. Als er sie endlich direkt ansieht, zuckt sie zusammen. »Ich wollte dir das alles längst erzählen«, redet sie weiter. »Aber auf deinem Handy konnte ich dich in den letzten Monaten nie erreichen …«

»Hab die Nummer gewechselt.«

»Ach so.« Sie entlässt ihre Hände aus dem Knie-Gefängnis und streicht sich hilflos ein paar helle Strähnen hinters Ohr. »Und deine Briefe mit dem Geld waren ja immer ohne Absender. – Das Geld!«, quietscht sie auf einmal und fährt von ihrem Platz hoch. Man merkt richtig, wie froh sie ist, der angespannten Situation zu entfliehen. Wieselflink huscht sie zu einem Regal hinüber, in dem mehr Vasen und Figürchen als Bücher stehen, und holt einen dickbauchigen Garfield aus Keramik vom obersten Brett. Jay verfolgt ihre Bewegungen mit einer Miene, die zeigt, dass er sich gerade schwer verschaukelt vorkommt.

»Einen Moment«, sagt seine Mutter außer Atem und trägt die Figur zum Couchtisch. Dann beginnt sie, an einem Verschluss auf der Unterseite herumzufummeln. »Ich muss das nur … irgendwie …«

»Lass mich das machen.« Wie aus einem Reflex heraus hat Jay ihr das Ding abgenommen und öffnet an ihrer Stelle die Klappe. Plötzlich fällt mir wieder ein, wie er sie gestern Abend genannt hat: die unselbstständigste Person auf diesem Planeten. In dem Moment kann ich mir lebhaft vorstellen, dass er sich als kleiner Junge mehr um diese kindlich wirkende Frau gekümmert hat, als es umgekehrt der Fall war.

»Hier, bitte«, sagt er ausdruckslos und will ihr den Garfield hinüberreichen. Dabei beginnt allerdings der Inhalt aus der rechteckigen Öffnung zu quellen – schlichte weiße Briefkuverts, mit einer fahrigen Schrift versehen –, und Jays Hand stoppt über der Tischplatte.

»Was zum …« Scheppernd fällt die Keramikkatze herunter, doch ihr Aufprall wird von dem vielen Papier ein wenig gedämpft. Jay starrt seine Mutter ungläubig an, während ich bereits ahne, worum es sich bei diesen Kuverts handelt. »Du hast das Geld nie benutzt, das ich dir geschickt habe? Gar nichts davon?«

»Na ja – nicht direkt gar nichts«, räumt Frau Levin ein, und dunkle Röte überzieht ihre Wangen. »Nach dem … dem Tod deines Vaters war alles nicht so einfach, da hab ich ein bisschen was gebraucht. Aber ich zahl es dir zurück, Ehrenwort! Ich hab jetzt nämlich einen Job, weißt du? Halbtags sitze ich bei Micha im Laden an der Kasse …«

Jay schnaubt. »Steht der alte Sack etwa immer noch auf dich?«, fragt er abfällig, und da kann ich nicht anders, als ihn zum zweiten Mal an diesem Tag mit dem Ellenbogen in die Seite zu stupsen. Er schaut mich an und dann gleich wieder weg, aber ich merke, dass sich sein Gesichtsausdruck verändert hat. »Das ist gut«, schiebt er ein wenig lahm hinterher. »Ehrlich, dass du jetzt richtig arbeitest, ist klasse. Ich wünschte nur, ich hätte das früher gewusst.«

»Am liebsten hätte ich es dir ja persönlich erzählt. Du erinnerst dich, als ich dich zur Beerdigung eingeladen hab … da gab's eine Menge, was ich dir gern gesagt hätte. Aber ich verstehe, warum du nicht gekommen bist. Und ich kann auch verstehen, dass du den Kontakt abgebrochen hast«, beteuert sie hastig. Ihr Blick flackert zu mir, als wäre ihr meine Gegenwart erst jetzt wieder eingefallen. »Mein Mann hat uns geschlagen, also mich, aber noch viel öfter den Jungen …«

»Mom.« Jay hat nur ganz leise gesprochen, doch es genügt, um Frau Levins ungefilterte Erzählung zu stoppen. Als sie sich zu ihm umdreht, schüttelt er leicht den Kopf.

»Na, jedenfalls hattest du allen Grund, böse auf Jonathan zu sein«, beendet sie ungeschickt ihren Redeschwall. Es klingt so harmlos, als würde sie nur vom Streit zweier Kinder um ein Sandspielzeug erzählen. Trotzdem ist es nicht diese seltsame Formulierung, die mich die Stirn runzeln lässt. Fast hätte ich schon nachgefragt, aber dann begreife ich, dass Jay nach seinem Vater benannt wurde – deshalb also der Spitzname. Da er seiner Mutter gar nicht ähnelt, kommt er wohl auch optisch nach Jonathan Senior. Ich kann mir kaum vorstellen, wie hart es für ihn ist, so viel von einem verhassten Menschen geerbt zu haben.

»Wieso ihr das Haus verkaufen musstet, versteh ich aber immer noch nicht«, lenkt Jay das Gespräch nun in andere Bahnen. Es ist offensichtlich, dass er so schnell wie möglich das Thema wechseln möchte.

Seine Mutter beginnt, eine Rille in der Tischplatte mit dem Finger nachzufahren. Jetzt erst fällt mir auf, dass sie keinen Ehering trägt, und dadurch wirken ihre Hände wie die eines jungen Mädchens. »Die ärztlichen Behandlungen, die dein Vater ausprobiert hat, waren sehr teuer, und nicht alles hat die Versicherung übernommen. Außerdem weißt du ja, dass er ziemliche Geldprobleme hatte. Das Haus war verschuldet, also ist beim Verkauf gar nicht viel rausgekommen … aber Jonathan hat zumindest versucht, vor seinem Tod die meisten offenen Rechnungen zu bezahlen.«

»Hat er ja super hingekriegt«, sagt Jay trocken. Seine Mutter blickt verunsichert auf, und anscheinend begreift er erst in diesem Moment, dass sie keine Ahnung von Jonathan Seniors Schulden bei Mike hat. Und vor allem nicht davon, auf welche Weise Jay diese Schulden begleichen musste. Ich warte darauf, dass er zu einer Erklärung ansetzt, aber er macht nur eine wegwerfende Geste. »Seine guten Absichten in Ehren, aber es war trotzdem scheiße von ihm, einfach dein Zuhause zu verscherbeln, nur weil er es selbst nicht mehr gebraucht hat.«

»Oh, aber ich hab zu dem Zeitpunkt gar nicht mehr in dem Haus gewohnt«, widerspricht Frau Levin. In der darauffolgenden Stille kann ich hören, dass draußen ein Auto vorfährt, aber Jay scheint das gar nicht zu bemerken. Sein Gesicht ist mit einem Mal sehr blass.

»Was willst du damit sagen?«

»Ich bin schon vor drei Jahren dort ausgezogen. Gleich, nachdem du weggegangen bist.«

Als wolle er noch einmal *Was?* fragen, bewegt Jay die Lippen, doch es kommt kein Ton dabei heraus. Sein Oberarm drückt gegen meinen, sodass ich spüre, wie sich seine Muskeln anspannen.

»Ich hab schlimme Fehler gemacht, das weiß ich«, fährt seine Mutter leise fort. »Hab ihm zu viel durchgehen lassen – und auch zu lange. Aber wenn ich ihm etwas nicht verzeihen konnte, dann wohl, dass er dich vertrieben hat.«

Jay gibt keine Antwort, und ich beobachte mit klopfendem Herzen, wie seine Kiefer arbeiten. Natürlich könnte er jetzt antworten, dass diese Erkenntnis zu spät gekommen ist – dazu hätte er jedes Recht der Welt. Trotzdem hoffe ich, dass er seiner Geschichte eine neue Richtung gibt. Es sieht allerdings nicht danach aus: Wie versteinert sitzt er neben mir, während eine Uhr direkt über unseren Köpfen lautstark die Sekunden vorwärtstreibt.

Ich erschrecke fast, als Jay unvermittelt den Arm ausstreckt. Langsam reicht er quer über die Tischplatte, dorthin, wo Frau Levin ihre dünnen Finger um die Kante geschlungen hat. Er drückt ihre Hand nicht, sondern berührt sie bloß wie etwas, an dem man sich verbrennen könnte. Wahrscheinlich halten wir alle drei den Atem an. Der Moment ist erst zu Ende, als jemand die Haustür aufsperrt. Sofort zieht Jay den Arm wieder zurück. Sein Blick huscht zum Wohnzimmereingang, wo Sekunden später eine Frau mit zwei Einkaufstüten erscheint. Sie kann höchstens drei oder vier Jahre älter sein als Jay, und sie hat die gleichen hellblonden Haare und großen blauen Augen wie Frau Levin. Anders als diese wirkt sie aber überhaupt nicht zerbrechlich, und der Ausdruck, mit dem sie Jay mustert, ist schon fast als grimmig zu bezeichnen.

»Sieh mal einer an, wer wieder seinen dürren Arsch hierher bequemt hat«, höhnt sie. Okay, jetzt ist die Familienähnlichkeit unverkennbar.

»Mein Cousinchen Theresa, wie es scheint«, antwortet Jay wie aus der Pistole geschossen. »Aber sooo dürr finde ich deinen Arsch eigentlich gar nicht.«

»Ganz schön große Worte für einen, der mit zehn noch ins Bett gepinkelt hat.«

»Du unterschlägst, dass es *dein* Bett war – und mir ein absolutes Vergnügen.«

Jays Mutter, die den ironischen Unterton dieses Schlagabtauschs offenbar nicht mitbekommen hat, rutscht nervös auf ihrem Platz hin und her. Ich dagegen habe Schwierigkeiten, mein Grinsen zurückzuhalten. Unglücklicherweise lenke ich so die Aufmerksamkeit der jungen Frau auf mich.

»Und wer ist deine kleine Freundin?«, fragt sie unverblümt, was mir einen Schwall Blut in den Kopf steigen lässt. Jay bleibt jedoch vollkommen ungerührt.

»Das ist Lea«, sagt er bloß, und die Selbstverständlichkeit, mit der er auf diese Frage antwortet, jagt mir einen weiteren Hitzestrom durch den Körper. »Wow, jetzt wird mir erst so richtig bewusst, dass ich drei Jahre ohne diesen Spruch von dir leben durfte.«

Zum ersten Mal lockern sich die strengen Züge in Theresas Gesicht. Ihre Augen werden ein wenig schmaler, und Lachfältchen bilden sich an den Seiten. »Ja, aber früher konnte ich dich damit noch in Panik versetzen. Was ist passiert? Bist du etwa tatsächlich ein Mann geworden?«

»Wie du siehst. Aber du hast dich kein bisschen verändert.«

»Dass du dich da mal nicht täuschst.« Mit einem kleinen Lächeln wendet sie sich an Frau Levin. »Tante Anna, könntest du bitte die Einkäufe in den Kühlschrank räumen? Ich hole inzwischen Luki aus dem Wagen.«

Als Frau Levin nach den Tüten greift, macht Theresa auf dem Absatz kehrt, und wir hören, wie sie die Verandatreppe hinunterspringt. Jay verdreht die Augen. »Hat sie sich jetzt doch durchgesetzt und einen Hund angeschafft? Der arme Daniel, ich dachte, der wäre allerg…«

Sein Mund bleibt offen stehen, als Theresa wieder im Türrahmen auftaucht. Gleichzeitig verkrampfen sich meine Schultern. Ich weiß, wie dumm und unnötig das ist, aber ich kann nichts dagegen tun.

Strahlend vor Stolz setzt Theresa den etwa einjährigen Jungen im hellblauen Body etwas höher auf ihre Hüfte. Sie weidet sich unübersehbar an Jays Reaktion, der das Baby angafft, als wäre es ein Alien. »Tja, man verpasst so einiges, wenn man sich drei Jahre lang nicht blicken lässt«, meint sie ein wenig spitz.

Inzwischen ist Jay von der Couch aufgestanden. Mit der

Faszination eines Schlangenforschers im Urwald nähert er sich Theresa und begutachtet das Kind in ihren Armen.

»Wahnsinn, er sieht genauso aus wie du. Armes Ding!«

Das freudige Lächeln seiner Cousine beginnt zu zerfallen, doch da beugt sich Jay schnell zu ihr hinüber und gibt ihr einen Kuss auf den Scheitel. »Er ist perfekt, Resa«, sagt er grinsend. »So wie alle Männer, die mit dir blutsverwandt sind.«

Theresa legt ihren Mund an die dicke Wange des Babys. »Hörst du das, Luki?«, fragt sie mit verstellter Stimme. »Du sollst mal so werden wie diese Hohlbirne?«

»Da«, sagt Luki.

»Und Russisch kann der Knabe auch schon«, stellt Jay fest. »Gib mal her.«

Als wäre es für ihn das Normalste auf der Welt, mit Kleinkindern zu hantieren, schnappt er ihr den Jungen einfach weg. Keine Spur von Zurückhaltung oder Sorge, etwas falsch zu machen. Luki lehnt an seiner Brust, und das fast kahle Köpfchen sieht neben Jays breiter Schulter sogar noch kleiner aus. Ich weiß nicht genau, warum, aber irgendwie lässt dieser Anblick einen Kloß in meiner Kehle wachsen. Vermutlich gibt es dafür gleich mehrere Gründe. Nachdem ich mich in den vergangenen Minuten bemüht habe, möglichst im Hintergrund zu bleiben, um das Wiedersehen nicht zu stören, fühle ich mich nun zum ersten Mal richtig fehl am Platz.

Als hätte ich mein Unbehagen laut ausgesprochen, wendet sich Jay auf einmal zu mir. Luki hat sich in seine Locken gekrallt, und das sieht so niedlich aus, dass ich einen Stich in meinem Inneren fühle.

»Willst du auch mal?«, fragt Jay beiläufig, während er versucht, seine Frisur vor den erstaunlich kräftigen Händchen zu retten. »Ich schätze, hier wird bald alles abgeerntet sein, dann könnte er bei dir weitermachen.«

Instinktiv drücke ich mich fester gegen die Couch, wie um darin zu verschwinden. »Schon gut, ich … Also, nicht nötig.«

»Jetzt hab dich nicht so. Das ist bestimmt super für die Durchblutung!« Jay hat es endlich geschafft, sich zu befreien, und hält den Kleinen auffordernd hoch. Der beginnt zu quietschen und strampelt heftig mit den nackten Beinen. Mein Mageninhalt verwandelt sich in Eiswasser. Stumm schüttle ich den Kopf.

»Lass sie doch«, schaltet sich Theresa ein, die mich stirnrunzelnd beobachtet. »Nicht jeder hat Babys gern.«

Oh Gott, das wird ja immer schlimmer. Ich muss einen schrecklichen ersten Eindruck auf sie machen. »Doch, klar«, stammle ich, »natürlich mag ich Babys.«

»Na dann los«, kommandiert Jay. Mit wiegenden Schritten schlendert er herüber, um Luki auf meinem Schoß abzusetzen. Ich sehe den kleinen Körper auf mich zukommen, rieche den süßlichen Duft nach Milch und Puder. Meine Lungenflügel scheinen zu verkleben, bis mir das Atmen schwerfällt. Zum Glück schirmt mich Jay vor Theresa ab, sodass ihr die Verzweiflung in meinem Gesicht entgeht.

»Jay«, forme ich mit den Lippen, aber er antwortet nicht, sondern sieht mich nur an. Behutsam lädt er das warme Bündel auf meine Oberschenkel ab und stützt es noch mit einer Hand, während er mit der anderen meine

Arme um den Bauch des Babys drapiert. Ich bin steif wie eine Schaufensterpuppe, rege keinen Muskel, traue mich nicht einmal zu blinzeln. Erst als meine Augen zu brennen anfangen, lasse ich die Lider nach unten flattern. Im selben Sekundenbruchteil schießen auch schon grelle Bilder durch meinen Kopf: wenn sich der Kleine jetzt aus meinem Griff windet, wenn ich ihn fallen lasse … Ich reiße die Augen auf und schaue direkt auf die pulsierende Fontanelle unter dem blonden Flaum. Automatisch beginnen meine Finger zu zucken, während ich versucht bin, den Herzschlag des Babys in ein Zahlenkorsett zu pressen.

»Hey, Lea«, höre ich Jays Flüstern wie von fern. »Ins Bodenlose, weißt du noch?«

Seine Worte bewirken tatsächlich, dass das Panik-Karussell in meinem Kopf nach und nach abbremst. Zwar geht meine Atmung immer noch viel zu schnell, aber ich schaffe es, die Arme enger um Lukis Oberkörper zu schlingen und ihn festzuhalten. Vielleicht halte ich mich auch eher an ihm fest. Ganz tief in mir regt sich die Erinnerung, wie Tommy sich auf meinem Schoß angefühlt hat, damals, davor, und plötzlich spüre ich noch etwas anderes als diese lähmende Angst: Sehnsucht.

Es ist Luki, der schließlich bestimmt, dass mein Ausflug in die Vergangenheit zu Ende sein soll. Mit einem durchdringenden Quengeln zieht er meine Aufmerksamkeit wieder auf sich, und ich erkenne, dass sein Kopf vor Unmut rot angelaufen ist.

Hastig streckt Jay die Hände nach dem Baby aus. »Ist schon gut, der Knubbel hat einfach nur miese Laune«, erklärt er, und zum ersten Mal wird mir bewusst, dass er lange nicht so locker ist, wie er vorgibt. »Da kommt er wohl ganz nach seiner Mama.«

Er hebt den Kleinen hoch und reicht ihn an seine Cousine weiter, dreht sich aber gleich wieder zu mir um, als ich hörbar die Luft ausstoße. »Von wegen«, sage ich und zeige auf den Grimassen schneidenden Luki, der sich in Theresas Armen windet. »Er sieht genauso aus wie sein cooler Onkel, als ich es gewagt habe, Iron Man zu beleidigen.«

Theresa kichert, und dieses Geräusch löst die angespannte Atmosphäre endlich auf. »Er ist toll, oder?«, fragt sie vergnügt.

Jay stimmt nicht in ihr Lachen mit ein, aber seine Augen blitzen. »Ja, klasse«, bestätigt er, ohne jedoch den Blick von mir zu nehmen. Seine Mundwinkel heben sich, und ich grinse tatsächlich zurück.

Jay

Über einen wirklich guten Tag und sein verdammt mieses Ende

Wir essen Moms berühmte Pasta an demselben Küchentisch, um den Resa und ich früher immer Fangen gespielt haben. Lea haut rein, als hätte sie seit Wochen nichts Vernünftiges mehr zwischen den Zähnen gehabt. Unauffällig beobachte ich sie von der Seite, um herauszufinden, ob sie die Nudeln auf ihrem Teller sortiert, aber davon ist nichts zu bemerken. Stattdessen amüsiert sie sich über Luki, der mit seinem Brei rumsaut, und erzählt dann eine Geschichte über die erste Schokotorte ihres Bruders, womit sie meine Mom und Resa zum Lachen bringt. Es ist alles so merkwürdig – sie, ich, wir beide zusammen hier. Wie ein richtig, richtig guter Trip, bei dem man einfach nur Angst hat, dass er irgendwann wieder vorbei sein wird.

Nach dem Essen verdonnert mich Resa zum Abwaschen, während die anderen nach draußen gehen. Ich spüle das Geschirr, sie trocknet es ab, genau wie früher. Eine Weile arbeiten wir schweigend, bis Resa aus heiterem Himmel sagt: »Sie ist ein tolles Mädchen. Irgendwie schräg, aber auch zum Anbeißen süß.«

»Erzähl mir was Neues.«

»Ich bin auch ganz zufrieden mit dir«, antwortet sie und nimmt mir einen sauberen Teller aus der Hand.

Mit gespieltem Entsetzen sehe ich sie an. »*Das* ist was Neues! Ich hoffe nur, dass ich mit so viel Lob umgehen kann!«

Resa schlägt mit dem Küchenhandtuch nach mir. »Halt die Klappe. Ich meine das ganz ehrlich – es ist großartig, dass du zurückgekommen bist. Auch wenn es verflucht lange gedauert hat.«

Das lässt mich wieder ernst werden. »Dir ist klar, dass ich damals abhauen musste, oder? Ich konnte gar nicht anders.«

»Du hättest jederzeit bei uns einziehen können, so wie deine Mutter«, meint sie, den Blick von mir abgewandt.

»Hätte ich nicht. Ich musste einfach weg von den Leuten hier und … allem. – Aber ich find's echt gut, dass ihr Mom bei euch aufgenommen habt.«

Resa zuckt die Achseln. »Sie kann super mit dem Kleinen, das ist uns eine große Hilfe.«

Den nächsten Teller ziehe ich wieder zurück, sobald sie danach greifen will, und zwinge sie auf diese Weise, mich anzuschauen. »Ist zwar nett, dass du das sagst, aber wir wissen beide, dass es nicht stimmt.«

Jeder andere wäre peinlich berührt, die Wahrheit so vor den Latz geknallt zu bekommen, aber dafür kennt mich Resa viel zu gut. Sie zögert nur einen Augenblick, dann lächelt sie schwach. »Es ist wirklich schön, sie hier zu haben. Aber ja, wir passen auch ein bisschen auf sie auf. Es gibt eben Menschen, die jemanden brauchen, der auf sie achtet. Und manche schaffen das gegenseitig füreinander.« Sie scheint noch etwas sagen zu wollen, um ihren komischen letzten Satz zu erklären, aber in dem Moment kommt meine Mutter herein. Friedlich lächelnd beginnt sie, an der Kaffeemaschine rumzuwerkeln, als wäre rein gar nichts ungewöhnlich an dieser Situation.

»Wo hast du Luki gelassen?«, fragt Resa alarmiert, genau zur selben Zeit, als ich »Wo ist Lea?« frage.

»Draußen auf der Veranda«, antwortet Mom ganz erstaunt über unsere Aufregung. Mein Magen sackt eine halbe Etage tiefer. Ich lasse ein Glas ins Spülbecken fallen und bin schon auf dem Weg zum Fenster, von wo aus man den Vorgarten im Blick hat. Mit einem Ruck reiße ich es auf und will gerade nach Lea rufen, da nehme ich aus dem Augenwinkel eine Bewegung wahr. Die Hollywoodschaukel schwingt. Ich muss mich weit aus dem Fenster lehnen, um zu sehen, wer darauf sitzt. Als ich es dann endlich erkenne, klappt mir die Kinnlade herunter.

Resa taucht hinter mir auf und reckt sich über meine Schulter.

»Hol mir mal meine Cam aus dem Flur«, murmle ich, ohne mich vom Fleck zu rühren.

»Ist alles okay?«, fragt sie nervös.

»Ja doch. Die Kamera, mach schon!«

Ich kann erst wieder halbwegs klar denken, als sie mir den Tragriemen in die Hand drückt. Hastig ziehe ich ihn mir über den Kopf, und dann lege ich los, schieße ein Bild nach dem anderen. Lea, wie sie den Kleinen auf den Knien hält, fest umklammert. Wie sie vorsichtig die Schaukel mit den Fußspitzen anstößt und wie Luki so sehr lacht, dass man seine vier winzigen Zähne bewundern kann.

Mir ist natürlich bewusst, dass das hier für Lea nur irgendein Kind ist, nicht ihr Bruder. Ich bin mir darüber im

Klaren, dass sie noch einen langen Weg vor sich hat. Aber trotzdem ist es ein echtes Wunder, und auch das weiß ich ganz genau.

Erst als es für Luki Schlafenszeit ist, brechen Lea und ich auf. Resa und ihr Mann Daniel, der inzwischen nach Hause gekommen ist, verabschieden sich auf der Veranda von uns, aber meine Mom läuft uns bis zum Gartentor hinterher.

»Was ist mit dem Geld?«, fragt sie keuchend. In der Eile hat sie nicht mal Schuhe angezogen, und ihre nackten Füße sind ganz verdreckt vom staubigen Gehweg.

»Ist schon gut. Das kann ich beim nächsten Mal immer noch mitnehmen«, beruhige ich sie. »Und außerdem kriegt Garfield bei mir niemals so eine verdammt geile Lasagne zu sehen wie bei dir.«

»Nicht fluchen, Jonathan«, sagt sie automatisch, während sie bereits zu strahlen beginnt. Komisch – ich wusste noch, wie leicht sich meine Mutter aus der Bahn werfen lässt, aber ich hatte ganz vergessen, wie einfach es ist, sie glücklich zu machen.

Im Zug reden Lea und ich fast so wenig wie auf der Hinfahrt, aber diesmal liegt es nicht daran, dass ich wegen meiner Kurzschluss-Entscheidung noch unter Schock stehe. Wir sind einfach müde von einer Nacht mit zu wenig Schlaf und einem Tag mit viel, viel Sonne. Vom Bahnhof geht es mit dem Bus weiter bis in unsere Wohngegend, und als wir aussteigen, will Lea auf einmal wissen: »Wann können wir sie wieder besuchen?«

Die Frage trifft mich unvorbereitet, aber ich muss trotzdem nicht lange darüber nachdenken. »Nächstes Wochenende, wenn du Bock hast«, sage ich mit einem möglichst beiläufigen Seitenblick zu ihr. »Der Kleine hat's dir echt angetan, was?«

Lea verschränkt ihre Finger mit meinen und grinst zu mir hoch. »Du bist doch nicht eifersüchtig, Onkel Jay, oder? Es trifft nun mal nicht jeden Tag ein Luke auf eine Leia.«

»Hab kein Problem damit, solange ich Han Solo sein kann.«

Herausfordernd hebt sie eine Augenbraue. »Ich weiß nicht, kannst du? Das sind ziemlich große Fußstapfen, mein Lieber.«

»Und die fülle ich perfekt aus, meine Liebe«, erwidere ich, was echt schräg klingt, da ich so noch nie in meinem Leben jemanden genannt habe. »Du magst mich schließlich auch, weil ich ein Schurke bin – *es gab leider nicht genug Schurken in deinem Leben.*«

»*Zufällig mag ich nette Männer*«, schießt Lea das passende Zitat zurück.

»*Ich* bin *ein netter Mann*«, antworte ich mit tiefer Stimme, während ich mich zu ihr hinunterbeuge. »… und wenn du weiter aus *Star Wars* zitierst, krieg ich noch ein Rohr.«

Prustend lehnt sie sich nach hinten, und ihre flache Hand trifft auf meine Brust. »Herzlichen Glückwunsch, du hast die Stimmung erfolgreich zerstört!«

»Findest du?« Ich packe den Saum ihres Oversize-Shirts und hole sie wieder näher an mich heran. Sofort stellt sie sich auf die Zehenspitzen und legt den Kopf zurück, aber unser Kuss wird ein Desaster, weil sie nicht aufhören kann zu lachen. Unsere Zähne stoßen gegeneinander wie bei Dreizehnjährigen, die zum allerersten Mal rummachen, und das lässt Leas Kichern nur noch schlimmer werden. Schließlich gebe ich mich geschlagen und greife stattdessen nach meiner Kamera. Mehrmals drücke ich den Auslöser, um diesen niedlichen, albernen Lachanfall einzufangen.

Lea hebt die Arme zum Protest. »Oh, bitte nicht. Ich hasse Schnappschüsse!«

»Wieso das denn?«, frage ich verständnislos und begutachte das absolut einwandfreie Bild auf dem Display. Ob das wieder so ein Zwang von ihr ist?

»Weil ich ein Mädchen bin, du Schnellchecker«, sagt sie und schneidet eine Grimasse, die ich ihr wirklich gern vom Gesicht küssen würde.

»Wenn ich diese Info bloß früher gehabt hätte!« Ohne durch das Objektiv zu schauen, hebe ich die Kamera hoch und lasse sie noch einmal blitzen. In der nächsten Sekunde hat mich Lea vom Tragriemen befreit und zusammen mit meiner Cam die Flucht ergriffen. Völlig überrumpelt stehe ich da, mit einer Ahnung davon, wie es sich anfühlt, kastriert zu werden.

»Hey Nash«, rufe ich ihr hinterher. »Rück mein Baby wieder raus!«

»Hol's dir doch«, kommt es schon aus ziemlicher Entfernung. Gerade ist sie mit wehenden Haaren um eine Straßenecke gestürmt, und mir bleibt nichts anderes übrig, als ihr nachzulaufen. Ganz kurz denke ich daran, wie ich ausgetickt bin, weil Lea meine Kamera nur *berührt* hat. Das scheint Jahre her zu sein.

»Na warte«, versuche ich, einen drohenden Tonfall anzuschlagen, während ich um die Ecke biege. »Wenn ich dich erwische, kriegst du echt den ...«

Dann habe ich die nächste Straße erreicht, und mein Blickfeld wird plötzlich ganz eng. Ich sehe nur noch Leas Gesicht im Tunnelblick, nur kreidebleiche Haut und weit aufgerissene Augen. Es dauert einige Sekunden, bis ich begreife: Dieser Tag, von dem ich wollte, dass er niemals endet, hat sich gerade in einen Horrortrip verwandelt.

Wie in Trance hebe ich den Kopf und starre in Caesars höhnisches Grinsen.

»Endlich zurück von eurem kleinen Ausflug?«, fragt er, aber ich kriege kaum mit, was er da redet.

»Lass sie los«, verlange ich rau. Natürlich schließen sich seine fetten Pranken daraufhin nur noch fester um Leas Schultern. Sie gibt keinen Ton von sich, obwohl es echt wehtun muss, aber ihre Wangen sind gestreift von Tränen.

»Du sollst sie loslassen«, wiederhole ich. »Lea hat mit dem Ganzen nichts zu tun.«

Caesar legt den Kopf schief, sodass ihm ein paar ölige schwarze Haarsträhnen in die Stirn rutschen. »Ach ja? Ist das nicht die Schlampe, die in Mikes Lokal reingeplatzt ist?«

»Du bist jedenfalls der Typ, der gleich den Arsch offen hat, wenn er nicht auf der Stelle ...« Ich mache einen Schritt nach vorne, aber im nächsten Augenblick spüre ich einen festen Druck zwischen den Schulterblättern.

»Das würde ich nicht tun, Kleiner.«

Auch ohne mich umzudrehen, weiß ich genau, wer da mit mir redet. Nico, dieser linke Bastard. Eigentlich hab ich ihn immer für einen halbwegs sauberen Typen gehalten, aber ich hätte es besser wissen müssen – bei diesem Pack brauchst du nur einmal nicht aufzupassen, und schon hast du eine Knarre im Rücken. Wie konnte ich nur so unendlich bescheuert sein?

Caesar zieht mit einer Hand sein Smartphone hervor, während er Lea mit der anderen immer noch festhält. Er tippt ein paarmal auf den Screen und liest dann laut: *»Sorry Mike, das kann ich nicht bringen. Zieht die Sache ohne mich durch, ich bin raus.«* Als er sich danach wieder mir zuwendet, ist kein Spott in seinem Gesicht mehr übrig. Jetzt wirkt sein Blick so angewidert, als wäre ich der allerletzte Dreck. »So lässt du Mike also hängen?«, fährt er mich an. »Du feiger Pisser, glaubst du vielleicht, dass du das ganz allein zu entscheiden hast?«

Ich konzentriere mich nur auf seine hässliche Visage, blende Lea so gut wie möglich aus, um einen klaren Kopf zu bewahren. »Wie du siehst, hab ich das bereits entschieden. Ihr könnt die Scheiße gerne weitermachen, aber ich will damit nichts mehr zu tun haben.«

»Oh, das wirst du auch nicht«, sagt Caesar, auf einmal ganz ruhig. »Mit Verrätern arbeitet Mike nicht zusammen, das kannst du mir glauben. Trotzdem sollten wir uns mal darüber unterhalten, ob das ein angemessener Abgang von dir gewesen ist.«

Er nickt zu seinem BMW hinüber, als wollte er mich zu einer Spritztour einladen. Genau, ein bisschen Quality Time mit zwei von Mikes wichtigsten Männern. Ich würde mich von dieser fetten Karre lieber anfahren lassen, als einzusteigen, aber natürlich habe ich nicht die geringste Wahl. Mit dem Druck seiner Pistole treibt mich Nico darauf zu, während Caesar von der anderen Seite näher kommt. Lea schiebt er einfach vor sich her, und es sieht ganz danach aus, als ob er sie ebenfalls ins Auto verfrachten wolle.

Das darf nicht passieren. Egal, wo diese Wichser mich hinbringen, Lea darf auf keinen Fall dabei sein. Fieberhaft suche ich nach einer Möglichkeit, wie ich sie aus dieser Situation raushauen könnte, zermartere mir das Hirn – bis mir ein allerletzter Ausweg einfällt. Das könnte funktionieren, vorausgesetzt, Lea durchschaut meinen Plan und spielt mit. Immer noch spüre ich den Lauf der Waffe an meiner Wirbelsäule, aber das Risiko muss ich jetzt einfach eingehen. Nico wird nicht abdrücken. Wird er nicht.

Ich mache noch einen tiefen Atemzug, dann ducke ich mich zur Seite weg. Nicht mal zwei Meter weit komme ich, ehe Nico mich an der Schulter erwischt und herumreißt. Trotzdem geht mein Plan auf: Caesar ist instinktiv nach vorne gestürzt, um meinen gefakten Fluchtversuch zu verhindern, und hat Lea dabei losgelassen. Er und Nico drehen mir die Arme auf den Rücken und stoßen mich zum Wagen. Es fühlt sich an, als würden mir jeden Moment die Gelenke rausspringen, aber ich achte nicht weiter darauf. Alles, was mich jetzt noch kümmert, sind die schnellen, leisen Schritte auf dem Asphalt, die niemand außer mir bemerkt. Inzwischen haben wir das Auto erreicht, und Caesar drückt mir den Kopf nach unten, befördert mich auf die Rückbank. Erst nachdem er die Tür zugeknallt hat, dreht er sich wieder nach Lea um – aber da ist sie längst verschwunden.

Lea

200 Meter …

… sind es noch bis zum Apartment. Zumindest glaube ich das – lieber Gott, ich bin so gut im Zählen, aber so unglaublich schlecht im Schätzen. Zweihundert Meter, zweihundert Schritte, diese Rechnung geht nicht auf. Unter meinen Füßen scheint sich der Asphalt in eine zähe Masse zu verwandeln, die den Weg immer mehr ausdehnt. Wer weiß, wie weit sie inzwischen mit Jay fahren können. Ich habe dem schwarzen Wagen nachgeschaut, zitternd an eine Hauswand gedrückt, und es hat viel zu lange gedauert, bis mein Körper wieder funktionierte. Egal, wie sehr ich mich anstrenge, das kann ich nicht wieder aufholen.

Der Schweiß läuft mir bereits die Wirbelsäule hinunter, als ich den Gemeindebau schließlich doch erreiche. Direkt vor der Haustür bringt mich eine Frau mit mehreren Einkaufstüten zum Abbremsen. Sie hält ihren Schlüsselbund zwischen den Fingern, zögert allerdings, die Tür zu öffnen.

»Zu wem wollen Sie denn?«, höre ich sie sagen, gedämpft wie durch mehrere Lagen Watte. Ihr misstrauisches Stirnrunzeln verschwimmt vor meinen Augen, als sich die Erinnerung an Jays Gesichtsausdruck darüberschiebt. Jeder andere wäre zu Tode erschrocken gewesen, eine Pistole im

Rücken zu spüren, aber nicht Jay. Er wirkte eher, als würde ihm dadurch etwas bestätigt – als wäre er endlich, nach lebenslangem Fall, ganz unten angekommen.

Weil ich keine Antwort gebe, zuckt die Frau bloß mit den Achseln und sperrt auf. Ich stürze an ihr vorbei in das finstere Treppenhaus, höre noch ihren unterdrückten Fluch, als mein Ellenbogen sie in der Seite trifft. Ohne mich darum zu kümmern, jage ich durch den Gang, bis ich die Wohnungstür erreiche. Genau wie bei meiner Ankunft vor elf Tagen liegen dort abgetragene Sportschuhe herum, und ich bete, dass Alex und Flocke den Abend nicht auf irgendeiner Party verbringen.

Lass die beiden zu Hause sein. Gib mir nur diese winzige Chance, Hilfe zu holen und alles wiedergutzumachen.

Mit beiden Fäusten hämmere ich gegen das Holz, sodass mein Blickfeld von den Schlägen vibriert. Dann treffen meine Hände ins Nichts. Der Schwung lässt mich nach vorne stolpern, zieht mich fast über die Schwelle. Im letzten Moment finde ich mein Gleichgewicht wieder, nur wenige Zentimeter von Alex entfernt. Er hat die Tür weit aufgerissen, und es ist ihm deutlich anzusehen, was er mir gerade an den Kopf werfen wollte. Mein Anblick genügt jedoch, um die Gehässigkeit aus seinem Gesicht zu vertreiben.

»Wo ist –«, stößt er hervor und unterbricht sich selbst, als eine Ahnung in seinen Augen aufblitzt. Von einer Sekunde auf die andere gefriert das Blau darin zu Eis. »Verflucht, Lea«, sagt er leise, die Stimme vollkommen ausdruckslos. »Was hast du getan?«

Jay

Über den Tiefpunkt

Wir fahren kürzer, als ich erwartet hätte, vielleicht fünf oder sechs Minuten. Caesar will das hier offenbar schnell hinter sich bringen. Außerdem scheint er den idealen Ort für sein Vorhaben zu kennen – und auch ich weiß genau, wo wir uns befinden, als der BMW stoppt. Nico und einer von Mikes Stammdealern, Frank, stoßen mich von der Rückbank auf den Gehweg. Der Anblick der morschen Bretterwand katapultiert mich zwei Jahre in die Vergangenheit, als Alex, Flocke und ich gerade aus der betreuten WG ausgezogen waren und nachmittags gern auf diesem Bauplatz rumhingen. Dabei hat er nicht viel mehr zu bieten als wucherndes Gras und den Reiz des *Betreten verboten*-Schildes an der zwei Meter hohen Wand. Jetzt verschafft der Platz diesen Mistkerlen allerdings noch einen entscheidenden Vorteil: Blickschutz vor möglichen Zeugen.

Einen Moment lang hoffe ich, dass genau jetzt ein Fußgänger vorbeikommt, eine Oma mit ihrem Hund vielleicht, und Alarm schlägt. In dieser Stadt ist doch immer irgendwer zur Stelle, wenn man 'ne Graffiti-Dose rausholt oder auch nur einen verdammten Kaugummi auf die Straße spuckt. Aber kein Mensch ist zu sehen, und die drei schleifen mich unbehelligt durch eine Lücke in der Bretterwand.

Ich könnte schwören, dass das verdorrte Gras genau dasselbe ist wie vor zwei Jahren. Es gibt sogar noch die Kabelrolle, auf der wir gesessen und uns die erste Flasche Wodka geteilt haben, die wir ohne gefälschten Ausweis kaufen konnten. (Knapp neben der Stelle, wo Flocke zum ersten Mal als Volljähriger gereihert hat.) Es ist merkwürdig, wie wenig ich mich in zwei Jahren verändert habe, und wie sehr während der letzten zwei Wochen. Lea hat mein Leben komplett auseinandergenommen und Stück für Stück wieder zusammengebaut. Was auch immer daraus geworden ist – ob dieses neue Ich irgendwas taugt oder nicht –, diese drei Wichser werden es in den nächsten Minuten zum Einsturz bringen. Die tief stehende Sonne zieht unsere Schatten in die Länge, und im orangefarbenen Licht wirkt alles wie eine Szene aus einem Film, doch davon lasse ich mich nicht täuschen. Das Folgende wird nichts Episches an sich haben, und so sehr ich mir das auch einzureden versuche, ich werde aus dieser Sache nicht als Held herausgehen. Vielleicht könnte ich es mit Caesar allein aufnehmen, aber gegen drei von der Sorte habe ich keine Chance.

Jetzt treten Nico und Frank hinter mich und pressen mir wieder die Arme auf den Rücken. Caesar schlendert fast gemächlich auf mich zu. Die trockenen Grashalme rascheln bei jedem seiner Schritte.

»Oh, das ist klasse«, höhne ich. »Bist echt ganz groß, Caesar. Immer auf der Suche nach 'nem fairen Kampf.«

Er lässt sich nicht im Mindesten provozieren, aber kein

Wunder – schließlich wird er von jemandem beleidigt, der total wehrlos ist. »Du hast deinen Anspruch auf Fairness verloren, Kid«, antwortet er bloß. »Willst du vielleicht noch irgendwas zu deiner Aktion von heute Morgen sagen?«

Er spielt nur mit mir, keine Frage. In Wahrheit ist es scheißegal, was ich antworte. Der Tiefpunkt folgt so oder so. »Ja, allerdings«, sage ich deshalb. »Du kannst mich mal gepflegt dort lecken, wo die Sonne nicht hinscheint.«

Der Schlag kommt praktisch aus dem Nichts und trifft mich in den Magen. Ich habe damit gerechnet, aber nicht so plötzlich, ohne jede Vorwarnung. Mein Zwerchfell krampft sich zusammen, und für ein paar Sekunden sind meine Lungen völlig nutzlos. Auf einmal bin ich froh über Nicos und Franks festen Griff, weil sie meinen Körper daran hindern, sich um den Schmerz in meinem Bauch zu krümmen. Durch meine zurückgezogenen Schultern kriege ich schneller wieder Luft, und meine Augen öffnen sich rechtzeitig, um Caesars Faust erneut auf mich zurasen zu sehen. Diesmal zielt er direkt auf mein Gesicht, aber ich kann im letzten Moment den Kopf senken. Darauf war Caesar nicht vorbereitet, und seine Knöchel krachen gegen meine Stirn. Wäre ich eine Comicfigur, würden jetzt Vögel um meinen Schädel kreisen. Aber ich komme klar.

Fluchend zieht Caesar die Hand zurück und schüttelt ein paarmal seine Finger. Leider hat er sich nichts gebrochen, und anscheinend hab ich ihn mit meinem kleinen Manöver erst richtig wütend gemacht. Die nächsten Schläge prasseln in noch schnellerer Abfolge auf mich ein, als wäre ich ein menschlicher Punchingball. Am Anfang nehme ich die Schmerzen kaum wahr, weil ich genug damit zu tun habe, meine Bauchmuskeln anzuspannen und zwischen den Treffern zu atmen. Außerdem beiße ich die Zähne zusammen, damit Caesar mir nicht so leicht den Kiefer zertrümmern kann. Mein ganzer Körper läuft jetzt auf Autopilot – andere Väter zeigen ihren Söhnen, wie man Fahrrad fährt oder eine Säge benutzt, aber wenn mir mein Alter irgendwas beigebracht hat, dann wohl, wie man Fausthiebe ordentlich wegsteckt. Trotzdem kriegen meine Schutzmauern nach einigen weiteren Sekunden die ersten Sprünge. Nico und Frank hindern mich daran, meinen Körper mit den Schlägen zu drehen oder Caesar wenigstens die Seite zuzuwenden, um meinen Bauch zu schützen. Fuck, der Mistkerl meint es tatsächlich ernst. Das hier soll keine Warnung sein, sondern ein Denkzettel, den ich niemals vergesse. Mit anderen Worten, er ist drauf und dran, mir die Scheiße aus dem Leib zu prügeln.

Der nächste Schlag geht wieder voll in meine Eingeweide. Bittere Hitze schießt mir die Kehle hoch, und nur mit Mühe schaffe ich es, zu schlucken. Egal was passiert, ich werde mir nicht die Blöße geben, hier vor allen zu kotzen. *Mach ich nie.* Ich denke daran, wie ich das in dieser einen Nacht zu Lea gesagt habe. Ich denke an Lea. Ich denke an Lea. Inzwischen ist es verdammt schwer, noch aufrecht zu stehen. Von allen Seiten kriecht Schwärze in mein Blickfeld, und am liebsten würde ich mich einfach in sie hineinfallen lassen. Direkt in dieses dunkle, stille Nichts. Sendepause, macht ohne mich weiter.

Nach einem Treffer gegen meine Schläfe knicken mir die Beine dann endgültig weg. Nico und Frank schaffen es nicht mehr, mich aufrecht zu halten. Irgendwas in mir ruft die ganze Zeit – hey, du hast die Arme wieder frei. Jetzt könntest du Caesar eine verpassen, mitten hinein in sein beschissenes Grinsen … aber mein Körper folgt mir nicht mehr. Er rollt sich ganz automatisch zusammen, so wie früher, und meine Knie schieben sich hoch an meine Brust. Kopf und Bauch schützen, das ist das Wichtigste. Wenn ich nur nicht so langsam wäre. Noch ehe ich mich dagegen wappnen kann, holt Caesar mit einem Fuß aus und tritt mir heftig in die Seite.

Ich höre das Knacken, als sich eine meiner Rippen verabschiedet.

Ich komme klar. Ich komme klar.

Dann gehen die Lichter aus.

»Halt, du bringst ihn noch um«, schreit irgendjemand. Meine Mutter. Nein, das ist Blödsinn – konzentrier dich. Meine Gedanken formen sich nur in Zeitlupentempo, und mein Körper ist so taub, als wäre er mit Watte ausgestopft. Trotzdem dämmert mir allmählich, dass die Tritte und Schläge aufgehört haben. Ich will die Augen öffnen und mich hochstemmen, aber irgendwie habe ich zu viel Schiss davor, dass es dann wieder wehtun könnte. Deswegen bleibe ich lieber noch ein bisschen liegen. Ganz ruhig. Der feste Boden unter meiner Wange fühlt sich gut an.

»Was habt ihr denn vor?«, hallt Caesars Stimme über mich hinweg. »Möchtet ihr eurem Freund vielleicht Gesellschaft leisten?«

»Dir wird das Lachen noch vergehen, du Arschloch!«

»Ach, versuchst du mir etwa gerade zu drohen?«

»Ist gar nicht nötig, die kleine Irre hat nämlich schon die Bullen gerufen!«

Einen Moment lang bleibt es totenstill, während ich das Gras rascheln höre. Erst stolpert jemand von mir weg, dann bewegen sich Schritte auf mich zu, und alles beginnt zu schaukeln. Erst nach einer Weile kapiere ich, dass in Wirklichkeit jemand an mir rüttelt. »Oh Mann, Jay, steh auf! Wir müssen sofort abhauen!« Es klingt verzerrt, wie in einem irren Traum, aber auch voller Panik – und endlich realisiere ich, wer mich da anschreit.

Flocke.

Ich reiße die Augen auf, sehe sein bleiches Gesicht über mir schweben, und als mein Kopf zur Seite kippt, habe ich Alex und die drei Wichser im Blickfeld. Sogar aus diesem Winkel kann ich erkennen, wie Caesars höhnisches Grinsen in sich zusammenfällt.

»Das hat sie nicht … Die hat doch nicht wirklich … Fuck!«

Nico und Frank sind schon auf dem Weg zur Bretterwand. Nach seinem Fluch wirft sich auch Caesar herum und stürmt ihnen hinterher, sodass die Erde unter mir vibriert. Mein Herzschlag beschleunigt sich, wird zu einem glühenden Pulsieren an meiner kaputten Rippe. Ich presse die Hände in den Staub und versuche, mich aufzurichten, kämpfe gegen das Zittern meiner Muskeln an … bis Flocke nach meiner Schulter greift. »Hey, schon gut. Das mit den Bullen war nur ein Bluff.«

Als hätte er mir damit meine letzte Kraftreserve weggesaugt, sacke ich auf den Boden zurück. Mein Körper scheint schneller zu kapieren als mein Verstand, dass ich das Schlimmste hinter mir habe. Nur ganz allmählich macht sich Erleichterung in mir breit.

»Danke«, murmle ich, mehr bringe ich nicht zustande. Ächzend drehe ich mich zur Seite und spucke aus. Der Fleck ist dunkelrot. Ich hoffe mal, dass das von meiner aufgeplatzten Lippe kommt und nicht von irgendwo in mir drin. Immer noch kann ich mich nicht richtig spüren, jedenfalls nicht im Einzelnen, sondern bin nur eine chaotische Ansammlung zerbeulter Körperteile.

Zum Glück ist auf die beruhigenden Worte meiner Freunde Verlass. »Du ... du siehst richtig scheiße aus«, bemerkt Alex, der sich jetzt ebenfalls über mich beugt, und Flocke fügt mit etwas schriller Stimme hinzu: »Die haben dich *geschlachtet*, Alter!«

»Echt, ist mir gar nicht aufgefallen«, sage ich dumpf. »Wie habt ihr mich überhaupt gefunden?«

»Lea hat erzählt, in welche Richtung ihr gefahren seid, und Caesars Schlitten auf Steroiden ist ja nicht gerade unauffällig. Als wir den am Straßenrand gesehen haben, wussten wir gleich, wo ihr steckt.« Alex hält mir eine Hand hin, und ich scheiße auf falsche Heldenhaftigkeit, während ich mich daran festklammere. Vorsichtig ziehe ich die Beine unter mich und stehe dann schwankend auf. Woah, keine gute Idee. Mein Schädel pocht wie verrückt, und von meinem Brustkorb will ich gar nicht erst anfangen – der taugt wahrscheinlich bloß noch für den Sondermüll. Aber jetzt muss ich mich um etwas anderes kümmern. »Lasst uns schnell fahren, damit Nash sich keine Sorgen mehr machen muss«, dränge ich.

Darauf folgt ein merkwürdiges Schweigen. Alex und

Flocke wechseln einen Blick, von dem sie wahrscheinlich denken, dass er mir entgeht. Mein linkes Auge ist vielleicht gerade am Zuschwellen, aber dass hier irgendwas gewaltig schiefläuft, würde ich auch dann mitkriegen, wenn mir Caesar gleich zwei Veilchen verpasst hätte.

»Was ist denn? Stimmt irgendwas nicht mit Lea?«, hake ich nach.

»Na ja, sie ist uns gefolgt, als wir zu Flockes Auto gerannt sind, und hat uns angebettelt, sie mitzunehmen ...« Alex schaut mich nicht an, sondern auf einen Punkt zwanzig Zentimeter von meinem Kopf entfernt.

»Aber?«

Ruckartig zieht er seine Hand aus meiner. »Ich wollte sie nicht dabeihaben, okay? In dem Moment hatte ich echt Schiss, was mit dir passieren könnte, und da ist es einfach mit mir durchgegangen. Ich hab wohl ein paar Sachen gesagt, die nicht unbedingt freundlich waren.«

»Und das ist noch geprahlt«, nuschelt Flocke.

Plötzlich sind die Schleier verschwunden, die mir bisher die Sicht vernebelt haben. Jetzt sehe ich alles übertrieben scharf, die Konturen brennen sich geradezu in meine Netzhaut.

»Was hast du zu ihr gesagt?« Meine Stimme klingt ganz ruhig, aber die beiden kennen mich zu gut, um sich davon täuschen zu lassen. Beinahe lautlos tritt Flocke nach hinten.

»Also, im Grunde nur, dass ...« Alex reibt sich über den Nacken. Dann sieht er mich wieder direkt an. »Dass sie dich nicht dazu hätte überreden dürfen, bei Mike aufzuhören. Dass sie dich in diese ganze Sache reingeritten hat ... und dass es allein ihre Schuld ist, wenn du abkratzt.«

Danach setzt meine Wahrnehmung aus. Erst ein Aufprall beendet mein Blackout – meine Faust an Alex' Kinn. Die Welt braucht einen Moment, um wieder richtig in die Gänge zu kommen. Wie in Zeitlupe sehe ich, dass sich seine Augen weiten.

»Jay, warum ...«

»Wie konntest du ihr nur so einen Dreck erzählen?«, fahre ich ihn an. »Sie hat Panik davor, für irgendwas die Schuld zu tragen, du verfluchter Bastard! Du hast ...« Ich ringe nach Luft, den Geschmack nach Salz und Eisen auf der Zunge. »Fuck, du weißt gar nicht, was du angerichtet hast!«

»Und du weißt offenbar nicht, was die Schlampe *mit dir* angerichtet hat!«, faucht Alex. »Merkst du überhaupt, dass du alles verrätst, was dir früher mal wichtig war? Am besten zieht ihr zusammen ins Irrenhaus, dort wärt ihr beide richtig aufgehoben!«

»Verpiss dich einfach«, stoße ich hervor, aber da hat Alex mir bereits den Rücken zugekehrt, und verschwindet durch die Lücke in der Bretterwand. Nachdem seine Schritte nicht mehr zu hören sind, spüre ich Flockes Hand an meinem Oberarm.

»Hey, Mann, du solltest dich ... lieber noch mal hinsetzen, glaub ich. Jay, ernsthaft, du zitterst.«

Ich schüttle ihn ab und wische mir einmal über die Stirn, weil dort irgendwas weiter aufgegangen ist und mir die Soße ständig über ein Auge rinnt. »Los, wir fahren trotzdem nach Hause. Vielleicht ist Lea ja doch da ...«

Flockes Gesichtsausdruck macht meine Hoffnung sofort zunichte. »Nein, die ist irgendwo anders hingelaufen.

Und sie war ziemlich fertig, um ehrlich zu sein. Du weißt schon … hat geweint und so.«

Stöhnend beginne ich, neben der Wand rund um den Bauplatz auf und ab zu tigern. Mein Blick streift über die Bretter, die einen fast dazu einladen, sie zu zählen. Ich wünschte, es wäre wirklich so einfach, die Kontrolle über eine Situation zu gewinnen. Wie hat Lea es mir erklärt? … *Als könnte ich auf diese Weise die Zeit zurückdrehen und das alles ungeschehen machen.*

»Wahrscheinlich ist sie einfach wieder zu ihrer Familie gegangen«, schlägt Flocke hinter mir vor, aber ich schüttle heftig den Kopf. Es fühlt sich an, als würde mein Gehirn gegen die Schädelwand geschleudert.

»Nein, das hätte sie niemals getan. Schon gar nicht jetzt, wo sie sich für eine wandelnde Todesursache hält.«

»Aber wohin könnte sie denn sonst –«

»Ich habe keine Ahnung, verdammt! Ich kenne sie doch auch erst seit knapp zwei Wochen! Wie soll ich wissen, wohin sie gehen würde, wenn …«

Und dann durchzuckt es mich wie ein elektrischer Schlag. »Du musst mich zum U4 fahren.«

»Was?«

»Los, komm einfach!« Ich packe ihn am Arm und stolpere los, noch bevor er mich darauf hinweisen kann, dass ein weinendes Mädchen wohl kaum Lust auf einen Club verspürt. Ohne Erklärungen abzugeben, schleife ich ihn auf die Straße hinaus – mit viel mehr Kraftaufwand, als mir mein ramponierter Körper erlauben will, aber das schert mich jetzt nicht im Geringsten. Das Adrenalin spült sowieso die meisten Schmerzen gleich wieder weg.

Die Zeit zurückdrehen.
Ich verstehe nicht, wie ich so blind sein konnte.

»Bist du dir sicher?«, fragt Flocke bereits zum dritten Mal und trommelt mit seinen Fingern auf das Lenkrad. Ich nehme den Blick nicht von der dämmrigen Straße, als ich nicke. Im Gegensatz zu ihm bin ich nicht überrascht, dass es mir wieder eingefallen ist – dieses Mädchen im Oversize-Sweater, das alleine vor der Disco stand und mit dem wir unser bescheuertes Spiel durchgezogen haben. Ich frage mich vielmehr, wie ich das überhaupt vergessen konnte. Nachdem die Erinnerung wie aus dem Nichts aufgetaucht ist, hat sie sich jetzt in meinen Gedanken festgehakt: Leas Gesicht, ihre angespannte Miene, während sie die große Uhr nicht aus den Augen lässt.

»Das ist doch mindestens zwei Monate her«, redet Flocke weiter. »Du hast inzwischen so viele andere Frauen kennengelernt. Du könntest sie mit einer von denen verwechseln ...«

»Halt die Klappe und lass mich raus!«

Ich habe die Beifahrertür schon halb geöffnet, als Flocke mit quietschenden Reifen abbremst. Mit einem Satz bin ich auf der Straße, wechsle gar nicht erst auf den Gehsteig, sondern sprinte noch ein Stück weiter und kümmere mich nicht darum, dass ein vorbeibrausender Autofahrer meine Mutter beleidigt. Hoch über mir, auf dem weißen Ziffernblatt, stehen die Zeiger auf zehn nach neun. Ich habe keine Ahnung, was das bedeutet. Ich weiß ja nicht mal, worum es bei diesem Uhren-Ritual geht. Alles, was ich sehe, ist, dass sich dort drüben eine Gruppe aufgeregter Mädchen versammelt hat – zu aufgeregt für einen normalen Partyabend und zu weit vom Eingang der Disco entfernt.

Sobald ich den Gehweg erreicht habe, packe ich die Erstbeste von ihnen an der Schulter. »Hey, was ist hier los?«

»Ach du Schande!«, schnauft sie. »Hat dich ein Bus überfahren?«

»Ja. Ja, ganz genau. Also?«

Wahrscheinlich halte ich sie etwas zu fest, denn sie drückt nur ihre pink gespachtelten Lippen zusammen. Dafür springt nun ihre platinblonde Freundin ein.

»Du hast die ganze Show verpasst«, erklärt sie mir. »Sie ist seit ein paar Minuten weg.«

»Wer?«, blaffe ich und würde sie am liebsten schütteln, damit sie endlich die Details ausspuckt. Nur mit Mühe kann ich mich beherrschen, während mich Barbie prüfend anschaut. Offenbar gefällt ihr, was sie unter den Blutergüssen erkennen kann, denn sie fährt mit einem Lächeln fort: »Ich dachte zuerst, das Mädel wäre eine Obdachlose oder ein Junkie. Aber es hat sich herausgestellt, dass sie *vermisst* wurde. So, wie diese Leute auf den Plakaten, verstehst du? Und dann kam jemand vorbei, der sie wiedererkannt hat. Rate mal, wer das war?«

Ich sehe wohl nicht so aus wie jemand, der Bock auf ein Ratespiel hat. Darum beantwortet sie die Frage gleich selbst: »Ihre Therapeutin. Ja, die hatte wirklich 'ne Therapeutin, das kennt man doch sonst nur aus dem Fernsehen. Jedenfalls hat diese Frau versucht, ihre Patientin mitzunehmen, aber da war was los. Das hättest du sehen müssen! Sie hatte eine richtige Panikattacke oder so, echt schlimm, und dann wurde sie im Krankenwagen weggebracht ... Warte mal, bist du – ist alles in Ordnung?«

Den Rest bekomme ich gar nicht mehr mit. Wahrscheinlich ruft sie mir etwas hinterher, als ich zurück zum Auto renne. Wahrscheinlich liefere ich Flocke eine Erklärung, damit er losfährt. Ich bin mir nicht sicher. Die Straßenlaternen gehen gerade erst an, als wir das Krankenhaus erreichen, und ich kriege das alles nicht in meinen Kopf. Vor einer Stunde habe ich noch Fotos von Leas Lachflash gemacht. Diese Erinnerung kreist unaufhörlich durch meine Gedanken. Ich schaffe es einfach nicht, die Gegenwart – Neonlicht, Linoleum und diesen Gestank nach Sauberkeit und Angst – mit unserem Moment in der Abendsonne zu verbinden. Das Ganze ist ein kranker Scherz, weiter nichts.

»Lea Moll«, schleudere ich der Schwester hinter dem Empfangstresen entgegen. »Ist sie hier? Kann ich sie sehen?«

»Die Besuchszeit ist schon vorbei«, antwortet sie, ihre Augen an einem Kreuzworträtsel festgetackert. Klasse, von allen hart arbeitenden Personen in diesem Krankenhaus muss ich ausgerechnet an eine geraten, die aus einer schlechten TV-Serie entsprungen ist.

»Hören Sie, ich will einfach nur wissen, wie es ihr geht. Okay? Geben Sie mir wenigstens ein kleines Update, und Sie können wieder in Ruhe ...«, ich schaue auf ihr Kreuzworträtsel, »*Ukulele* dort eintragen, wo es gar nicht hinpasst.«

Obwohl ich ziemliche Probleme damit habe, normal zu atmen, bleibt meine Fassade perfekt. Wenn man in seinem

Leben schon so viel lügen musste wie ich, kann man seine Emotionen ganz gut aus der Stimme heraushalten: *Ja, ich bin wieder die Treppe runtergefallen. Nein, meine Pupillen sind immer so groß.* Flocke ist vermutlich der einzige Mensch in diesem Raum, der merkt, wie beschissen es mir geht. Deshalb ist die Schwester auch nur genervt, als sie zum ersten Mal den Blick hebt und drauflosätzt: »Sie können doch nicht erwarten, dass i...« Dann stoppt sie mitten im Wort, um Caesars Meisterwerk zu bewundern. Ihre Augen werden riesig. »Sind Sie etwa das Opfer eines Gewaltverbrechens?«

»Allerdings«, knurre ich sie an. »Ich wurde so zugerichtet, weil ich jemandem wichtige Informationen vorenthalten habe, alles klar? Könnten Sie jetzt bitte einfach in Ihrem Computer nach Lea Moll ...«

Aber auch ich bringe meinen Satz nicht zu Ende. Keine Ahnung, was zuerst kommt: Flockes Aufschrei oder der wohl platzierte Hieb in meine Seite. Die Hand trifft so perfekt auf meine gebrochene Rippe, dass mir sekundenlang schwarz vor Augen wird. Ich kriege den Rand des Tresens zu fassen und kann mich gerade noch darauf abstützen, bevor ich heute ein weiteres Mal zu Boden gegangen wäre.

»Sind Sie wahnsinnig? Das ist ein Patient!«, kreischt die Schwester. So gern ich ihr auch widersprechen würde, ich bin gerade zu sehr damit beschäftigt, nicht das Bewusstsein zu verlieren. Stattdessen antwortet ihr eine fremde Männerstimme – und reißt mich aus meinem Blackout.

»Nein, das ist der Kerl, der unsere psychisch kranke Tochter bei sich festgehalten hat!«

Ich fahre herum und starre den Typen an, von dem ich gerade so wirkungsvoll außer Gefecht gesetzt wurde. Er ist ungefähr fünfundvierzig und sieht aus wie ein Politiker, obwohl sein Gesicht vor Erschöpfung oder Sorge ganz grau wirkt. An seinen Arm klammert sich eine verheulte Frau mit Leas Augen.

Fuck. Fuck. Fuck.

»So war das nicht, Mann«, höre ich Flocke murmeln, aber es kümmert mich nicht, was die beiden über mich denken. Von mir aus können sie mich gerne als Kidnapper hinstellen, wenn sie mir nur ein paar Antworten liefern.

»Waren … waren Sie schon bei ihr?«, frage ich rau. Vergessen wir, was ich vorher über meine perfekte Fassade gesagt habe – ich bin ein stammelndes, panisches Wrack, und es ist mir scheißegal. »Haben Sie mit ihr gesprochen? Ist sie okay?«

»Sie meinen, nachdem sie einen Nervenzusammenbruch hatte?«, schaltet sich die Frau dazwischen. Ihre Stimme klingt, als würde sie gleich wieder anfangen zu weinen. »Nachdem sie bei ein paar Verbrechern wohnen musste, die sie aus der Klinik mitgenommen haben wie ein Souvenir?«

Flockes Iro ist schon ganz zerrauft, weil er sich zum x-ten Mal durch die Haare fährt. »Das stimmt so nicht. Lea war freiwillig bei uns …«

»Sie ist schwer labil!«, brüllt Leas Vater, und Flocke schrumpft in sich zusammen. »Wir hatten sie in diese Klinik gebracht, weil wir verhindern wollten, dass sie für andere und sich selbst zur Gefahr wird! Aber genau das haben Sie erreicht, indem Sie Lea aus ihrem sicheren Umfeld herausgerissen haben! Ihr Zustand ist schlimmer als je zuvor, sind Sie jetzt zufrieden?«

Ob ich zufrieden bin. Ob ich *zufrieden* bin. Etwas Kaltes kriecht meine Wirbelsäule hoch und breitet sich dann in meinen Armen und Beinen aus. Eine Weile bleiben wir stumm, nicht mal die Krankenschwester hat etwas zu sagen. Zwischen den Neonröhren und den glänzenden Wänden sind wir wie Fische in einem Aquarium, eingesperrt in unserem wortlosen Universum. Die Stille hält so lange an, bis ein Arzt mit einem Klemmbrett auf uns zusteuert.

»Herr und Frau Moll? Wir haben Ihrer Tochter ein Beruhigungsmittel verabreicht, sodass sie bald einschlafen wird. Vorher können Sie noch einmal zu ihr«, verkündet er, ohne auf Flocke oder mich zu achten. Ich brauche auch gar keine Extraeinladung. Als sich die drei in Bewegung setzen, laufe ich ganz automatisch hinterher, bis Leas Vater sich zu mir umdreht. Er streckt eine Hand in meine Richtung, und ich weiß echt nicht, ob ich einen weiteren Schlag einstecken kann, aber ich weiche nicht zurück. Jetzt erst fällt mir auf, dass wir beide etwa gleich groß sind. Als Hindernis zwischen mir und Lea kommt er mir trotzdem gigantisch vor.

Der Arzt und Leas Mutter sind bereits weitergegangen, während ich im Kopf durchspiele, was ich gerne sagen würde: Lea hätte mich niemals um Hilfe bitten dürfen. Unser Deal war von Anfang an ein gewaltiger Fehler – ein Mädchen wie sie und ein vergnügungssüchtiger Idiot wie ich, das konnte nicht funktionieren. Aber in den letzten Tagen hat sich das vollkommen geändert. Jetzt ist dieser Fehler das Einzige, was in meinem Leben Sinn ergibt, und ich würde alles tun, um Lea zu beschützen. Doch anstatt ihrem Vater das zu erklären, bringe ich nur ein Wort heraus: »Bitte.«

Er mustert mich noch einmal durchdringend, ehe er die Schultern sinken lässt. Seine angespannte Haltung löst sich ein wenig. »Hör zu, Junge«, sagt er, und einen verrückten Moment lang glaube ich tatsächlich, es wäre ein gutes Zeichen, dass er zum Du gewechselt hat. »Ich hätte dich nicht schlagen dürfen, das tut mir leid. In gewisser Hinsicht kannst du wahrscheinlich gar nichts dafür. Ich kenne solche Kerle wie dich – ihr denkt nie an mögliche Konsequenzen, sondern sucht einfach nur nach dem nächsten Kick. Da holt man schon mal zum Spaß irgendjemanden aus einer Anstalt. Hier geht es allerdings um das Leben meiner Tochter, und ich lasse nicht zu, dass ihr wieder etwas zustößt. Ich werde keine Anzeige erstatten … aber ich will, dass du dich von ihr fernhältst. Ein für alle Mal.«

Und während ich noch zu begreifen versuche, was gerade passiert ist, wendet er sich zum Gehen.

Lea

4 Eisenstangen …

… an den Seiten meines Bettes.
32 Lamellen am Fenster, die die Nacht zerschneiden.
5 Bilder an der gegenüberliegenden Wand.
2 Pillen, die mich müde machen.
Und dann wieder das Parfum meiner Mutter, das Klicken ihrer Absätze auf dem Fußboden, ihr Gewicht am Rand der Matratze.
»*Was ist mit Jay?*«
»*Pst, Schatz. Keine Sorge, das ist jetzt vorbei.*«
Ich drehe den Kopf weg.
4 Eisenstangen an den Seiten meines Bettes.
32 Lamellen am Fenster, die die Nacht zerschneiden.
5 Bilder an der gegenüberliegenden Wand.
2 Pillen, die mich so, so müde machen …

Jay

Über alles, was sich verändert

Sie zwingen mich zu einer Reihe von Untersuchungen, obwohl ich ihnen das Ergebnis schon vorher hätte sagen können: eine Platzwunde über der Augenbraue, eine gebrochene Rippe, eine leichte Gehirnerschütterung, und ansonsten bestehe ich zum größten Teil aus Prellungen. Ich kriege fünf Stiche und Schmerztabletten der heftigeren Sorte mit auf den Weg.

»Die gehen gut auf Wodka«, meint Flocke während der Heimfahrt, weil er offensichtlich keinen Schimmer hat, was er sonst sagen sollte. Schweigend werfe ich ihm die Tablettenschachtel in den Schoß. Ich spüre sowieso nichts mehr.

Das Apartment ist still und dunkel, als wir dort ankommen. In den vergangenen Stunden muss Alex noch mal hier gewesen sein, um die meisten seiner Sachen zu holen. Die Tür zu seinem Zimmer steht offen, und der leere Raum dahinter sieht völlig fremd aus. Noch etwas, das ich nicht ändern kann. Ich lege mich auf Leas Couch und lasse Flocke einfach reden.

Beim Aufwachen fühle ich mich, als wäre ich mit kochendem Wasser übergossen worden. In Wirklichkeit ist es sogar noch schlimmer: Flocke sitzt nur ein paar Zentimeter von mir entfernt und glotzt mich an.

»Jay?«

Ich reagiere nicht, in der Hoffnung, dass er dann von ganz allein abhaut.

Aber Fehlanzeige. »Du hast den halben Tag verpennt. Vielleicht solltest du was essen.«

»Vielleicht solltest du dir ein Loch graben.« Stöhnend reibe ich mir über das Gesicht, dann nehme ich die Hände weg und schaue zu Flocke hoch. »Sorry, Alter.«

»Schon gut. Wie geht's dir so?«

»Na bestens.«

»Deine Narbe ist gerade das Hübscheste an dir, weißt du.«

»Dann passen wir ja endlich zusammen.« Meine Augen fallen wieder zu oder jedenfalls das eine, das normal funktioniert. Ich will Flocke nicht vor den Kopf stoßen, aber ich wünsche mir echt, dass er verschwindet. Wenn ich schlafe, kann ich noch etwas länger so tun, als hätte es gestern niemals gegeben.

Allerdings wäre er wohl nicht Flocke, wenn er einfach das machen würde, was man sich wünscht. Nervtötend wie immer bleibt er sitzen und labert jede Menge Zeug, von dem überhaupt nichts bei mir hängen bleibt. Bis auf das eine: »Dein Handy hat übrigens 'n paarmal geläutet.«

Ich fahre von der Couch hoch, und mein Magen unterstützt mich mit begeisterten Jumps. »Was? Wer war denn dran?«

Viel zu langsam reicht mir Flocke mein Smartphone. Mein Herz trommelt mir schmerzhaft gegen den Brustkorb, während ich durch die verpassten Anrufe scrolle. Einmal Resa, zweimal meine Mutter und dann noch eine unbekannte Nummer – wahrscheinlich eins der Mädchen, die ich in den letzten Tagen aus meiner Kontaktliste gelöscht habe. Nichts von Lea. Ich lasse das Handy wieder sinken.

Flocke hat mich die ganze Zeit über beobachtet, und irgendwas in meinem Gesicht bringt ihn dazu, endlich die Klappe zu halten. Mehrere Sekunden lang ist nichts anderes zu hören als der Verkehrslärm, der durch das halb geöffnete Fenster dringt. Dann beugt sich Flocke ein bisschen zu mir vor.

»Hey«, sagt er leise und wirkt dabei gar nicht wie er selbst. Jedenfalls nicht wie der Junge, der seine Kippen regelmäßig am falschen Ende anzündet. »Tut mir leid, dass es so gelaufen ist. Ihr habt das nicht verdient. Du und Lea, das ... ich glaub, das war was Richtiges.«

Selbst wenn ich wollte, ich kann darauf nicht antworten. Mein Atem geht in schweren Stößen, und ich fahre mit einer steifen Bewegung über meine Wange, nur für den Fall. Dabei spüre ich Flockes Blick auf mir, aber das schert mich einen Dreck.

Unser Schweigen wird vom Klingeln meines Handys durchbrochen. Abermals leuchtet diese unbekannte Nummer auf dem Display, und ich habe keine Ahnung, warum ich überhaupt rangehe. Vielleicht brauche ich einfach jemanden, an dem ich mich abreagieren kann.

»Was ist?«, schnauze ich ins Telefon.

»Dr. Berner hier, aus der Klinik.«

Die tiefe Stimme bringt alle meine Muskeln dazu, sich anzuspannen. Mir ist sofort klar, was dieser Anruf zu bedeuten hat: Irgendjemand – Leas Eltern oder ein Arzt aus dem Krankenhaus – hat mich verpfiffen. *Keine* Anzeige, von wegen. Jetzt weiß der Doc, dass seine ehemalige Patientin die ganze Zeit bei mir war, während ihre Eltern verzweifelt nach ihr gesucht haben. Die Sozialstunden hätte ich mir sparen können. Schließlich bin ich wieder genau da, wo ich vor ein paar Wochen begonnen habe: auf dem besten Weg in den Knast. Leugnen ist wahrscheinlich so sinnvoll, wie ein Baggie Weed als Oregano auszugeben, aber mir fällt nichts anderes ein.

»Worum geht's denn?«, frage ich im harmlosesten Tonfall, den ich draufhabe.

»Das würde ich Ihnen lieber persönlich erklären. Kommen Sie doch bitte vorbei.« Es klingt ungewöhnlich reserviert für den Doc, kühl und professionell. Genau genommen klingt es nach: *Herzlichen Glückwunsch, Jay, jetzt bist du offiziell am Arsch.*

Nicht mal Flocke hat aufheiternde Worte parat, als er erfährt, was los ist. Zu beobachten, wie blass er auf einmal wird, macht die Angelegenheit nicht gerade besser. Während ich meine blutverschmierten Klamotten gegen saubere tausche, steht er ungeduldig im Flur und klimpert mit seinen Autoschlüsseln, weil er noch mal den Chauffeur für mich spielen will. Erst jetzt wird mir klar, dass er sich heute meinetwegen freigenommen hat. Trotzdem weigert er sich, aus dem Wagen zu steigen, als wir bei der Klinik angelangt sind. Er braucht mir gar nicht den Grund dafür zu nennen – die eingeschüchterte Miene, mit der er das Gebäude fixiert, sagt schon alles. Mir selbst wird ziemlich übel, als ich mich mal wieder diesen verfluchten Gitterfenstern nähere, aber wahrscheinlich sollte ich mich an den Anblick lieber gewöhnen.

Dann stehe ich vor der Tür zu Dr. Berners Büro, und ganz ehrlich, ich habe zu viel Schiss, um da reinzugehen. Schwester Heidrun, die mich bis hierher eskortiert hat, schaut mich spöttisch von der Seite an.

»Und jetzt? Wollen Sie nicht klopfen?«

»Wenn du wüsstest, was ich will, Babe«, murmle ich, aber anscheinend nicht leise genug. Könnten Blicke wirklich töten, wäre ich meine Sorgen jetzt los. Ich atme noch einmal durch und setze dann mein Pokerface auf. Was auch immer mich hinter dieser Tür erwartet, es kann mein Leben wohl kaum noch erbärmlicher machen, als es ohnehin schon ist.

Wie vorschnell ich mit dieser Meinung war, wird mir bewusst, sobald ich den Raum betrete. Nicht nur Dr. Berner blickt mir entgegen, die Hände auf seinem Schreibtisch gefaltet, sondern auch Leas Vater.

Ich hätte es wissen müssen. Das hier ist mein ganz persönliches Erschießungskommando.

»Bitte schließen Sie die Tür, Herr Levin«, sagt Dr. Berner, wie um meinen Eindruck zu bestätigen. Ich folge dem Befehl, noch bevor sich mein Verstand von dem Schock erholt hat. Meine Hände sind völlig taub.

»Ich nehme an, Sie wissen, weshalb ich Sie angerufen habe«, beginnt der Doc, und die Frage ist so bescheuert, dass ich gar nicht darauf reagiere. Deshalb fährt er nach ein paar Sekunden einfach fort: »Sicherlich brauche ich Ihnen nicht zu erklären, wie gedankenlos Ihr Verhalten war. Als Lea sich selbst aus der Klinik entlassen hat, befand sie sich gerade an einem sehr empfindlichen Punkt in ihrer Therapie. Sie hatte noch nicht die Kraft, um richtig an sich zu arbeiten, und der mangelnde Erfolg hat sie frustriert. In diesem Zustand haben Sie Lea dann in eine fremde Umgebung gebracht, ganz ohne die Rahmenbedingungen, auf die sie für ihr Wohlbefinden angewiesen ist …«

Da kann ich mich nicht länger zurückhalten. »Sagen Sie es doch endlich!«, platzt es aus mir heraus, und meine geballten Fäuste beben in den Taschen meiner Jeans. »Sagen Sie, dass ich alles kaputt gemacht habe, dass ich Lea … dass es ihr jetzt durch meine Schuld viel schlechter geht. Deswegen bin ich doch hier, oder etwa nicht? Um mir anzuhören, wie großartig ich es verbockt habe. Also bringen wir's hinter uns!«

Der Blick von Leas Vater brennt sich in meine Haut. Scheiße, ich kann das alles nicht mehr. Nur wenige Schritte von der Stelle entfernt, an der ich gerade stehe, habe ich Leas Namen erfahren – dort habe ich sie zum ersten Mal berührt. Ich will einfach nur hier weg.

Dr. Berner und Leas Vater scheinen allerdings vorzuhaben, mich so lange wie möglich zu quälen. Gerade sehen sie sich schweigend an, als würden sie sich über irgendwas verständigen, von dem ich nichts weiß. Dann holt der Doc etwas aus der obersten Schublade seines Schreibtisches. Ein Strahl der Nachmittagssonne verfängt sich in der Linse und bringt sie zum Glänzen. Ohne die Augen von mir zu wenden, legt Dr. Berner meine Kamera auf die Tischplatte.

»Wo haben Sie die denn her?«, frage ich tonlos.

»Herr Moll hat sie mir gebracht. Offenbar hatte Lea

sie bei sich, als sie ins Krankenhaus eingeliefert wurde.«
Bis zu diesem Moment klang Dr. Berners Stimme absolut nüchtern. Da war nichts herauszulesen, kein Vorwurf, keine Missbilligung, keine Drohung. Jetzt beugt er sich aber ein wenig näher zu mir, und sein Tonfall wird eindringlicher. »Stimmt es, dass Sie Lea dazu überredet haben, trotz ihrer Angst ein Kleinkind auf dem Schoß zu halten?« Er tippt auf das schwarze Display, und mir ist klar, dass er auf das Foto von gestern Nachmittag anspielt. »Haben Sie sie außerdem daran gehindert, nachts ihr Kontrollritual durchzuführen? Ist sie sogar mit Ihnen Auto gefahren?«

»Ja!«, schieße ich zurück, und mein Puls hämmert mir hinter den Schläfen. »Das alles hab ich verbrochen, okay? Aber doch nur, weil ich nicht gewusst habe, dass es sie so aus der Bahn wirft!«

Dr. Berner verschränkt die Finger hinter meiner Kamera und betrachtet mich nachdenklich. Wahrscheinlich überlegt er, wie er mir einen weiteren Tiefschlag versetzen kann. Es ist genau wie gestern, als sich erst Caesar und dann Leas Vater an mir abreagiert haben: Ich kriege noch eins und noch eins und noch eins rein, bis ich nicht mehr weiß, wie lange ich das durchhalte.

»Sagt Ihnen der Begriff *Konfrontationstherapie* etwas, Herr Levin?«, fragt der Doktor, ohne meinen Ausbruch zu kommentieren.

Mit zusammengepresstem Kiefer schüttle ich den Kopf.

»Nun, dabei setzt man den Patienten einer Situation aus, in der er normalerweise eine Zwangshandlung durchführen würde, hält ihn dann allerdings genau davon ab. So erfährt er, dass er trotzdem nicht von seinen negativen Gefühlen überwältigt wird, und er lernt, nach und nach auf seine Rituale zu verzichten. Wie Sie sich denken können, ist dieser Prozess äußerst schmerzhaft, wenn auch sehr effektiv. Lea hatte in der Therapie noch nicht den nötigen Willen dafür aufgebracht … Doch das hat sich in den letzten Tagen offenbar geändert.« Abwartend lehnt sich Dr. Berner in seinem Stuhl zurück.

»Aber …«, setze ich an und kneife die Augen zusammen, wie um ihn besser sehen zu können. »Das kapiere ich nicht. Wenn das … also, irgendwie gut war, was ich gemacht habe … warum hatte sie dann diesen Nervenzusammenbruch?«

Dr. Berner hebt die Schultern. »Rückschritte kann es immer geben. Es verlangt den Erkrankten wahnsinnig viel Kraft ab, sich ihren Ängsten zu stellen, und deshalb sollte so etwas unbedingt unter fachkundiger Aufsicht geschehen. Was Sie getan haben, war sehr riskant. Nichtsdestotrotz haben Sie es geschafft, Leas Teufelskreis zu durchbrechen, verstehen Sie?«

»Kein Wort«, behaupte ich, aber das stimmt nicht ganz. In meinem Kopf herrscht zwar totales Chaos, doch gleichzeitig beginnt mein Herz, wie verrückt zu schlagen.

»Lea hat eingewilligt, noch eine Weile in der Klinik zu bleiben«, erklärt der Doktor. »Und diesmal möchte sie sich richtig auf die Therapie einlassen. Es sei noch viel zu früh, um sich einen Teewärmer zu besorgen, hat sie gesagt.«

»Einen Teewärmer«, wiederhole ich.

Dr. Berner hüstelt ein bisschen. »Nun, das ist wohl eine Art Insider-Scherz zwischen uns.«

Ja, das klingt irgendwie nach Nash. Endlich beginnt mir zu dämmern, was hier gerade wirklich passiert. Der Doc muss sich lange mit Lea unterhalten haben, nachdem ihm Herr Moll das Foto gezeigt hat, also geht es ihr bestimmt wieder besser. Und noch etwas: Allem Anschein nach hält man mich hier nicht mehr für Jack the Ripper. Hitze dehnt sich in meinem Brustkorb aus und strahlt durch meinen ganzen Körper. »Soll das heißen, ich kann sie wiedersehen? Sie besuchen kommen, und wenn sie am Wochenende Ausgang hat, kann sie bei mir …«

»Immer mit der Ruhe«, mischt sich Leas Vater ein. »Sie besuchen, ja. Aber diese ganze«, er wedelt mit den Fingern vor mir herum, »… Rocker … Gangster … Bad-Boy-Nummer mit ihr abziehen, nie und nimmer.«

»Kein Problem, ich hab noch ein paar andere Nummern drauf«, sage ich schnell. Herr Moll zieht eine saure Miene, aber das macht nichts – den kriege ich schon irgendwann geknackt. In diesem Augenblick fluten die Glückshormone nur so durch meine Adern, besser als auf jeder Party, besser als kopfüber in der Achterbahn … Ich fühle mich unbesiegbar.

»Schön, dann werde ich Lea jetzt holen«, verkündet Dr. Berner. Ich könnte schwören, dass er ein bisschen schmunzelt, während er hinter seinem Schreibtisch hervortritt und das Büro verlässt. Leas Vater findet die Vorstellung, mit mir alleine zurückzubleiben, wohl nicht besonders prickelnd. Er macht Anstalten, dem Doc nach draußen zu folgen, doch dann überlegt er es sich in letzter Sekunde anders. Vor der geöffneten Tür bleibt er stehen und dreht sich um. Sein Blick richtet sich starr auf meine Kamera.

»Wie es aussieht, habe ich mich in Ihnen getäuscht«, sagt er langsam, als würde ihn jemand zu diesem Geständnis zwingen. »Für das, was Sie bei Lea bewirkt haben, bin ich Ihnen wohl zu Dank verpflichtet.« Plötzlich schaut er zu mir, und seine Brauen schieben sich zusammen. »Das bedeutet aber nicht, dass ich Ihr Verhalten generell gutheiße, verstanden? Trotz allem frage ich mich immer noch, was meine Tochter an Ihnen findet. Also hören Sie gefälligst auf, so zu grinsen!«

»Das versuche ich ja, Mann!«, sage ich mit dem fettesten Grinsen aller Zeiten. »Ehrlich!«

Im nächsten Moment taucht Lea am Ende des Flurs auf, und mein Lächeln wird sogar noch breiter. Sie hat mich bisher nicht entdeckt, während sie neben Dr. Berner auf das Büro zusteuert. Sobald der Doc allerdings haltmacht, um ein paar Worte mit der herumlungernden Schwester Heidrun zu wechseln, huscht ihr Blick am Rücken ihres Vaters vorbei zu mir. Wegen meiner ramponierten Visage reißt sie zuerst erschrocken die Augen auf, aber dann wandern ihre Mundwinkel ebenfalls nach oben. Es ist, als hätte jemand in ihrem Gesicht einen Tausend-Watt-Strahler angeknipst. Sie winkt mich mit einer Hand zu sich herüber, und ich nicke unauffällig in Richtung ihres Vaters, der leider immer noch redet.

»Bitte was?«, frage ich, weil ich das dumpfe Gefühl habe, dass mir in den letzten Sekunden etwas entgangen sein könnte.

»Ich habe gesagt, dass Sie sich darüber im Klaren sein müssen, wie steinig der Weg für Lea noch ist. Eine komplette Heilung kann es nicht geben, meint der Doktor, also wird sie immer gegen diese Tendenzen ankämpfen müssen. Dazu benötigt sie Menschen in ihrem Umfeld, die absolut hinter ihr stehen, begreifen Sie das?«

Inzwischen ist Lea noch ein Stück weitergeschlendert, und zwar genau bis zu diesem hässlichen Gummibaum, mit dem alles angefangen hat: *Ich habe die Blätter nicht poliert. Ich habe sie gezählt* ... Sie wendet sich dem Baum zu und breitet in gespielter Begeisterung die Arme aus, als würde sie einen alten Bekannten wiedertreffen. Anschließend schüttelt sie ihm einen seiner Zweige wie eine Hand.

Ich möchte sie so dringend küssen, dass es schon nicht mehr feierlich ist.

»Was ich damit ausdrücken will«, höre ich undeutlich Herrn Molls Stimme, »Lea ist ein tolles Mädchen. Doch sie wird immer anders sein als die anderen.«

Dann tut sie es tatsächlich: Sie beugt sich zu einem Blatt, pustet darauf ... und beginnt, es mit dem Saum ihres Sweaters zu polieren. Ihre riesigen Augen blitzen vor Spott.

Ich mache einen tiefen Atemzug und sehe Leas Vater direkt an.

»Vielen Dank für den Tipp«, sage ich zu ihm. »Aber das weiß ich ganz genau.«

Drei Monate später

Lea

37 ...

... 38 ... 39 ... 40. Ich streiche mir eine Haarsträhne aus dem Gesicht und merke, dass sich ein Schweißfilm auf meiner Stirn gebildet hat. Alles verschwimmt vor meinen Augen. Angestrengt blinzle ich, versuche, mich zu konzentrieren.

Vierzig. Habe ich mich auch nicht verzählt? Mein Rücken tut weh von der gebeugten Haltung, aber ich kann es unmöglich dabei belassen. Das hier ist wichtig. Ich kneife noch einmal die Lider zusammen, um meine Sicht zu schärfen. Die Zahlen purzeln in meinem Kopf durcheinander. Langsam strecke ich die Hand aus und beginne wieder von vorn.

1 ... 2 ... 3 ...

»Ach, du Schande, bist du immer noch nicht fertig?«, ertönt es hinter mir. Ich wirble herum und entdecke Jay, der in der offenen Tür lehnt. Er trägt tief sitzende Jeans, ein schwarzes V-Neck-Shirt und dazu einen dieser spitzen Partyhüte mit Gummiband. Ernsthaft, wie kann jemand mit so einem Teil derart sexy aussehen?

Als hätte er meine Gedanken gelesen, zupft Jay ein paarmal an seinem engen Shirt. Wahrscheinlich will er sich dadurch bloß Luft zufächeln, aber es bewirkt, dass der Saum ein bisschen hochrutscht und den Bund seiner Boxershorts freigibt. »Ist es hier echt heiß oder liegt das an mir?«

»Das ist der Backofen«, sage ich nüchterner, als ich mich fühle. Jetzt nimmt Jay auch noch den Partyhut vom Kopf und wuschelt sich durch die Haare. Sie sind in letzter Zeit ein ganzes Stück gewachsen, und er kann die Naturlocken nicht mehr verbergen.

»Warum bleibst du dann so lange hier drinnen? Als du gesagt hast, du willst den Kuchen für meine Mom fertig machen, hab ich nicht gedacht, dass du ihn zu Tode starren willst.«

Mit einem frustrierten Seufzer lasse ich die bleistiftdünnen Kerzen auf die Anrichte fallen. »Ich krieg die einfach nicht gezählt«, jammere ich. »Das ist zum Aus-der-Haut-Fahren!«

Jay zieht amüsiert eine Augenbraue hoch. »Darf ich dich auf die Ironie dieser Situation hinweisen oder bin ich dann ein Arsch?«

»Ich überbringe ja nur ungern schlechte Nachrichten, aber dieser Zug ist abgefahren«, zitiere ich ihn und schneide eine Grimasse. »Außerdem ist das gar nicht so verwunderlich – ich hatte ja in den letzten Monaten fast keine Übung im Zählen. Schon gar nicht im Zählen von blöden runden Dingern, die ständig durch die Gegend kullern!«

Ohne Vorwarnung durchquert Jay die Küche und bleibt ganz dicht hinter mir stehen. Seine Arme schiebt er links und rechts an mir vorbei, um die Anrichte zu erreichen.

»Lass mich mal versuchen. Mit runden Dingern kenn ich mich aus«, raunt er mir ins Ohr, und ein heißes Kribbeln fährt meine Wirbelsäule hinunter. Als ich mich halb umdrehe, streift Jays Kinn über meinen Nacken.

»Wirklich?«, frage ich ihn gedämpft. »Du stellst dich hinter eine Frau und zeigst ihr, wie etwas richtig gemacht wird? Das ist ein ganz klein wenig abgeschmackt, und dabei noch nicht mal ein Bad-Boy-Klischee.«

Jays Atem kitzelt auf meiner Haut, während er leise lacht. »Ich hab deinem Vater doch versprochen, mit der Nummer aufzuhören. Aber wenn du darauf bestehst …« Und er macht etwas mit seiner Hand. Etwas, bei dem mir gleich mehrere Kerzen aus den Fingern rutschen und auf Nimmerwiedersehen davonrollen. Einen Moment lang vergesse ich, dass wir uns im Haus von Jays Familie befinden, den Kuchen und überhaupt alles um mich herum. Mit geschlossenen Augen lehne ich mich gegen seine Brust, spüre nur seine Lippen und seine Zungenspitze an meinem Hals …

… bis uns ein Räuspern unterbricht. Erschrocken versuche ich zurückzuweichen, aber das ist ein sinnloses Unterfangen, weil Jay seinen Arm keinen Millimeter bewegt. Er wirft nur einen unschuldigen Blick über die Schulter.

»Hallo, Cousinchen.«

Theresa stemmt schnaubend die Hände in ihre Hüften. »Ich glaub, ich spinne! Was treibst du denn hier? Wir haben gerade eine Familienfeier am Laufen, deine Mutter wird jeden Augenblick hier sein, und abgesehen davon hat mich gerade dein nerviger Gockel-Freund angebaggert!«

»Arme Theresa«, sage ich.

»Armer Flocke«, sagt Jay gleichzeitig und grinst seine

Cousine an. »Glaub mir, Resa weiß sich schon zu wehren.«

»Allerdings! Ich hab ihm einen Partyhut verpasst, der seinen Iro platt drückt«, antwortet sie in einem grimmigen Tonfall. »Einen seltsamen Kumpel hast du da.«

»Ach, der ist schon in Ordnung. Ein bisschen gewöhnungsbedürftig vielleicht, aber Charme liegt nun mal nicht in jeder Familie so wie in unserer.«

»Aha. Und jetzt beweg deinen charmanten Arsch ins Wohnzimmer«, meint Theresa unbeeindruckt. »Ihr zwei könntet mir einen riesigen Gefallen tun, indem ihr euch um die Kinder kümmert, während ich den Tisch decke. Die sind schon alle am Quengeln, seit das Gerücht die Runde macht, ihr würdet nachher im Garten mit ihnen Fangen spielen.«

Mein Mund formt sich wie von selbst zu einem Lächeln, obwohl ich mich nur schwer aus Jays Umarmung lösen kann. Die Erinnerung daran, wie mein kleiner Bruder auf der Fahrt meine Hand umklammert hat – zappelig und anhänglich zugleich vor lauter Vorfreude –, löst ein warmes Gefühl in mir aus. »Ich hab's Tommy versprochen, wenn er mitkommt. Tut mir leid.«

»Es wird dir erst richtig leidtun, wenn du mit Fangen an der Reihe bist. Ich bin verflucht schwer zu kriegen«, behauptet Jay, dann richtet er seine silbern leuchtenden Augen auf mich. »Wobei ...«

»Oh nein«, dringt Theresas Stimme durch mein schnelles Herzklopfen. »Nicht schon wieder. Jay, hör auf, sie so anzuschauen! Ich will, dass heute alles schön jugendfrei bleibt, verstanden?«

»Ungern, aber okay.« Widerstrebend wendet sich Jay von mir ab und begutachtet stattdessen den Kuchen, der immer noch schmucklos auf der Anrichte steht. Nach kurzem Überlegen grapscht er sich einfach eine Handvoll Kerzen und rammt sie in die Glasur. »So. Fertig.«

»Das sind auf keinen Fall genau vierzig!«, protestiere ich, aber Jay hat den Kuchen schon an seine Cousine weitergereicht.

»Das sind genau richtig viele.« Er wartet, bis Theresa mit dem Tablett die Küche verlassen hat, ehe er den Arm fest um meine Taille schlingt. Wenig graziös stolpere ich auf ihn zu, und meine Hüfte stößt gegen seine. Jay neigt den Kopf zu mir herunter.

»Hey Nash?«, murmelt er. »Kannst du mir einen Gefallen tun?«

»Hm?«

»Rühr dich bloß niemals hier weg«, sagt er in mein Haar, und ich versuche gar nicht erst, die Schmetterlinge zu zählen, die in meinem Bauch zu flattern beginnen.

Es sind genau richtig viele.

Danksagung

Ihr Lieben,

ich mache es kurz und schmerzlos, versprochen!

Danke an Alex, allererste »Verkosterin«, Wortwiederholungsjägerin, Patentante von Lea und Jay ... Ohne dich gäbe es dieses Buch gar nicht, weil ich schon vor Monaten aus lauter Verzweiflung kurzen Prozess damit gemacht hätte (Strg – A – Entf).

Eileen, du bist für mich da, egal ob ich einen Motivationsschub brauche oder dir wegen *Sachen* (du weißt ...) die Ohren volljammern will. Ich sage es jetzt einfach mal mit Jays Worten: Rühr dich bloß niemals hier weg!

Marah, du hast jetzt schon öfter bewirkt, dass ich am Laptop sitzend ganz rot wurde vor lauter Freude. Danke für deine Begeisterung und den unschlagbaren Marah-Effekt.

Hannah, wir haben ja sozusagen unsere »Babys« gemeinsam großgezogen, und mit deiner Hilfe konnte ich so manche Kinderkrankheit durchstehen!

Nikola, darf ich dich zitieren? »Ich schubs dich, bis du blutest« :D Bitte hör nie auf damit, mehr in meinen Manuskripten zu sehen als ich selbst. Ohne dich geht es nicht!

Verena, an diesem denkwürdigen Sonntag konntest du mir gleich zweimal Herzklopfen bereiten: Einmal, indem du mir geschrieben hast, dass du nun zu lesen anfängst ...

und das andere Mal, wenige Stunden später, als du auch schon fertig warst. Du hast Lea und Jay mit einem Happs verschlungen, vielleicht nicht schön für sie, aber absolut toll für mich!

Damaris, Melanie, Jacqueline, Madeleine, Jil, ihr weltbesten Leserinnen, womit habe ich euch verdient? Ich hoffe, ihr bleibt mir noch ganz, ganz lange erhalten!

Und zum Schluss natürlich ein riesengroßes Dankeschön an alle, die mir mit ihren Rezensionen, Weiterempfehlungen oder persönlichen Nachrichten dabei helfen, das zu tun, was ich liebe. Ich habe nicht gezählt, wie viele Male ihr mich in den vergangenen Jahren schon unterstützt habt, aber ... es waren genau richtig viele, um mich glücklich zu machen. :)

Eure Kira

E-Mail: kira_gembri@hotmail.com
Facebook: www.facebook.com/kira.gembri